唐传奇

精怪侠义与奇闻逸事

[唐] 裴铏等◎著

曾雪梅◎编选 周日智◎译注

中国出版集团 现代出版社

盛唐的回眸

　　"唐"是中国历史上文化、经济、政治都非常繁荣的一个朝代，同时也是一个非常迷人的字。"盛唐气象""唐人高处""汉唐风骨"……几乎每一个与"唐"有关的词，都是后人对唐代成就的真心赞美与追慕。唐人的故事、唐人的传说和唐人生活的时代样貌，对后世产生了非常大的影响，也激起后人不断的追想和探寻。

　　此次以"唐"为中心词，从唐人撰写、辑选或编辑的传奇文学作品中，精选了几十篇文言短篇小说，分别以"唐传奇""唐物语""唐模样"为题，编辑了这套"唐"三部曲。

　　"传奇"一名，源于唐代裴铏的文言小说集《传奇》。《唐传奇》分册主要收录唐人撰写的奇闻怪事，像《红线》《聂隐娘》《虬髯客传》等传世名篇。这些精彩的传奇故事，流传至今，成为后世经典的创作素材，不断被改编为各种艺术形式。比如，京剧中著名的唱段《红线盗盒》就出自《红线》；又如，《离魂记》《聂隐娘》都曾被改编成电影。

"物语"一名，来自日本的一种文学体裁，原意为故事、传说，此处借以命名《唐物语》分册。《唐物语》多取唐代的人物故事。《杜子春》曾被日本作家芥川龙之介改编为日文小说。《李卫公靖》中代神行雨的李靖，已初具被神化的模型。

《唐模样》分册中的篇章，则侧重于反映唐代的市井世相、生活常情。像《兰亭记》中对传世之书法《兰亭集序》真迹故事的记载，虚虚实实，似假亦真。《王之涣》中，王昌龄、高适、王之涣与伶人饮酒赛诗的逸事，间接地反映了唐人的风范。

如此一番，"唐传奇""唐物语""唐模样"三个词，大致从三个侧面构成了这套"唐"三部曲。恰如一位绝世佳人，三个侧面虽然不能尽数描摹她的美丽，但左顾右盼，一回眸，足可瞥见唐代文学在诗歌以外的灿烂与风情。

书中所录文言短篇，或为唐人撰写，或为唐人辑录，读者可以直面唐人的文章，感受文言的古雅简约，还可以直观了解大唐时代和唐人的生活原貌。

不过，有唐一代，毕竟距今一千余年，唐时文章，今人阅读有难度。为此，除对文本进行必要注释，还提供了流畅的现代译文，并约请专业画师绘制了插图，希望能为读者诸君提供阅读便利。

"唐"这位绝世佳人，虽尽力描摹，仍不能将其令人惊艳之处尽数展现，"唐"三部曲尽力而为，不足之处很多，恳请读者诸君指正。

编者

目录

古镜记

王度

原文

隋汾阴侯生，天下奇士也。王度常以师礼事之。临终，赠度以古镜，曰："持此则百邪远人。"度受而宝之。镜横径八寸，鼻作麒麟蹲伏之象。绕鼻列四方，龟龙凤虎，依方陈布。四方外又设八卦，卦外置十二辰位而具畜焉。辰畜之外，又置二十四字，周绕轮廓。文体似隶，点画无缺，而非字书所有也。侯生云："二十四气之象形。"承日照之，则背上文画，墨入影内，纤毫无失。举而扣之，清音徐引，竟日方绝。嗟乎，此则非凡镜之所同也，宜其见赏高贤，自称灵物。侯生常云："昔者吾闻黄帝铸十五镜。其第一横径一尺五寸，法满

《古镜记》出自唐人陈翰编辑的《异闻集》，宋李昉录于《太平广记》卷二百三十器玩二，改题为"王度"。

月之数也。以其相差，各校一寸。此第八镜也。"虽岁祀攸远，图书寂寥，而高人所述，不可诬矣。昔杨氏^①纳环，累代延庆。张公^②丧剑，其身亦终。今度遭世扰攘，居常郁怏。王室如毁，生涯何地。宝镜复去，哀哉！今具其异迹，列之于哀哉后。数千载之下，倘有得者，知其所由耳。

大业七年五月，度自御史罢归河东^③，适遇侯生卒而得此镜。至其年六月，度归长安。至长乐坡，宿于主人程雄家。雄新受寄一婢，颇甚端丽，名曰"鹦鹉"。度既税驾，将整冠履，引镜自照。鹦鹉遥见，即便叩头流血云："不敢住。"度因召主人问其故，雄云："两月前，有一客携此婢从东来。时婢病甚，客便寄留，云还日当取。比不复来，不知其婢由也。"度疑精魅，引镜逼之。便云："乞命。"即变形。度即掩镜曰："汝先自叙，然后变形，当舍汝命。"婢再拜自陈云："某是华山府君庙前长松下千岁老狸，大形变惑，罪合至死。近为府君捕逐，逃于河渭之间。为下邽陈思恭义女，思恭妻郑氏蒙养甚厚，嫁鹦鹉与同乡人柴华。鹦鹉与华意不相惬，逃而东出韩城县。为行人李无傲所执。无傲，

① 杨氏：指东汉杨宝，他救了一只受伤的黄雀，后梦一黄衣童子，以百环四枚与宝，曰："令君子孙洁白，位登三事，当如此环矣。"后世即以衔环为报恩的典故。

② 张公：指西晋张华，博物多识，于丰城得龙泉宝剑，是宝剑之精，后张华为赵王司马伦所害，剑亦破壁飞去。

③ 河东：黄河河套南下，界山西、陕西而流。山西省在黄河东，古时统称河东。

粗暴丈夫也，遂将鹦鹉游行数岁。昨随至此，忽尔见留。不意遭逢天镜，隐形无路。"度又谓曰："汝本老狸，变形为人，岂不害人也？"婢曰："变形事人，非有害也。但逃匿幻惑，神道所恶，自当至死耳。"度又谓曰："欲舍汝可乎？"鹦鹉曰："辱公厚赐，岂敢忘德。然天镜一照，不可逃形。但久为人形，羞复故体。愿缄于匣，许尽醉而终。"度又谓曰："缄镜于匣，汝不逃乎？"鹦鹉笑曰："公适有美言，尚许相舍。缄镜而走，岂不终恩？但天镜一临，窜迹无路，惟希数刻之命，以尽一生之欢耳。"度登时为匣镜，又为致酒。悉召雄家邻里，与宴谑，婢顷大醉。奋衣起舞而歌曰："宝镜宝镜，哀哉予命。自我离形，于今几姓。生虽可乐，死必不伤。何为眷恋，守此一方。"歌讫再拜，化为老狸而死，一座惊叹。

大业八年，四月一日，太阳亏。度时在台直，昼卧厅阁。觉日渐昏，诸吏告度以日蚀甚。整衣时，引镜出，自觉镜亦昏昧，无复光色。度以宝镜之作，合于阴阳光景之妙。不然，岂合以太阳失曜而宝镜以无光乎？叹怪未已，俄而光彩出，日亦渐明。比及日复，镜亦精朗如故。自此之后，每日月薄蚀，镜亦昏昧。

其年八月十五日，友人薛侠者获一铜剑长四尺。剑连于靶，靶盘龙凤之状，左文如火焰，右文如水波。光彩灼烁，非常物也。侠持过度曰："此剑侠常试之，每月十五日天地清朗，置之暗室，自然有光，傍照数丈，侠持之有日月矣。明公好奇爱古，如饥如渴，愿与君今夕一试。"度喜甚。其夜果遇天地清霁，密闭一室，无复脱隙，与侠同宿。度亦出宝镜，置于座侧。俄而镜上吐光，明照一室。相视如昼。剑横其侧，无复光彩。侠大惊曰："请内镜于匣。"度从其言。然后剑乃吐光，不过一二尺耳。侠抚剑叹曰："天下神物，亦有相伏之理也。"是后每至月望，则出镜于暗室，光尝照数丈。若月影入室，则无光也。岂太阳太阴之耀，不可敌也乎？

其年冬，兼著作郎。奉诏撰国史，欲为苏绰立传。度家有奴曰豹生年七十矣，本苏氏部曲。颇涉史传，略解属文。见度传草，因悲不自胜，度问其故，谓度曰："豹生常受苏公厚遇，今见苏公言验，是以悲耳。郎君所有宝镜，是苏公友人河南苗季子所遗苏公者，苏公爱之甚。苏公临亡之岁，戚戚不乐。常召苗生谓曰：'自度死日不久，不知此镜当入谁手，今欲以蓍筮一卦，先生幸观之也。'便顾豹生取蓍，苏生自揲布卦④。卦讫，苏公曰：'我死十余年，我家当失此镜，不知所在。然天地神物，动静有征。今河汾之间，往往有宝气与卦兆相合，镜其往彼乎。'季子曰：'亦为人所得乎？'苏公

④ 揲布卦：分蓍布卦，把蓍草分开、合算、计数的过程。

又详其卦云：'先入侯家，复归王氏。过此以往，莫知所之也。'"豹生言讫涕泣。度问苏氏，果云旧有此镜。苏公薨后，亦失所在，如豹生之言。故度为苏公传，亦具其事于末篇，论苏公著筮绝伦，默而独用，谓此也。

大业九年正月朔旦，有一胡僧行乞而至度家。弟勣出见之。觉其神采不俗，便邀入室，而为具食。坐语良久，胡僧谓勣曰："檀越家似有绝世宝镜也，可得见耶？"勣曰："法师何以得知之？"僧曰："贫道受明录秘术，颇识宝气。檀越宅上，每日常有碧光连日，绛气属月，此宝镜气也。贫道见之两年矣。今择良日，故欲一观。"勣出之，僧跪捧欣跃。又谓勣曰："此镜有数种灵相，皆当未见。但以金膏涂之，珠粉拭之，举以照日，必影彻墙壁。"僧又叹息曰："更作法试，应照见腑脏，所恨卒无药耳。但以金烟薰之，玉水洗之，复以金膏珠粉，如法拭之，藏之泥中，亦不晦矣。"遂留金烟玉水等法，行之无不获验。而胡僧遂不复见。

其年秋，度出兼芮城令。令厅前有一枣树围可数丈，不知几百年矣。前后令至，皆祠谒此树，否则殃祸立及也。度以为妖由人兴，淫祀宜绝。县吏皆叩头请度，度不得已，为之以祀。然阴念此树当有精魅所托，人不能除，养成其势，乃密悬此镜于树之间。其夜二鼓许，闻其厅前磊落有声，若雷霆者。遂起视之，则风雨晦暝，缠绕此树。电光晃耀，忽上忽下。至明，有一大蛇，紫鳞赤尾，绿头白角，额上有王字。身被数创，死于树。度便下收镜，命吏出蛇，焚于县门外。仍掘树，树心有一穴，于地渐大，有巨蛇蟠泊之迹，既而坟之，妖怪遂绝。

其年冬，度以御史带芮城令。持节河北道，开仓粮，赈给陕东。时天下大饥，百姓疾病，蒲陕之间，疠疫尤甚。有河北⑤人张龙驹，为度下小吏。其家良贱数十口，一时遇疾。度悯之，赍此入其家，使龙驹持镜夜照。诸病者见镜，皆惊起云："见龙驹持一月来相照，光阴所及，如冰著体，冷彻腑脏。"即时热定，至晚并愈。以为无害于镜，而所济于众。令密持此镜，遍巡百姓。其夜，镜于匣中泠然自鸣，声甚彻远，良久乃止。度心独怪。明早，龙驹来谓度曰："龙驹昨忽梦一人，龙头蛇身，朱冠紫服。谓龙驹：'我即镜精也，名曰紫珍。常有德于君家，故来相托，为我谢王公。百姓有罪，天与之疾，奈何使我反天救物？且病至后月，当渐愈，无为我苦。'"度感其灵怪，因此志之。至后月，病果渐愈，如其言也。

大业十年，度弟勣，自六合丞弃官归。又将遍游山水，以为长往之策。度止之曰："今天下向乱，盗贼充

⑤ 河北：县名，今山西平陆县。

斥，欲安之乎？且吾与汝同气，未尝远别。此行也，似将高蹈。昔尚子平⑥游五岳，不知所之。汝若追踵前贤，吾所不堪也。"便涕泣对勣。勣曰："意已决矣，必不可留。兄今之达人，当无所不体。孔子曰：'匹夫不夺其志矣。'人生百年，忽同过隙。得情则乐，失志则悲。安遂其欲，圣人之义也。"度不得已，与之决别。勣曰："此别也，亦有所求。兄所宝镜，非尘俗物也。勣将抗志云路，栖踪烟霞⑦，欲兄以此为赠。"度曰："吾何惜于汝也。"即以与之。勣得镜遂行，不言所适。

至大业十三年夏六月，始归长安，以镜归。谓度曰："此镜真宝物也。辞兄之后，先游嵩山少室。降石梁，坐玉坛。属日暮，遇一嵌岩。有一石堂可容三五人，勣栖息止焉。月夜二更后，有两人，一貌胡，须眉皓而瘦，称山公。一面阔，白须眉长，黑而矮，称毛生。谓勣曰：'何人斯居也？'勣曰：'寻幽探穴访奇者。'二人坐，与勣谈久，往往有异义出于言外。勣疑其精怪，引手潜后，开匣取镜。镜光出而二人失声俯伏。矮者化为龟，胡者化为猿。悬镜至晓，二身俱殒。龟身带绿毛，猿身带白毛。即入箕山，渡颍水。历太和，视玉井。井傍有池，水湛然绿

⑥ 尚子平："尚"字似为"向"字误。向子平，东汉朝歌人，隐居不仕，后与朋友漫游五岳名山，不知所终。

⑦ 烟霞：指高山，因远望高山烟霞缭绕，借以代指。

色。问樵夫，曰：'此灵湫耳。村闾每八节祭之，以祈福佑。若一祭有阙，即池水出黑云大雹，浸堤坏阜。'勣引镜照之，池水沸涌，有雷如震。忽尔池水腾出，池中不遗涓滴。可行二百余步，水落于地。有一鱼，可长丈余，粗细大于臂。首红额白，身作青黄间色，无鳞有涎，龙形蛇角。嘴尖，状如鲟鱼，动而有光。在于泥水，困而不能远去。勣谓蛟也，失水而无能为耳。刃而为炙，甚膏有味，以充数朝口腹。遂出于宋汴。汴主人张琦家有女子患病。入夜，哀痛之声，实不堪忍。勣问其故，病来已经年岁，白日即安，夜常如此。勣停一宿，及闻女子声，遂开镜照之。痛者曰：'戴冠郎被杀。'其病者床下，有大雄鸡死矣，乃是主人家七八岁老鸡也。

"游江南，将渡广陵扬子江，忽暗云覆水，黑风波涌，舟子失容，虑有覆没。勣携镜上舟，照江中数步，明朗彻底，风云四敛，波涛遂息。须臾之间，达济天堑。跻摄山，趋芳岭。或攀绝顶，或入深洞。逢其群鸟环人而噪，数熊当路而蹲，以镜挥之，熊鸟奔骇。是时利涉浙江，遇潮出海，涛声振吼，数百里而闻。舟人曰：'涛既近，未可渡南。若不回舟，吾辈必葬鱼腹。'勣出镜照，江波不进，屹如云立。四面江水豁开五十余步，水渐清浅，鼋鼍散走。举帆翩翩，直入南浦。然后却视，涛波洪涌，高数十丈，而至所渡之所也。遂登天台，周览洞壑。夜行佩之山谷，去身百步，四面光彻，纤微皆见。林间宿鸟，惊而乱飞。

"还履会稽，逢异人张始鸾，授勋《周髀》《九章》及'明堂、六甲'之事。与陈永同归，更游豫章。见道士许藏秘，云是旌阳七代孙，有咒登刀履火之术，说妖怪之次。更言丰城县仓督李慎家有三女遭魅病，人莫能识。藏秘疗之无效。勋故人曰赵丹有才器，任丰城县尉，勋因过之。丹命祗承人指勋停处，勋谓曰：'欲得仓督李敬慎家居止。'丹遽命敬设榻，为主礼。勋问其故，敬曰：'三女同居堂内阁子，每至日晚，即靓妆炫服。黄昏后，即归所居阁子，灭灯烛。听之，窃与人言笑声，及至晓眠。非唤不觉，日日渐瘦，不能下食。制之不令妆梳，即欲自缢投井。无奈之何？'勋谓敬曰：'引示阁子之处。'其阁东有窗，恐其门闭固而难启，遂昼日先刻断窗棂四条，却以物支拄之如旧。至日暮，敬报勋曰：'妆梳入阁矣。'至一更，听之，言笑自然。勋拔窗棂子，持镜入阁照之。三女叫云：'杀我婿也。'初不见一物，悬镜至明，有一鼠狼。首尾长一尺三四寸，身无毛齿。有一老鼠，亦无毛齿，其肥大可重五斤。又有守宫，大如人手。身披鳞甲，焕烂五色，头上有两角，长可半寸，尾长五寸已上，尾头一寸色白，并于壁孔前死矣。从此疾愈。

"其后寻真至庐山，婆娑数月。或栖息长林，或露宿草莽。虎豹接尾，豺狼连迹。举镜视之，莫不窜伏。庐山处士苏宾，奇识之士也。洞明易道，藏往知来。谓勋曰：'天下神物，必不久居人间。今宇宙丧乱，他乡未必可止。吾子此镜尚在，足下卫，幸速归家乡也。'勍然其言，即时北归，便游河北^⑧。夜梦镜谓勍曰：'我蒙卿兄厚礼，今当舍人间远去，欲得一别，卿请早归长安也。'勍梦中许之。及晓，独居思之，恍恍发悸。即时西首秦路。今既见兄，勍不负诺矣，终恐此灵物亦非兄所有。"数月，勍还河东。

大业十三年七月十五日，匣中悲鸣，其声纤远，俄而渐大，若龙咆虎吼，良久乃定。开匣视之，即失镜矣。

⑧ 河北：泛指黄河以北地区。

译文

隋朝时，汾阴县有一位侯生，是天下罕见的奇人，我一直以师礼待他。他在临终前赠给我一面古镜，说："你拿着它，各种邪魔都不敢靠近你。"我收下这面镜子，十分珍爱它。古镜直径长八寸，背后镜纽铸作麒麟蹲伏状，环绕镜纽的四方依次铸有玄武、青龙、朱雀、白虎。四方之外排列着八卦，八卦之外是十二辰位所对应的辰肖形象。辰肖的外围铸着二十四个字，围绕镜沿排成一圈，字体像是隶书，笔画完整，但在典籍上查不到。侯生说："这是二十四节气的象形文字。"如果将镜子对着太阳映照，镜背的文字和图像就会全部显映在正面的光影里，纤毫毕现。拿起镜子，用指节轻扣一下，一阵清脆的声音徐徐飘散而出，余音袅袅，竟然能持续一整天。这面镜子实在是太奇特了！难怪受到高人奇士的赏识，被称为灵物。侯生曾对我说："我听说黄帝当年铸造过十五面镜子，其中第一面直径是一尺五寸，效法十五满月之数而作。按每面镜子依次递减一寸推算，这应该是第八面镜子。"虽说历时弥远，典籍上亦无记载，但高人所言，不可不信。昔日杨氏接受了报恩的白玉环，福泽绵延了子

孙数代，张华失去了龙泉宝剑，自身亦性命不保。而今，我生逢乱世，终日郁郁寡欢，眼见朝廷朽败不堪，天下之大，哪有我的寄身之处？加上宝镜离我而去，真是可悲啊！如今，我将宝镜的奇异事迹一一记录下来，几千年后如果有人得到它，也可以知道它的来历。

大业七年五月，我被罢免御史之职，回到河东，恰好遇上侯生离世，因而得到了这面宝镜。同年六月，我回长安，途经长乐坡，借宿在程雄家里。程雄家新近接受了一名婢女的寄宿。她长得端庄秀丽，名叫鹦鹉。我放下行装，准备整理一下衣冠，便取出古镜照了照。不料，鹦鹉在远处看到镜面，马上伏地叩首，血流不止，不住念道："再也不敢住在这里了。"我感到十分惊奇，就请来程雄问个清楚。程雄说："两个月前，有位客人带着这婢女从东面来，当时她病得很厉害，客人便将她寄留在这儿，并说：'我回来时再把她带走。'但他至今也没再来，因此我也不太清楚她是什么来历。"我疑心她是妖精，便手持镜子向她逼近。她立刻惊叫道："饶命啊，我马上现出原形。"我随即遮住镜子，说："你先如实交代自己的来历，再现出原形，我当饶你性命。"那婢女再次叩拜，自述道："我本是华山府君庙前大松树下的千年狐狸，只因我时常变幻成女子的模样，大肆诱惑男子，罪该处死，遂遭到府君的追捕。我逃到黄河、渭水一带，当了下邽陈思恭的干女儿。思恭的妻子郑氏待我很好，后来把我嫁给同乡柴华。我与柴华感情不睦，就往东边逃，经过韩城县，被路人李无傲捉住。李无傲是个粗暴的汉子，挟持着我在外游荡了好几年，前些时候跟着他到了这里，他就将我丢下走了。不承想在这里会遇到宝镜，使我无处遁形。"我又问她："你本是狐狸，幻化成人，难道会不害人吗？"婢女答："我幻化成人形，侍奉他人，并没有害过人。不过我逃避府君的追捕，变幻形象骗人，为神道所憎恶，自然是该死的。"我听完，又对她说："我放你一条生路如何？"鹦鹉说："承蒙恩公厚爱，小女子感激不尽，但被宝镜一照，就不能再遁形逃脱了。只是幻化成人形已久，羞于再恢复原形，希望您能把镜子收回到匣里，准许我在临死前，一醉方休。"我又问："我收了宝镜，你不会逃跑吗？"鹦鹉笑答："恩公刚才还答应要放过我，我何必等您收了镜子再逃走，那岂不是辜负了您的恩德？更何况经宝镜一照，我已无路可逃了，只希望在余下的短暂生命里，尽情地享受人生最后的欢愉。"我马上把宝镜放回匣中，又代她叫来了酒菜，请来了程雄的家人和街坊邻里，一起畅饮谈笑。不一会儿，婢女就喝得酩酊大醉，只见她挥起衣袖，翩翩起舞，边舞边唱道："宝镜宝镜，哀哉予命！自我离形，于今几姓？生虽可乐，死必不伤。何为眷恋，守此一方！"唱完，她又向我叩头，随即化为狐狸而死。在座的人无不为之惊异、叹息。

大业八年四月初一，发生了日食。当时我正在御史台当值，中午，我躺在厅阁里休息，觉得太阳逐渐昏暗下来。下属跑来报告说，发生日全食了。我起身整理衣服，取出镜子，发觉镜子浑浊不清，光彩不再。我猜测宝镜的铸造，是符合阴阳光影的奥妙，否则怎会在太阳失去光芒的同时，它也没有了光影呢？诧异之际，宝镜逐渐发出了光彩，太阳也逐渐明朗了。等到太阳恢复原状，宝镜也就明朗如旧了。从那以后，每逢日食、月食之日，宝镜也同时昏暗无光。

　　同年八月十五，友人薛侠得到一把铜剑，剑长四尺，剑身与剑柄连为一体，剑柄作龙凤盘绕状，左边火焰纹，右边水波纹，光彩夺目，一看就知不是寻常之物。薛侠持剑来对我说："这剑我曾经试过，每逢十五，只要天朗气清，将它置于暗室中，会自然发光，射出好几丈远。我得到它已有些日子了。您如此喜爱奇珍古玩，今晚我愿意跟您一同试一下。"我听了，十分高兴。当晚，天地清朗。我将一间屋子遮得严严实实的，不让漏进一丝光线，再与薛侠一同待在里面。我取出宝镜放在座旁。少顷，镜子就吐出光芒来，室内通亮宛如白昼。铜剑横置在镜子旁边，则一丝光彩都没有。薛侠大为惊异："请将镜子收回匣中。"我照做之后，铜剑才发出一两尺远的光芒。薛侠抚摩着铜剑，叹息道："天底下的神物，也是弱者降伏于强者的啊！"此后，每逢月圆之夜，我就把宝镜拿到暗室中，镜子的光芒总能照耀好几丈远，但月光一射进来，宝镜则立刻失去光彩。莫非是因为太阳、月亮的光辉，是宝镜不能匹敌的吗？

　　同年冬天，我兼任著作郎，奉皇命编撰《周史》，要为苏绰立传。我家有一个七十多岁的老仆，名叫豹生。他原先是苏绰的家仆，读过一些史书，略通笔墨。他见我替苏绰起草立传，竟抑制不住内心的悲伤，我便问他什么缘故。他对我说："苏公曾对我有厚恩，如今看到苏公的话应验了，所以伤怀。郎君所持有的宝镜本是苏公的朋友河南苗季子赠给他的。苏公很是珍爱。苏公临死那年，常郁郁不乐，曾把苗季子请来，说：'我自觉将不久于人世，不知道这面镜子会落入谁的手中。今天打算占卜一卦，希望先生来一同观看。'便吩咐我取来蓍草，苏公亲自分蓍布卦。占卜完毕，苏公说：'我死后十多年，我家必会失落此镜，不知它将流落到何处。但天地间的神物，动静变化都会有征兆。如今黄河、汾水一带，经常有宝气升腾，与卦象预兆吻合，莫非宝镜会流落到那里？'季子问：'也是为人所得？'苏公又仔细地推算了卦象，说：'先落到姓侯的人家，后又归姓王的人所有。再往后，就不知道落在何处了。'"豹生说完，悲泣落泪。后来，我向苏家后人打听，果然说先前是有一面宝镜的，苏公去世后，就不知所终了，和豹生所说如出一辙。因此，我写了《苏公传》，将这件事记在了篇末。其中论述苏绰"占卦术精确独到，却私下里独自使用而不公开"，就是指这件事。

　　大业九年正月初一清晨，有一位番僧来我家化缘，我弟弟王勣出来见他，觉得他气度不凡，便邀至家中，不仅为他准备了饭菜，还与他聊了许久。番僧对王勣说："施主家中好像藏有一面绝世宝镜，能否让贫僧见识一下呢？"王勣好奇地问："师父从何而知？"番僧答："贫僧略通玄术，能识得宝气。贵宅上方常有青光透出与日光相连，有红气升腾与月光相通，这便是宝镜之气。贫僧观察已有两年了，特意选了今天这个吉日前来，就是为了能一睹宝镜。"王勣见番僧言辞恳切，便取来宝镜。番僧跪地，双手捧过宝镜，欢欣雀跃，又对王勣说："这面宝镜有许多灵异的现象，都是从未见过的。只要在镜面涂上金膏，再用珍珠粉揩拭，举起它对着太阳映照，反射的光便会穿透墙壁。"番僧还叹息着说："换一种办法试验，应能照见人的五脏六腑，遗憾的是，仓促之间手头没有要用的药。不过只要用金烟来熏烤，玉水来洗涤，再用金膏、珠粉，按我说的法子揩拭，即使把它埋藏在泥里，也不会变得晦暗。"于是，番僧就留下金烟、玉水的法子，按照他说的去做，无不应验，而番僧从此就再也没有露面。

同年秋天，我奉命出京兼任芮城县令。县衙厅堂前有一棵树围数丈的百年枣树，前几任县令到任后，都要祭拜它，否则立即就会有祸事降临。我认为妖妄都是因人而起，不合礼制的祭祀应该禁绝，但县里的吏胥都来向我磕头，请求我照例礼拜。我只好勉强进行祭祀，但心里暗中琢磨，这树里肯定有精怪盘踞，人们无法将它除掉，才养成它的势头。我偷偷地把宝镜悬在了大树上。当晚二更时分，厅前传来噼里啪啦的声

响，如雷霆轰鸣。我便起身查看，只见树身周围一片晦暗，风雨交加，闪电忽上忽下刺人目。天亮之后，人们发现一条大蛇盘在树下，紫鳞赤尾，绿头白角，额上有一个"王"字，全身有好几处创伤，已经死了。我便取下宝镜，命吏胥将蛇拖到县衙门外烧掉，又命人来掘树，发现树干有个洞，一直通往地下，越往下洞越大，有大蛇盘踞的痕迹。接着就把焚烧后的死蛇填塞在地洞里，妖怪从此就绝迹了。

同年冬天，我以御史兼任芮城县令，掌管河北道，开仓发粮赈济陕东灾民。这时，国内正闹饥荒，百姓被传染疫病，以蒲、陕一带的瘟疫尤为严重。有河北人张龙驹，在我手下当差，他家中主仆几十口人，一时都染上了疫病。我很同情他，便带着宝镜去他家探访，并让他夜里拿着宝镜去照病人。那些病人见到镜子，都从床上惊坐而起，道："只见龙驹举着月亮，光辉所照之处，仿佛冰块触着身体，凉意直渗入五脏六腑。"顿时就退了体热，当晚都病愈了。我觉得宝镜既不会受损，又能够救治百姓，便命手下暗中拿着镜子到各家去巡视。那天夜里，宝镜在匣子中发出阵阵嘶鸣声，那声音传得很远，过了许久方才停止。我心中十分纳闷。第二天一早，龙驹来对我说："我昨夜梦见一个人，龙头蛇身，头戴红帽，身穿紫袍，对我说：'我就是镜子里的精灵，名叫紫珍。我曾对你家有过恩惠，所以特来相托。请你替我转告王公，老百姓有罪过，上天才降下这场疫病，可王公却让我违反天意去救人！况且疾疫到下个月自会逐渐痊愈，就不要再使我受苦了。'"我深感其灵异，故牢记在心。到了下个月，得病的百姓果然逐渐痊愈，正如他所言。

大业十年，我的弟弟王勣由六合县丞任上辞官归家，又打算去游历各地山水，并以此作为人生的理想。我劝阻他道："如今天下将乱，盗贼横行，你想往哪里去呢？况且我与你同胞手足，从未长时间分开过。你此番一去，似乎想要隐居山林。昔日尚子平游历五岳，最后不知所踪。你要是追步先贤，让我如何能忍受啊！"说着，便泣不成声。王勣说："我心意已决，绝对不会留下来的。兄长，你是旷达之人，一定能事事体谅。孔子说：'匹夫不夺其志矣。'人们生长在天地之间，若白驹过隙，忽然而已。得意则喜，失意则悲，随心所欲地按照自己的意愿行事，这才是圣贤的主张。"我不得已，只好与他告别。临行前，王勣又对我说："这次分别，我还有个请求。兄长所珍藏的那面宝镜，不是世间的俗物。我此番将栖迹烟霞，隐逸山林，希望兄长能将宝镜赠予我。"我说："对你难道还有什么舍不得吗？"就把宝镜送给了他。王勣拿到宝镜，就动身上路，并没有说往哪里去。

到了大业十三年六月，王勣才回到长安，将宝镜归还给我，并对我说："这镜子真是宝物啊！我辞别兄长之后，先游历了嵩山的少室峰，自石梁而下，憩坐于玉坛坪。到了夕阳西垂之际，我来到一处悬空的岩壁，内有一个石堂，可容纳三五个人，我就在里面歇脚。这天夜里，月光皎洁，二更过后，来了两个人：一个貌似胡人，须眉皓白，身形瘦削，自称山公；另一个脸庞宽阔，白须长眉，又黑又矮，自称毛生。他们问我：'你是什么人，怎么住在这里？'我答：'我是个探访幽胜奇观的游人而已。'两人就坐下来和我聊了许久，谈吐间往往有一些高异的言论。我疑心他俩是精怪，就悄悄把手伸到身后，打开匣子取出宝镜。宝镜的光芒刚一射出，两人就齐声惊呼，俯伏在地。那矮个子的化作了乌龟，而胡人模样的则化作了猿猴。我将宝镜悬挂至天亮，它们都死了。我凑近细看，龟的身上长着绿毛，猿的身上长着白毛。随后，我游览箕山，渡过颍水，经过太和，观赏玉井。玉井旁有个水池，池水深湛而呈绿色。我向樵夫打听，他说：'这是神灵湫，村子里每逢四时八节都得祭祀它，祈求佑福。要是有一次没有祭祀，水池中立刻就会冒出黑云，大冰雹从天而降，砸坏庄稼，雨下个不停，大水冲坍堤坝，浸没庄稼。'我猜池中必有精怪，便拿出宝镜对着水池一照，只见池水如开了锅般沸腾翻涌，有雷声震天动地般轰轰作响。忽然，池水全腾空而起，点滴不

留，涌落在二百多步远的地方。只见池中有一条大鱼，长一丈多，比人的手臂还粗，红头白额，鱼身青黄相间，没有鳞，但周身有一层黏涎，长得像蛇可生着龙角，嘴尖尖的像鲟鱼，摆动时身子闪闪发光，陷在泥水中，不能远去。我认为这是蛟，离开了水就没什么能耐了。我掏出刀宰了它，然后切成一片片用火烤，十分肥腴，很有滋味，足足吃了好几天。接着，我来到了汴州，借宿于张琦家。他家中有一个女儿患病了，一到晚上，痛苦的哀号声，凄厉悲惨，令人不忍卒听。我就问他缘由，说是患病已有一年多了，白天总是安然无恙，每到晚上就经常如此。我便在他家多住了一宿，待听到女子的哀叫声，就打开宝镜照过去。病人随即叫道：'戴帽的郎君被杀了！'众人进屋查看，在病人的床底下，发现一只死了的大公鸡，原来是主人家养了七八年的老鸡。

　　"游历江南时，我正打算从扬州横渡长江。忽然天空乌云压境，黑风掀起汹涌的波涛，船夫吓得脸色煞白，担心会有翻船的危险。我带了宝镜上船，向江中数步之远处照去，眼前顿时一片明净透底，四面风停云散，波涛亦平息了。顷刻间，便渡过了这道天堑。登山爬岭，我或攀岩而上，或循洞而行，遇到鸟群，在四周环绕鸣噪，还碰到几头熊拦路蹲踞，只要拿出宝镜一挥，熊和鸟皆吓得四散而逃。有一天，我又乘船渡钱塘江，正赶上海水涨潮。江面上卷起了极大的波涛，涛声震吼，数百里之外都能听到。船夫面露惧色说：'波涛已逼到跟前，不可以再南渡了。要是再不掉转船头，我们一行肯定会葬身鱼腹。'我拿出宝镜向江面一照，波涛便不再往前涌，而像云层一般屹立起来，四面江水分开让出了五十来步的一条江路，江水逐渐清浅，水中鼋鼍之类四散爬去。于是我们扬帆破浪，翩翩然直达南浦。上岸后回首一望，只见波涛叠涌，巨浪高达数十丈，扑到刚才渡过来的地方。随后，我登天台山，周游遍览洞府崖壑。夜间，我佩带宝镜，穿越山谷，方圆百步之内，清光照彻，连最细微的事物都看得清清楚楚，而林中宿鸟，则见亮光受惊而到处乱飞。

"我返回到达会稽之时，遇到奇人张始鸾，他教授了我《周髀算经》《九章算术》及明堂、六甲等阴阳术数。我和陈永一道返回，又游历了豫章，遇见道士许藏秘。他自称是许旌阳第七代孙子，有持咒登刀山，过火海的本领。他在谈论妖怪之余，提到丰城县仓督李敬家有三个女儿遭到了妖怪的迷惑，没有人知道是怎么回事。他曾去疗救过，但不见效果。我有位老朋友叫赵丹，很有才干，此时正担任丰城县县尉，于是我就去拜访他。赵丹命衙役给我安排住处，我对他说：'我想到仓督李敬的家中留宿。'赵丹随即就让李敬来接待我。于是我就向李敬询问起他女儿们的病情。他答：'我的三个女儿一同住在内堂的楼房里，每日天色向晚，就艳妆丽服打扮得花枝招展。黄昏之后，就回到房间里，吹熄灯烛。在窗外探听，能听到房内她们偷偷地跟人谈笑的声音。直到天亮，她们才睡下，不去唤她们就不会醒。人日渐消瘦，食欲恹恹。我也曾阻止她们梳妆打扮，可她们就寻死觅活地闹腾，这个要上吊，那个要投井，实在是一点法子都没有。'我对李敬说：'请引我到小姐所住的房间去看看。'他就带我去看，这房间东面有窗户。我担心房门关紧，一时难以打开，就先刻断了四根窗棂，再用别的东西支撑住，看上去和原来一样。天色渐暗，李敬来告诉我：'她们已经梳妆打扮完毕，回房间去了。'到了一更时，听到房内传来谈笑声。我拨开窗棂支架，拿着宝镜闯入房间，朝里面一照。三个女儿皆喊道：'杀了我的夫婿啦！'起初什么也看不清，将宝镜悬挂至天明，便看见一只黄鼠狼，有一尺三四寸长，全身无毛，嘴里无齿。有一只老鼠也没有毛和牙齿，很是肥硕，有五斤来重。还有一条壁虎，有人的手一般大小，身上披满鳞甲，绚丽斑斓，头上长有两角，长约半寸，尾巴有五寸以上长，尾端一寸处呈白色，它们都死在墙壁窟窿跟前。从此，三个女子的病就好了。

"此后，我到庐山寻访仙人。在山中盘桓数月，有时在深林中休憩，有时在草丛间露宿，那里虎豹成群，豺狼结伙，但只要我举起宝镜照它们，没有不逃窜俯伏的。庐山有位隐士叫苏宾，是个有卓识的奇人，精通《易》理，能洞悉过去，预卜未来，他对我说：'天下的神物，必定不会一直留在人间。如今世道丧乱，异乡客地不宜久留，你趁这面宝镜尚在身边，足以自卫防身，还是早些回到家乡为好。'我认为他说得很有道理，便立即北归。途中顺道游览河北，有一夜，梦见宝镜对我说：'我承蒙你的兄长礼待，但现在我就要离开人间了，想跟他告个别，请你尽早赶回长安吧。'我在梦中答应了他。到了天亮，我独自回想梦境，内心忐忑惊悸，立即转路返乡。现在见到了兄长，总算没有失信于宝镜呀。只怕这灵物最终也并不属于兄长所有。"几个月后，王勋回河东去了。

大业十三年七月十五，镜匣中传来悲鸣之声。最初，声音细微，仿佛离得很遥远，而后渐渐变得洪亮，宛如虎啸龙吟，声势磅礴，过了许久才安静下来。我打开匣子，发现宝镜消失了。

补江总白猿传

佚名

原文

梁大同末，遣平南将军蔺钦[①]南征，至桂林，破李师古、陈彻[②]。别将欧阳纥略地至长乐，悉平诸洞，深入险阻。纥妻纤白，甚美。其部人曰："将军何为挈丽人经此地？地有人，善窃少女，而美者尤所难免，宜谨护之。"纥甚疑惧，夜勒兵环其庐，匿妇密室中，谨闭甚固，而以女奴十余伺守之。尔夕，阴风晦黑，至五更，寂然无闻。守者怠而假寐，忽若有物惊寤者，即已失妻矣。门扃如故，莫知所出。出门山险，咫尺迷闷，不可寻逐。迨明，绝无其迹。纥大愤痛，誓不徒还。因辞疾，驻其军，日往四遐，即深凌险以索之。既逾月，

《补江总白猿传》出自《续江氏传》，录于《唐书·艺文志》，宋李昉录于《太平广记》卷四百四十四畜兽十一，改题为"欧阳纥"。本篇作者托言"补江总"，似乎江总曾作《白猿传》，乃是小说家故弄玄虚之笔，此文乃诬蔑欧阳询之作，多有史实颠倒之处。译者忠实原文，一律不予改动。

忽于百里之外丛蓧上，得其妻绣履一只，虽雨浸濡，犹可辨识。纥尤凄悼，求之益坚，选壮士三十人，持兵负粮，岩栖野食。

又旬余，远所舍约二百里，南望一山，葱秀迥出，至其下，有深溪环之，乃编木以渡。绝岩翠竹之间，时见红彩，闻笑语音。扪萝引縆，而陟其上，则嘉树列植，间以名花，其下绿芜，丰软如毯。清迥岑寂，杳然殊境。有东向石门，妇人数十，帔服鲜泽，嬉游歌笑，出入其中。见人皆漫视迟立，至则问曰："何因来此？"纥具以对。相视叹曰："贤妻至此月余矣。今病在床，宜遣视之。"入其门，以木为扉。中宽辟若堂者三。四壁设床，悉施锦荐。其妻卧石榻上，重茵累席，珍食盈前。纥就视之，回眸一睇，即疾挥手令去。诸妇人曰："我等与公之妻，比来久者十年。此神物所居，力能杀人，虽百夫操兵，不能制也。幸其未返，宜速避之。但求美酒两斛③，食犬十头，麻数十斤，当相与谋杀之。其来必以正午，后慎勿太早，以十日为期。"因促之去。纥亦遽退。遂求醇醪与麻犬，如期而往。妇人曰："彼好酒，往往致醉。醉必骋力，俾吾等以彩练缚手足

① 蔺钦：蔺当为"蔺"之形讹。兰钦，字休明。梁武帝时，曾任主帅，平定南中五郡诸洞，后又率兵破俚帅陈文彻兄弟，并擒之，进号平南将军。

② 陈彻：疑为"陈文彻"之误。

③ 斛：古量器名，十斗为一斛，南宋末年改五斗为一斛。

于床，一踊皆断。尝纫三幅，则力尽不解。今麻隐帛中束之，度不能矣。遍体皆如铁，唯脐下数寸，常护蔽之，此必不能御兵刃。"指其旁一岩曰："此其食廪，当隐于是，静而伺之。酒置花下，犬散林中。待吾计成，招之即出。"如其言，屏气以俟。

日晡，有物如匹练，自他山下，透至若飞，径入洞中。少选，有美髯丈夫长六尺余，白衣曳杖，拥诸妇人而出。见犬惊视，腾身执之，披裂吮咀，食之致饱。妇人竞以玉杯进酒，谐笑甚欢。既饮数斗，则扶之而去。又闻嬉笑之音。良久，妇人出招之，乃持兵而入。见大白猿，缚四足于床头，顾人蹙缩，求脱不得，目光如电。竞兵之，如中铁石。刺其脐下，即饮刃，血射如注。乃大叹咤曰："此天杀我，岂尔之能？然尔妇已孕，勿杀其子。将逢圣帝，必大其宗。"言绝乃死。

搜其藏，宝器丰积，珍羞盈品，罗列几案。凡人世所珍，靡不充备。名香数斛，宝剑一双。妇人三十辈，皆绝其色。久者至十年，云色衰必被提去，莫知所置。又捕采唯只其身，更无党类。且盥洗，著帽，加白袷，被素罗衣，不知寒暑。遍身白毛，长数寸。所居常读木简，字若符篆，了不可识，已则置石磴下。晴昼或舞双剑，环身电飞，光圆若月。其饮食无常，喜啖果栗，尤嗜犬，咀而饮其血。日始逾午，即欻然而逝。半昼往返数千里，及晚必归，此其常也。所须无不立得。夜就诸床嬲戏，一夕皆周，未尝寐。言语淹详，华音会利。然其状即猳玃类也。

今岁木叶之初，忽怆然曰："吾为山神所诉，将得死罪。亦求护之于众灵，庶几可免。"前此月生魄，石磴生火，焚其简书，怅然自失曰："吾已千岁而无子，今有子，死期至矣。"因顾诸女，汍澜者久，且曰："此山峻绝，未尝有人至，上高而望，绝不见樵者。下多虎狼怪兽。今能至者，非天假之何耶？"纥即取宝玉珍丽及诸妇人以皆归，犹有知其家者。

纥妻周岁生一子，厥状肖焉。后纥为陈武帝④所诛，素与江总善，爱其子聪悟绝人，常留养之，故免于难。及长，果文学善书，知名于时。

④陈武帝：据史实，当为陈宣帝。

译文

梁朝大同末年，朝廷派遣平南将军蔺钦率兵南征，大军抵达桂林郡，大破李师古、陈彻叛军。别将欧阳纥率军攻城略地，直达长乐洞，冒险深入崇山峻岭，平定了众部落。欧阳纥的妻子身材纤细，肌肤白皙，十分美丽。当地部落的土人对他说："将军为什么携带美人到这里来？这里有灵怪，专门盗劫少女，美貌的女子更难幸免，将军务必多派护卫。"欧阳纥听了此言，心中疑惧，夜间部署兵士环卫于居所，将妻子藏匿在密室中，门窗关闭得严严实实的，还增派了十多个婢女守护她。这天夜里，天色晦暗，阴风阵阵，直到五更天才平静下来。守卫的人因倦怠打起了瞌睡。忽然，有什么东西惊醒了他们。他们睁眼一看，欧阳纥的妻子不见了，但门窗关闭如初，不知道人是从哪里出去的。出了门，便是险峻的高山，眼前迷茫难辨，没有办法追赶和搜寻。他们到了天明也没发现丝毫踪迹。欧阳纥愤怒而悲痛，发誓找不到妻子就绝不回去。于是，他托病留下来，将军队驻扎下来，每天到四周偏远的地方，攀险峰，逾天堑，到处搜寻。过了一个多月，欧阳纥偶然在百里之外的细竹丛间捡到妻子的一只绣鞋。虽然鞋子被雨水淋湿浸泡过，但可以辨认得出来。欧阳纥更加伤心，寻找妻子的决心益发坚定。他从军队中遴选出三十名壮士，手执兵器，背负干粮，风餐露宿地寻人。

又过了十来天，他们来到距离驻地约二百里的地方，向南望去，有一座高山，葱茏峻秀，在群山中突兀而出。他们走到山脚下，发现有一道很深的溪涧环绕，于是扎了木筏横渡。仰望陡峭的山崖，只见崖上翠绿的竹林丛中，不时有红影翩跹，还传来盈盈笑语。他们攀藤附葛，拽着粗索攀登了上去，山崖上矗立着一列列奇树异木，间杂着珍异的名花，树下绿草如茵，丰软如毯，四周清远岑寂，俨然是个世外桃源。山

崖东面的石洞前，有数十个衣着鲜艳的妇人，在洞口进进出出，嬉笑玩闹。她们见有生人过来，都停下脚步，注目凝视。欧阳纥等人走到面前，她们问："你们为什么到这里来？"欧阳纥如实以告。她们互相对视了一眼，叹息道："尊夫人到这里一个多月了，如今卧病在床，应当让您去探望她。"说完，她们便领欧阳纥走进洞去。穿过洞口的木门，只见洞内辟成三间宽敞如厅堂的石室。室内四壁摆着床，床上铺着锦缎垫褥。欧阳纥的妻子正躺在一张石榻上，身下垫着层层褥席，面前堆满了珍馐美馔。欧阳纥快步上前，她的妻子回头斜视了一眼，急忙挥手让他离去。众妇人对欧阳纥说道："我等同尊夫人一样，先后被劫来这里，时间最长的已有十年。这地方住着一个灵怪，它力大无穷，杀人易如反掌，哪怕有一百个壮汉拿着兵器，也别想制伏它。幸亏它还没回来，您还是赶快避开吧！您回去后，准备两斛美酒、十条肥狗、几十斤麻绳，我们与您一同设计杀死它。它每天都是午后回来，您下次不要来得太早，我们以十天为约期。"因众妇人催促他们快走，欧阳纥等人连忙离去。回到驻地，欧阳纥准备好醇酒、麻绳及肥狗，按约定日期再次带人前往。到了那里，众妇人说："那家伙喜欢喝酒，不醉不休，醉后必定会施逞自己的勇力，让我们用彩绸将它的手脚绑在床上，它纵身一跳就全挣断了。我们试过用三幅绢绸缝起来捆它，结果它用尽气力也无法挣脱。现在我们将麻绳夹藏在丝绢里，想必它无法脱身。那家伙浑身都坚硬如铁，只是小心翼翼地遮蔽、保护肚脐下数寸处，可能那个部位不能抵御兵器。"妇人又指着旁边的一处岩洞说："那里是它贮藏食物的仓库，你们就躲在那里静待。先将酒放在花丛中，把狗散放在树林里，等到我们的计谋成功再招呼您，您听到了就马上带人出来。"欧阳纥依照她们的话，屏气敛息地藏在仓库里。

薄暮冥冥，只见有个东西如一匹白练，从其他山头飞驰而来，直入洞中。隔了一会儿，一个身高六尺多的男子，胸前长髯飘飘，穿白袍，持手杖，在众妇人的簇拥下走出来。他发现了林中的肥狗，惊疑地盯着，腾身飞扑过去抓住一只，撕开后不停地往嘴里塞，嚼肉吮血，大快朵颐，直到吃饱为止。妇人们竞相用玉杯向他劝酒，一群人谈笑打趣，十分开心。他喝了数斗酒，妇人们便扶着他进洞去，洞里又传出一阵阵嬉笑声。过了许久，一个妇人气喘吁吁地跑出来招呼欧阳纥，欧阳纥便拿着兵器率领军士冲入洞中。只见面前一头大白猿，四肢被绑在床头。它看到许多生人进来，不住地皱缩身子，挣扎着想要摆脱束缚，却没有成功，只好瞪大双眼，目光锐利如闪电。军士竞相用刀剑砍大白猿，如同砍在铁石上一般，大白猿毫发无损。欧阳纥猛然想起妇人的话，将刀直刺它脐下，扑哧一声，刀刃没入体内，鲜血如水柱般喷射出来。白猿长叹一声，喝道："这是老天要杀我，岂是你的能耐？不过你的妻子已经有孕在身，你不要杀害那孩子，他将来遭逢圣明的皇帝，必能光宗耀祖。"说罢，它便气绝身亡。

欧阳纥命人搜查白猿的贮藏，只见奇珍异宝堆积如山，珍馐美馔罗列几案。凡是人世间所珍奇的物品，应有尽有。其中还有数斛名香和一对宝剑。洞中有三十多名妇人，都是绝色佳丽，被掳来时间最长的有十年之久。据妇人们回忆，无论是谁，一旦年老色衰，就会被它带走，也不知安置到哪里去了。掳掠女子的只有它一个，并没有别的同党。它每天一早便起身梳洗、戴帽，穿上白夹袍，外披白罗衣，也不分寒冷暑热，一年四季都是这身穿戴。它浑身长满数寸长的白毛，在居所常常阅读木简，上面的字体好像符篆，无人认得。读完，它就把木简放在石磴下面。遇到晴朗的白天，它会挥舞双剑，舞动时周身电光飞绕，剑光浑圆如满月。它的饮食没有规律，喜欢吃野果和山栗，尤其喜欢吃狗肉，咀嚼完狗肉，还要喝狗血。日头刚过正午，它就倏忽离去，半天之内能往返好几千里，傍晚必定回来。这是它的日常活动规律。它所想要的东西，无不马上到手的。夜里它到各张床上寻欢，一夜之间，把所有女子都嬉弄一遍，从来不睡觉。这家伙了解的事情很多，谈吐渊博而详尽，见识丰赡，言辞流利，模样却是猿猴之类。

今年秋至，当树叶开始凋零时，它忽然凄怆地说："我被山神控诉，将要被判死罪。我曾向众神灵请求佑护，或许可以逃过一劫。"上个月八月十六，石磴突然冒火，把木简都烧掉了，它怅惘无措地说：

"我已经一千多岁了，还没有儿子，现在眼看要有儿子了，可死期到了。"它环顾诸女子，潸然泪下，又说："这座山重叠险峻，与世隔绝，从未有人到过。登上高处眺望，一个樵夫也看不到，山下则多虎狼怪兽。现在能到这里来的人，除了老天假手于他们，还能是什么呢？"欧阳纥取了奇珍异宝，领着众妇人回去了。妇人中尚有人知道自己的家在哪里的，各自寻路回了家。

一年后，欧阳纥的妻子诞下一个儿子，孩子的相貌酷似那白猿。后来，欧阳纥被陈武帝诛杀，他平素与江总交好，江总见他儿子聪颖过人，便将这孩子收养在家中。这孩子因此幸免于难。后来，这孩子长大了，精通辞章，善于书法，闻名于当时。

离魂记

陈玄祐

原文

天授三年，清河张镒，因官家于衡州。性简静，寡知友。无子，有女二人。其长早亡，幼女倩娘，端妍绝伦。镒外甥太原王宙，幼聪悟，美容范。镒常器重，每曰："他时当以倩娘妻之。"后各长成。宙与倩娘常私感想于寤寐，家人莫知其状。后有宾寮之选者求之，镒许焉。女闻而郁抑，宙亦深恚恨。托以当调，请赴京，止之不可，遂厚遣之。

宙阴恨悲恸，决别上船。日暮，至山郭数里。夜方半，宙不寐，忽闻岸上有一人行声甚速，须臾至船。问之，乃倩娘徒行跣足^①而至。宙惊喜发狂，执手问其从来，泣曰："君厚意如此，寝梦相感。今将夺我此志，

《离魂记》，宋李昉录于《太平广记》卷三百五十八神魂一，改题为"王宙"，篇末注"出《离魂记》"。

① 跣足：赤脚，指没穿鞋子。唐俗，人们在室内只穿袜子。入室时，即脱鞋于门外。此处形容倩娘匆忙逃出，连鞋子也没来得及穿。

又知君深情不易，思将杀身奉报，是以亡命来奔。"宙非意所望，欣跃特甚。遂匿倩娘于船，连夜遁去。倍道兼行，数月至蜀。凡五年，生两子。与镒绝信。其妻常思父母，涕泣言曰："吾曩日不能相负，弃大义而来奔君。向今五年，恩慈间阻。覆载之下，胡颜独存也？"宙哀之，曰："将归，无苦。"遂俱归衡州。

既至，宙独身先至镒家，首谢其事。镒曰："倩娘病在闺中数年，何其诡说也！"宙曰："见在舟中。"镒大惊，促使人验之。果见倩娘在船中，颜色怡畅，讯使者曰："大人安否？"家人异之，疾走报镒。室中女闻喜而起，饰妆更衣，笑而不语，出与相迎，翕然而合为一体，其衣裳皆重。

其家以事不正，秘之。惟亲戚间有潜知之者。后四十年间，夫妻皆丧。二男并孝廉擢第，至丞、尉。

玄祐少常闻此说，而多异同，或谓其虚。大历末，遇莱芜县令张仲规，因备述其本末。镒则仲规堂叔祖，而说极备悉，故记之。

译文

天授三年，清河郡张镒，因为到衡州做官，就在那里安家。张镒性情简淡好静，少有知己朋友。他膝下无子，只有两个女儿。长女早年不幸去世，次女名唤倩娘，端庄美丽，无人能及。张镒有个外甥是太原人士，名叫王宙。他自幼聪明颖悟，容貌俊美，举止得体。张镒一直很器重他，常常说："将来定当把倩娘许配给他。"王宙和倩娘各自长大成人，两人私下里彼此爱慕，常常在睡梦里都互相想念对方，家人却并不知道他们的情况。后来，张镒的幕僚中有个将赴吏部选官的人上门求亲，张镒竟然答应了。倩娘听闻此事，终日郁郁寡欢。王宙知道后，更是十分怨恨，于是托词说自己想到京城应考，以谋求官职，遂向张镒辞行。张镒挽留不住，只好送他许多财礼，让他动身。

王宙暗中怀着怨恨与悲怆，含泪向送行的人告别之后，便上船走了。天色向晚，船在城外数里远的地方，靠岸停泊。半夜时分，王宙正辗转难眠，忽然听得岸上传来一阵急促的脚步声，且越来越近。片刻之间，就已到船边。王宙起身出舱探问，原来是倩娘赤脚徒步追来。王宙惊喜交加，攥住她的手，问她从何而来。倩娘泣声道："郎君对我如此情深义重，使我在睡梦中都思念着您。如今父亲强行改变我的意愿，将我另许他人，而我又知道您对我深情不移，我想冒死来报答，因此逃亡来投奔您。"王宙听完，喜出望外。于是，他将倩娘藏匿在船舱中，连夜逃走。两人昼夜兼程地赶路，数月后到了四川。王宙和倩娘在一起生活了五年，生了两个儿子，其间与张镒断绝音信。倩娘时常思念父母，有一天，她哭着对王宙说："我当年不愿辜负您的情义，背弃了礼义道

德与您私奔。至今与双亲隔离，已足足五年了。可叹我活在天地之间，却不能对父母尽孝，还有什么脸面独自活下去呢？"王宙听了，很体谅妻子，说："我这就和你一同回去，不要再难过了。"二人一起动身回衡州。

等到了衡州，王宙独自一人先到张镒家中，为私奔一事叩头谢罪。张镒大惊道："倩娘病卧在闺房，已经好几年了，你为什么这样胡说呢？"王宙见岳父不信，又说："倩娘此时正在船上！"张镒听了，大吃一惊，急忙差家丁前去查看。家丁到了那儿一看，倩娘果然在船上。她神色和悦，还询问家丁："我父母的身体安康吗？"家丁十分诧异，急忙跑回来报告张镒。此时，闺房中卧病多年的倩娘也听闻了这个消息，喜滋滋地起身下床，梳洗打扮，更换衣服，含笑不语，出门相迎，两个倩娘顿时合融为一体，但她们身上的衣裳重叠着。

张家人认为这件事离奇不正常，便隐瞒起来不对外人说。只是亲戚中偶有私下知道的。又过了四十年，王宙夫妇都已相继过世。他们的两个儿子都考中了功名，官分别做到县丞和县尉。

玄祐年少时常常听人传说这件事，而情节大多有出入，甚至有人说这是虚构出来的。大历末年，我遇到莱芜县令张仲规，他向我详细讲述了这件事的本末。张镒是张仲规的堂叔祖，他的讲述也十分详细完备，因此我记了下来。

枕中记

沈既济

原文

开元七年，道士有吕翁者，得神仙术，行邯郸道中，息邸舍，摄帽弛带隐囊而坐。俄见邑中少年，乃卢生也。衣短褐，乘青驹，将适于田，亦止于邸中。与翁共席而坐，言笑殊畅。久之，卢生顾其衣装敝亵，乃长叹息曰："大丈夫生世不谐，困如是也！"翁曰："观子形体，无苦无恙，谈谐方适，而叹其困者，何也？"生曰："吾此苟生耳，何适之谓？"翁曰："此不谓适，而何谓适？"生曰："士之生世，当建功树名，出将入相，列鼎而食，选声而听，使族益昌而家益肥，然后可以言适乎。吾尝志于学，富于游艺，自惟当年，青

《枕中记》，宋李昉录于《太平广记》卷八十二异人二，改题为"吕翁"，下注"出《异闻集》"。另收录于《文苑英华》卷八百三十三，文字有异。

紫可拾。今已适壮①，犹勤畎亩，非困而何？"言讫，
而目昏思寐。时主人方蒸黍，翁乃探囊中枕以授之，
曰："子枕吾枕，当令子荣适如志。"其枕青瓷，而窍
其两端，生俯首就之。寐见其窍渐大，明朗可处，乃举
身而入，遂至其家。

数月，娶清河崔氏女。女容甚丽，生资愈厚。生大
悦，由是衣装服御，日益鲜盛。明年，举进士登第，
释褐秘校。应制举，转渭南尉。俄迁监察御史，转起居
舍人、知制诰。三载即真。出典同州，迁陕州。生性好
土功，自陕西凿河八十里以济不通。邦人赖之，刻石纪
德。移节卞州，领河南道采访使，征为京兆尹。

是岁，神武皇帝②方事戎狄③，恢宏土宇。会吐蕃悉
抹逻及烛龙莽布支攻陷瓜沙，而节度使王君奂新被杀，
河湟震动。帝思将帅之才，遂除生御史中丞、河西节度
使。大破戎虏，斩首七千级，开地九百里，筑三大城以
遮要害。边人赖之，立石于居延山以颂之。归朝策勋，
恩礼极盛，转吏部侍郎，迁户部尚书兼御史大夫。时望
清重，群情翕习。大为时宰所忌，以飞语中之，贬为端
州刺史。

① 适壮：步入壮年。原文为
"适壮"，疑为"逾壮"之误。

② 神武皇帝：即唐玄宗李隆
基，尊号全称是"开元圣文神
武皇帝"。

③ 戎狄：西方和北方各部族的
统称。

三年征为常侍，未几，同中书门下平章事。与萧中令嵩、裴侍中光庭同执大政十余年。嘉谟密令，一日三接，献替启沃，号为贤相。同列害之，复诬与边将交结，所图不轨，下制狱。府吏引从至其门而急收之。生惶骇不测，泣谓妻子曰："吾家山东④，有良田五顷，足以御寒馁，何苦求禄，而今及此，思衣短褐、乘青驹，行邯郸道中，不可得也。"引刃自刎，其妻救之，获免。其罹者皆死，独生为中官保之，减罪死，投驩州。

　　数年，帝知冤，复追为中书令，封燕国公，恩旨殊异。生五子，曰俭、曰傅、曰位、曰偁、曰倚，皆有才器。俭进士登第，为考功员外；傅为侍御史；位为太常丞；偁为万年尉。倚最贤，年二十八，为左襄。其姻媾皆天下望族。有孙十余人。凡两窜荒徼，再登台铉，出入中外。回翔台阁，五十余年间，崇盛赫奕，一时无比。性颇奢荡，甚好佚乐，后庭声色皆第一绮丽。前后赐良田、甲第、佳人、名马，不可胜数。后年渐衰迈，屡乞骸骨，不许。及病，中人候问，相踵于道，名医上药，无不至焉。

④ 山东：太行山以东地区，指河北邯郸。

将殁，上疏曰："臣本山东诸生，以田圃为娱。偶逢圣运，得列官叙。过蒙殊奖，特彼鸿私，出拥节旌，入升台辅，周旋内外，绵历岁时。有忝天恩，无裨圣化。负乘贻寇，履薄增忧。日惧一日，不知老至。今年逾八十，位极三事，钟漏并歇，筋骸俱耄。弥留沉顿，待时益尽。顾无成效，上答休明，空负深恩。永辞圣代，无任感恋之至。谨奉表陈谢。"诏曰："卿以俊德，作朕元辅，出拥藩翰，入赞雍熙，升平二纪，实卿所赖。比因疾疹，日谓痊平，岂斯沈痼，良用悯恻。今令骠骑大将军高力士就第候省，其勉加针石，为予自爱。犹冀无妄，期于有瘳。"是夕卒。

卢生欠伸而寤，见其身方偃于邸舍，吕翁坐其傍，主人蒸黍未熟，触类如故。生蹶然而兴曰："岂其梦寐也？"翁笑谓生曰："人生之适，亦如是矣。"生怃然良久，谢曰："夫宠辱之道，穷达之运，得丧之理，死生之情，尽知之矣。此先生所以窒吾欲也，敢不受教。"稽首再拜而去。

译文

开元七年，道士吕翁学了一些神仙法术。有一天，他前往邯郸，半途进一家旅舍歇息，脱下帽子，松开衣带，倚着行囊坐了下来。不一会儿，只见路上来了一位少年，乃是卢生。他身穿粗布短衣，骑着青色的马驹，看样子是要到田里劳作，也进了旅舍歇脚，与吕翁同席而坐。两人说说笑笑，很是投机。不知不觉，两人谈了好一阵，卢生低头看看自己一身破旧肮脏的衣裳，不禁长叹道："大丈夫生在世上不得志，竟然困顿到如此地步！"吕翁说："看您的模样，没病没痛，谈笑得正适意，忽然感叹自己的困顿，这是什么缘故啊？"卢生答："我不过是苟且偷生罢了，哪有什么适意可言？"吕翁问道："这样不算适意，那怎样才算适意呢？"卢生回答道："读书人生在人世间，就应当建功扬名，出将入相。山珍海味，金石丝竹，任我挑选。使亲族日益兴旺，家业愈加富裕。这样才称得上适意吧！我曾立志于学，也掌握了各种技艺，当初自以为年轻有为，功名唾手可得。如今已步入壮年，还在田垄间劳作，不是困顿，又是什么呢？"说完，卢生只觉得双眼迷蒙，呵欠连连，昏昏欲睡。这时，店主正在蒸黄粱饭。吕翁伸手探入行囊中，摸出一只枕头递给卢生道："您枕上我这枕头睡吧，一定可以使您荣耀适意，实现平生志向。"卢生接过来一看，这是个青瓷枕，两端镂空。他把枕头放在榻上，枕上了枕头。蒙眬间，卢生看见枕头的孔逐渐变大，豁然明朗，便纵身进入，马上就回到了自己的家中。

几个月后，卢生娶清河郡望族崔家的小姐为妻。崔小姐容貌十分美丽，因为女方的嫁资，卢生的资产更加丰厚。卢生十分高兴，从此衣装

和车马越来越奢华。第二年，卢生参加进士科考试，一举登科，被任命为秘书省校书郎。接着，他又参加"制科"考试，调任为渭南县尉，不久升任监察御史，再升迁为起居舍人，兼署知制诰。三年之后，卢生离京出掌同州刺史，又升任陕州都督。卢生平生热衷兴修水利工程，命人从陕西开凿运河八十里，以改善交通不便的情况，给当地的百姓带来便利，百姓刻石立碑记载他的功德。后来，卢生又调任汴州节度使，兼任河南道采访使，时隔不久，又征召入京任京兆尹。

这一年，神武皇帝正与戎狄交战，开拓疆土。恰值吐蕃将领悉抹逻和烛龙将领莽布支领兵攻陷瓜州，河西陇右节度使王君㚟新近被回纥杀害，黄河、湟水流域一带人心惶惶。皇帝急需具有将帅才能的人，于是授予卢生为御史中丞，兼任河西道节度使。卢生到任后，统兵大破戎狄，杀敌七千多人，开拓疆土九百多里，还修筑了三座大城来扼守边关要塞，边疆百姓在居延山竖立石碑，来歌颂他的功德。卢生凯旋，皇帝论功行赏，举行了盛大的封赐典礼。卢生先是转任吏部侍郎，后迁任户部尚书兼御史大夫，一时间地位清要、声望尊显，同僚都想与他亲附、结交。结果，卢生为当朝宰相忌恨，招致流言蜚语，被贬为端州刺史。

三年后，卢生重新被征召入京，担任常侍，不久便晋升为同中书门下平章事，与中书令萧嵩、侍中裴光庭共同执掌朝政十余年，往往在一

天之内多次承接、执行皇帝的重大决策和秘密诏命。卢生竭忠尽职，呈献可行的政策，以治国之道进谏皇帝，在当时被称为"贤相"。于是，他又引起同僚妒忌，被诬陷与边疆将领勾结，欲图谋不轨。皇帝下旨将卢生收押诏狱。官吏带领手下来到他家门前，要立即逮捕他。卢生惊慌失措，不知命运如何，他对妻子说："我老家原在山东，有良田五顷，靠田里的收入就足吃够穿，不致挨饿受冻，何苦要出来追求功名呢？如今落得如此地步，再想像从前那样穿着粗布短衣，骑着青色的马驹，漫步在邯郸的路上，也不可能了！"于是，他举起刀来要自刎。妻子急忙上前拦住，他才免于一死。后来，与卢生一案有牵连的人全被处死，只有他因宦官求情而得以减免死罪，流放到岭南骧州。

过了几年，皇帝觉察到卢生的冤情，起复他担任中书令，册封为燕国公，对他的恩宠极其优厚。卢生有五个儿子，取名为卢俭、卢僔、卢位、卢倜、卢倚，都有才能气度。卢俭考中进士，授任考功员外郎；卢僔任侍御史；卢位任太常丞；卢倜任万年县尉；卢倚最为贤能，二十八岁就担任左补阙。同卢家结亲的都是名门望族，五个儿子生了十多个孙子。卢生一生两次被流放到荒凉的边境，又两次登上宰相的高位，出将入相，宦海沉浮，凡五十多年，地位崇高，声势显赫。他生性奢侈放荡，喜欢游乐享受，家中的歌伎、姬妾，都是一流的姿色。皇帝赏赐的良田、豪宅、美人、名马，不可胜数。后来，卢生年迈体衰，屡次上疏请求告老还乡，都没有获准。他患了病，皇帝派来探望的宦官络绎于途，还送来名医和良药。

他在弥留之际，上疏道："臣本是山东的普通儒生，以在田间劳作而自得其乐。幸逢盛世鸿运，得以名列官阶。承蒙陛下嘉赏，皇恩浩荡，使臣得以外任统军，镇守边疆，入朝掌权，荣任宰相。臣数十年来，碌碌辗转于朝廷内外，实在是有愧于圣上的天恩，对于圣明教化没有做出贡献。臣以小人之才而居圣贤之位，徒然遗留祸患，心怀戒惧，行事如履薄冰，恐惧担忧，日甚一日。不知不觉，老之将至。如今臣已年过八十，位列三省之长。臣风烛残年，筋衰骨朽，痼疾缠绵不愈，身心委顿，只是等待死期而已。一生之中，只有从劳之苦，而乏建树之功，无以报答陛下的圣德，只能辜负圣上的深恩，即将永远辞别这圣明的时代。臣心中无限感激眷恋，谨奉此表陈述遗衷。"皇帝阅过卢生呈上的奏疏，降下诏书抚慰他道："爱卿以贤俊的德行，担任首辅，外任能捍卫国家的边疆，入朝则襄助朝政的和乐。天下升平二十多年，实在是全赖卿的辅佐。近来，卿疾病缠身，原以为不久就可以痊愈，岂料病势日渐沉重，朕心甚忧。现特命骠骑大将军高力士到府上问候，望卿勉力服药休养，为朕保重自己的身体。但愿病体无恙，早日康复。"当天夜里，卢生就死了。

这时，卢生打了一个呵欠，伸了伸懒腰，醒了过来。他揉了揉眼睛，发现自己正躺在旅舍之中，吕翁坐在他的身旁，店主的黄粱饭还没有蒸熟。触目所见，跟睡前一样。卢生一跃而起，说："难道我是在做梦吗？"吕翁对卢生说："人生所谓适意，也不过如此。"卢生惆怅良久，向吕翁道谢："对于宠辱的无常、穷达的机运、得失的道理、生死的情形，我全都领略到了。这是先生帮我窒塞对人世间功名富贵的欲望，我怎敢不接受您的教诲呢？"说完，卢生向吕翁跪地叩头，拜了两拜才离开。

柳毅传

李朝威

原文

唐仪凤中，有儒生柳毅者应举下第，将还湘滨。念乡人有客于泾阳者，遂往告别。至六七里，鸟起马惊，疾逸道左。又六七里，乃止。见有妇人，牧羊于道畔。毅怪而视之，乃殊色也。然而蛾脸不舒，巾袖无光。凝听翔立，若有所伺。毅诘之曰："子何苦而自辱如是？"妇始楚而谢，终泣而对曰："贱妾不幸，今日见辱于长者。然而恨贯肌骨，亦何能愧避？幸一闻焉：妾洞庭龙君小女也，父母配嫁泾川次子。而夫婿乐逸，为婢仆所惑，日以厌薄。既而将诉于舅姑。舅姑爱其子，不能御。迨诉频切，又得罪舅姑。舅姑毁黜以至此。"

《柳毅传》出自《异闻集》，宋李昉录于《太平广记》卷四百一十九龙二。原题无"传"字，鲁迅先生辑录《唐宋传奇集》时增。

言讫，歔欷流涕，悲不自胜。

又曰："洞庭于兹，相远不知其几多也。长天茫茫，信耗莫通。心目断尽，无所知哀。闻君将还吴，密通洞庭，或以尺书寄托侍者，未卜将以为可乎？"毅曰："吾义夫也。闻子之说，气血俱动，恨无毛羽，不能奋飞，是何可否之谓乎？然而洞庭深水也。吾行尘间，宁可致意耶？惟恐道途显晦，不相通达，致负诚托，又乖恳愿。子有何术，可导我邪？"女悲泣且谢曰："负载珍重，不复言矣。脱获回耗，虽死必谢。君不许，何敢言？既许而问，则洞庭之与京邑，不足为异也。"毅请闻之。女曰："洞庭之阴，有大橘树焉，乡人谓之社橘①。君当解去兹带，束以他物。然后叩树三发，当有应者。因而随之，无有碍矣。幸君子书叙之外，悉以心诚之话倚托，千万无渝。"毅曰："敬闻命矣。"女遂于襦间解书，再拜以进。东望愁泣，若不自胜。毅深为之戚，乃致书囊中。因复问曰："吾不知子之牧羊，何所用哉？神祇岂宰杀乎？"女曰："非羊也，雨工也。""何为雨工？"曰："雷霆之类也。"毅顾视之，则皆矫顾怒步，饮龁甚异，而大小毛角，则

① 社橘：唐俗，乡间选择大树下举行"社祭"。"社"为土地神，"社橘"即指那样的大橘树。

无别羊焉。毅又曰:"吾为使者,他日归洞庭,幸勿相避。"女曰:"宁止不避,当如亲戚耳。"语竟,引别东去。不数十步,回望女与羊,俱亡所见矣。其夕,至邑而别其友。

月余到乡还家,乃访于洞庭。洞庭之阴,果有社橘。遂易带向树,三击而止。俄有武夫出于波间,再拜请曰:"贵客将自何所至也?"毅不告其实,曰:"徒谒大王耳。"武夫揭水止路,引毅以进。谓毅曰:"当闭目,数息可达矣。"毅如其言,遂至其宫。始见台阁相向,门户千万,奇草珍木,无所不有。夫乃止毅停于大室之隅,曰:"客当居此以伺焉。"毅曰:"此何所也?"夫曰:"此灵虚殿也。"谛视之,则人间珍宝,毕尽于此。柱以白璧,砌以青玉,床以珊瑚,帘以水精。雕琉璃于翠楣,饰琥珀于虹栋。奇秀深杳,不可殚言。然而王久不至。毅谓夫曰:"洞庭君安在哉?"曰:"吾君方幸玄珠阁,与太阳道士讲火经。少选当毕。"毅曰:"何谓火经?"夫曰:"吾君龙也,龙以水为神,举一滴可包陵谷。道士乃人也,人以火为神圣,发一焰可燎阿房。然而灵用不同,玄化各异,太阳道士精于人理,吾君邀以听。"

言语毕,俄而宫门辟,景从云合,而见一人披紫衣,执青玉。夫跃曰:"此吾君也。"乃至前以告之。君望毅而问曰:"岂非人间之人乎?"毅对曰:"然。"毅遂设拜,君亦拜。命坐于灵虚之下。谓毅曰:"水府幽深,寡人暗昧。夫子不远千里,将有为乎?"毅曰:

"毅，大王之乡人也。长于楚，游学于秦。昨下第，闲驱泾水右涘，见大王爱女，牧羊于野，风鬟雨鬓，所不忍视。毅因诘之，谓毅曰，为夫婿所薄，舅姑不念，以至于此。悲泗淋漓，诚怛人心。遂托书于毅。毅许之，今以至此。"因取书进之。洞庭君览毕，以袖掩面而泣曰："老父之罪，不能鉴听，坐贻聋瞽，使闺窗孺弱，远罹构害。公乃陌上人也，而能急之。幸被齿发，何敢负德！"词毕，又哀咤良久。左右皆流涕。时有宦人密视君者，君以书授之，令达宫中。

须臾，宫中皆恸哭。君惊谓左右曰："疾告宫中，无使有声。恐钱塘所知。"毅曰："钱塘何人也？"曰："寡人之爱弟。昔为钱塘长，今则致政矣。"毅曰："何故不使知？"曰："以其勇过人耳。昔尧遭洪水九年者，乃此子一怒也。近与天将失意，塞其五山。上帝以寡人有薄德于古今，遂宽其同气之罪。然犹縻系于此。故钱塘之人，日日候焉。"语未毕，而大声忽发，天坼地裂，宫殿摆簸，云烟沸涌。俄有赤龙长千余尺，电目血舌，朱鳞火鬣，项掣金锁，锁牵玉柱，千雷万霆，激绕其身，霰雪雨雹，一时皆下。乃擘青天而飞去。毅恐蹶仆地。君亲起持之曰："无惧，固无害。"毅良久稍安，乃获自定。因告辞曰："愿得生归，以避复来。"君曰："必不如此。其去则然，其来则不然。幸为少尽缱绻。"因命酌互举，以款人事。

俄而祥风庆云，融融怡怡，幢节玲珑，箫韶以随。红妆千万，笑语熙熙。后有一人，自然蛾眉，明珰满身，绡縠参差。迫而视之，乃前寄辞者。然若喜若悲，零泪如系。须臾红烟蔽其左，紫气舒其右，香气环旋，入于宫中。君笑谓毅曰："泾水之囚人至矣。"君乃辞归宫中。须臾，又闻怨苦，久而不已。有顷，君复出，与毅饮食。又有一人披紫裳，执青玉，貌耸神溢，立于君左。谓毅曰："此钱塘也。"毅起，趋拜之。钱塘亦尽礼相接，谓毅曰："女侄不幸，为顽童所辱。赖明君子信义昭彰，致达远冤。不然者，是为泾陵之土矣。飧德怀恩，词不悉心。"毅撝退辞谢，俯仰唯唯。然后回告兄曰："向者辰发灵虚，已至泾阳，午战于彼，未还于此。中间驰至九天，以告上帝。帝知其冤而宥其失，前所谴责，因而获免。然而刚肠激发，不遑辞候，惊扰宫中，复忤宾客。愧惕惭惧，不知所失。"因退而再拜。君曰："所杀几何？"曰："六十万。""伤稼乎？"曰："八百里。"君曰："无情郎安在？"曰："食之矣。"君忾然曰："顽童之为是心也，诚不可忍，然汝亦太草草。赖上帝显圣，谅其至冤。不然者，吾何辞焉？从此已去，勿复如是。"钱塘君复再拜。是夕，遂宿毅于凝光殿。

明日，又宴毅于凝碧宫。会友戚，张广乐，具以醴醑，罗以甘洁。初箛角鼙鼓，旌旗剑戟，舞万夫于其右。中有一夫前曰："此《钱塘破阵乐》。"旌铓杰气，顾骤悍栗。座客视之，毛发皆竖。复有金石丝竹，罗绮珠翠，舞千女于其左。中有一女前进曰："此《贵主还宫乐》。"清音宛转，如诉如慕。坐客听之，不觉泪下。二舞既毕，龙君大悦，锡以纨绮，颁于舞人。然后密席贯坐，纵酒极娱。酒酣，洞庭君乃击席而歌曰："大天苍苍兮，大地茫茫。人各有志兮，何可思量？狐神鼠圣兮，薄社依墙②。雷霆一发兮，其孰敢当？荷贞人兮信义长，令骨肉兮还故乡。齐言惭愧兮何时忘？"洞庭君歌罢，钱塘君再拜而歌曰："上天配合兮，生死有途。此不当妇兮，彼不当夫。腹心辛苦兮，泾水之隅。风霜满鬓兮，雨雪罗襦。赖明公兮引素书，令骨肉兮家如初。永言珍重兮无时无。"钱塘君歌阕，洞庭君俱起奉觞于毅。毅踧踖而受爵。饮讫，复以二觞奉二君。乃歌曰："碧云悠悠兮，泾水东流。伤美人兮，露泣花愁。尺书远达兮，以解君忧。哀冤果雪兮，还处其休。荷和雅兮感甘羞，山家寂寞兮难久留。欲将辞去兮悲绸缪。"歌罢，皆呼万岁。洞庭君因出碧玉箱，贮以开水犀。钱塘君复出红珀盘，贮以照夜玑。皆起进毅。毅辞谢而受。然后宫中之人，咸以绡彩珠璧，投于毅侧，重叠焕赫。须臾，埋没前后。毅笑语四顾，愧揖不暇。洎酒阑欢极，毅辞起，复宿于凝光殿。

② 狐神鼠圣兮，薄社依墙：狐狸依着城墙，老鼠依着祭社做巢穴，比喻坏人有所倚恃而猖獗。

翌日，又宴毅于清光阁。钱塘因酒作色，踞谓毅曰："不闻猛石可裂不可卷，义士可杀不可羞耶？愚有衷曲，欲一陈于公。如可，则俱在云霄；如不可，则皆夷粪壤。足下以为何如哉？"毅曰："请闻之。"钱塘曰："泾阳之妻，则洞庭君之爱女也。淑性茂质，为九姻所重。不幸见辱于匪人，今则绝矣。将欲求托高义，世为亲戚，使受恩者知其所归，怀爱者知其所付。岂不为君子始终之道者？"毅肃然而作，欻然而笑曰："诚不知钱塘君孱困如是。毅始闻跨九州，怀五岳，泄其愤怒。复见断金锁，掣玉柱，赴其急难。毅以为刚决明直，无如君者。盖犯之者不避其死，感之者不爱其生，此真丈夫之志。奈何箫管方洽，亲宾正和，不顾其道，以威加人？岂仆人素望哉！若遇公于洪波之中，玄山之间，鼓以鳞须，被以云雨，将迫毅以死，毅则以禽兽视之。亦何恨哉？今体被衣冠，坐谈礼义，尽五常之志性，穷百行之微旨。虽人世贤杰，有不如者，况江河灵类乎？而欲以蠢然之躯，悍然之性，乘酒假气，将迫于人。岂近直哉？且毅之质，不足以藏王一甲之间。然而敢以不伏之心，胜王不道之气。惟王筹之！"钱塘乃逡巡致谢曰："寡人生长宫房，不闻正论。向者词述狂妄，搪突高明。退自循顾，戾不容责。幸君子不为此乖问可也。"其夕复饮宴，其乐如旧，毅与钱塘遂为知心友。

明日，毅辞归。洞庭君夫人别宴毅于潜景殿，男女仆妾等悉出预会。夫人泣谓毅曰："骨肉受君子深恩，恨不得展愧戴，遂至睽别。"

使前泾阳女当席拜毅以致谢。夫人又曰："此别岂有复相遇之日乎？"毅其始虽不诺钱塘之情，然当此席，殊有叹恨之色。宴罢辞别，满宫凄然，赠遗珍宝，怪不可述。

毅于是复循途出江岸。见从者十余人，担囊以随，至其家而辞去。毅因适广陵宝肆，鬻其所得，百未发一，财已盈兆。故淮右富族咸以为莫如。遂娶于张氏，岁余张氏亡，而又娶韩氏。数月，韩氏又亡。徙家金陵，常以鳏旷多感，或谋新匹。有媒氏告之曰："有卢氏女，范阳人也。父名曰浩，尝为清流宰。晚岁好道，独游云泉。今则不知所在矣。母曰郑氏。前年适清河张氏，不幸而张夫早亡。母怜其少，惜其慧美，欲择德以配焉。不识何如？"毅乃卜日就礼。既而男女二姓，俱为豪族。法用礼物，尽其丰盛。金陵之士，莫不健仰。居月余，毅因晚入户，视其妻，深觉类于龙女，而逸艳丰厚，则又过之。因与话昔事。妻谓毅曰："人世岂有如是之理乎？"经岁余，有一子，端丽奇特，毅益爱重之。

既产逾月，乃秾饰换服。召亲戚相会之间，笑谓毅曰："君不忆余之于昔也？"毅曰："夙为姻好，何以为忆？"妻曰："余即洞庭君之女也。泾川之冤，君使得白。衔君之恩，誓心求报。洎钱塘季父论亲不从，遂至睽违，天各一方，不能相问。中间父母欲配嫁于濯锦小儿。某遂闭户剪发，以明无意。虽君子弃绝，分见无期，而当初之心，死不自替。他日父母怜其志，复欲驰白于君子。值君子累娶，当娶于张，已而又娶于韩。迨张、韩继卒，君卜居于兹。故余之父母，乃喜余得遂报君之意。今日获奉君子，咸善终世，死无恨矣。"因呜咽泣涕交下，复谓毅曰："始不言者，知君无重色之心；今乃言者，知君有感余之意。妇人匪薄，不足以确厚永心。故因君爱子，以托相生。未知君意如何，愁惧兼心，不能自解。君附书之日，笑谓妾曰：'他日归洞庭，慎无相避。'诚不知当此之际，君岂有意于今日之事乎？其后季父请于君，君固不许。君乃诚将不可邪，抑忿然邪？君其话之。"毅曰："似有命者。仆始见君于长泾之隅，枉抑憔悴，诚有不平之志。然自约其心者，达君之冤，余无及也。初言'慎无相避'者，偶然耳。岂有意哉？洎钱塘逼迫之际，唯理有不可直，乃激人之怒耳。夫始以义行为之志，宁有杀其婿而纳其妻者邪？一不可也。吾素以操真为志尚，宁有屈于己而伏于心者乎？二不可也。且以率肆胸臆，酬酢纷纶，唯直是图，不遑避害。然而将别之日，见君有依然之容，心甚恨之。终以人事扼束，无由报谢。吁！今日君卢氏也，又家于人间。则吾始心未为惑矣。从此以往，永奉欢好，幸无纤虑也。"妻因深感娇泣，良久不已。有顷，谓毅曰："勿以他类，遂为无心，固当知报耳。夫龙寿万岁，今与君同之。水陆无往不适。君不以为妄也。"毅嘉之曰："吾不知国客乃复为神仙之饵！"乃相与觌洞庭，既至而宾主盛礼，不可具纪。

后徙居南海，近四十年。其邸第舆马，珍鲜服玩，虽侯伯之室，无以加也。毅之族咸遂濡泽。以其春秋积序，容状不衰，南海之人，靡不惊异。洎开元中，上方属意于神仙之事，精索道术，毅不得安，遂相与归洞庭。凡十余岁，莫知其迹。至开元末，毅之表弟薛嘏为京畿令③，谪官东南，经洞庭，晴昼长望，俄见碧山出于远波。舟人皆侧立，曰："此本无山，恐水怪耳。"指顾之际，山与舟稍相逼。乃有彩船自山驰来，迎问于嘏。其中有一人呼之曰："柳公来候耳。"嘏省然记之，乃促至山下，摄衣疾上。山有宫阙如人世，见毅立于宫室之中，前列丝竹，后罗珠翠，物玩之盛，殊倍人间。毅词理益玄，容颜益少。初迎嘏于砌，持嘏手曰："别来瞬息，而发毛已黄。"嘏笑曰："兄为神仙，弟为枯骨，命也。"毅因出药五十丸遗嘏曰："此药一丸，可增一岁耳。岁满复来，无久居人世，以自苦也。"欢宴毕，嘏乃辞行。自是已后，遂绝影响。嘏常以是事告于人世。殆四纪，嘏亦不知所在。

陇西李朝威叙而叹曰："五虫之长④，必以灵者，别斯见矣。人裸也，移信鳞虫。洞庭含纳大直，钱塘迅

③ 京畿令：唐代以京兆、河南、太原三府所辖各县县令为"畿县令"，合称为"京畿令"。

④ 五虫之长：五虫指裸虫、羽虫、毛虫、鳞虫、介虫，五虫之长分别是圣人、凤、麒、龙、龟。

疾磊落，宜有承焉。嘅咏而不载，独可邻其境。愚义之，为斯文。"

译文

　　仪凤年间，书生柳毅赴京参加科举考试，落榜了，便打算返回湘水边的家乡。他想起有个同乡旅居在泾阳，就前往辞行。走了六七里，一群鸟扑棱棱地飞起来，他的马受到了惊吓，向道旁小路飞奔而去，一口气跑了六七里，才停下来。这时，柳毅看见有个女子在路旁牧羊，出于好奇打量了一眼，发现女子长得非常美丽。可是，她穿戴破旧，双眉颦蹙，面带愁容，出神地站在那里，仿佛在等待什么。柳毅忍不住上前，问她道："你有什么苦恼，使自己委屈到这种地步？"那女子起初哭丧着脸，摇头谢绝，后来抽噎着回答道："贱妾不幸，今天蒙您关怀下问，实在惭愧。但是，我的怨恨铭心刻骨，又怎能因羞愧而回避不答呢？希望您能听一听。我是洞庭龙王的小女儿，父母把我嫁给泾水龙王的二儿子，但我的夫君一味放荡享乐，受到了婢仆们的蒙蔽，一天天地厌弃、虐待我。后来我把这情况禀告了公婆，公婆溺爱自己的儿子，故管束不住他。等我禀告得频繁、急切了，连公婆也得罪了。公婆责打我，并将我驱赶到这里，弄到如今这个地步。"说完，泣不成声，泪流不止，抑制不住心中的悲伤。

接着又说："洞庭离这里，相距不知有多远？我极目云天，渺茫无际，音信不通。我望眼欲穿，心力交瘁，也无法使家里知道我的悲苦。听说您将要回到南方去，您的家乡紧接洞庭湖，我想拜托您捎带一封家书，不知您意下如何？"柳毅答："我是个仗义的男子。听了你这番话，满腔气血沸腾，只恨身上没长翅膀，不能一下子飞到洞庭，还说什么可以不可以呢？不过洞庭湖浩瀚无垠，深不可测，我只能在人世间来往，又怎能替你去龙宫水府送信呢？只怕人世和仙境道路不通，既辜负了你热忱的嘱托，又违背了你恳切的愿望。你有什么办法，可以给我引路吗？"女子边哭泣边道谢："承蒙您慨然接受了我的托付，请您一路上好好保重，这些客套话就不用再说了。倘若能得到回音，即使我死了，也一定会感谢您。方才您不曾答应时，我怎敢说呢？现在您既然答应了，并问我如何去洞庭龙宫，那我告诉您，洞庭的龙宫跟人世的京城并没有什么不同啊。"柳毅请她说明一下。女子接着说："洞庭湖的南岸有一棵大橘树，当地人称它为'社橘'。您到了那儿，解下腰带，缚上其他东西，然后在树干上敲打三下，自会有人出来接应您。您就跟随他走，不会有什么阻碍。希望您除了捎带家书之外，并将我告诉您的心里话都转达给我的家人，千万不要忘了！"柳毅说："我一定按你的嘱咐去办。"女子于是从短袄里掏出信来，向柳毅拜了又拜，然后把信递给他。这时她望着东方，愁眉不展，眼眶里噙着泪水，仿佛不能抑制内心的悲伤。柳毅也深深地替她难过，便将信放入行囊，好奇地问道："我不知道你牧羊有什么用处，难道神灵也要宰杀牲口吗？"女子答："这些并不是羊，而是'雨工'。"柳毅问："什么叫'雨工'？"女子又答："如同雷公、电母一般，是掌管下雨的神。"柳毅回首定睛一看，只见它们个个都昂首阔步，饮水嚼草的模样很特别，可是身体的大小和样子，跟普通的羊并无差别。柳毅又道："如今我替你捎信，将来你回到洞庭，希望不要有意避开我呀！"女子笑着说："岂止不避开，还要像亲戚一般往来呢。"说完，柳毅跟她告别，转身向东走了不到几十步，回头看时，那女子与羊群都不见了。当晚，柳毅到泾阳辞别了友人。

　　一个多月后，柳毅回到家乡。到家不久，就到洞庭湖滨去寻访。洞庭湖的南岸，果然有一棵"社橘"。他就解下腰带，在带上缚了石块，对着树干"笃""笃""笃"连敲三下。不一会儿，有个武士从波浪中跃出，向柳毅行礼后问道："贵客是从什么地方来的？"柳毅有意隐瞒实情，只说："我特来拜见大王。"武士伸手指向水面，水波便往两边分开，出现一条路来。武士领着柳毅前进，叮嘱道："请闭上眼睛，很快就到了。"柳毅依照他的话闭上眼睛，随即便到了龙宫。只见高楼台阁，一座座相对排列；门户鳞次栉比，难以计数；奇花异木，无所不有。武士引柳毅到一座大殿的殿角，止步道："贵客请在这里等候吧。"柳毅问:"这里是什么地方?"武士答:"这里是灵虚殿。"柳毅仔细观看,觉得人世间的珍宝都荟萃到这里了。殿柱是用白璧琢成的,台阶是用青玉铺砌的,床榻是用珊瑚镶制的,帘幕是用水晶串成的,碧绿的门楣上镶嵌着琉璃,七彩的屋梁上装饰着琥珀……奇丽幽深的景象,说也说不尽。可是候了好久,龙王仍没来。柳毅忍不住问武士:"洞庭君在哪里?"武士答:"我们大王正驾临玄珠阁,跟太阳真人谈论《火经》,不多时就完毕了。"柳毅问:"什么是《火经》?"武士说:"我们大王是龙,龙凭借着水来显示神通,喷一滴就可以淹没丘陵山谷。太阳真人是人,人凭借火来展现本领,一点星星之火就可以将阿房宫烧成一片焦土。然而二者的作用不同,玄妙变化也不一样。太阳真人精通用火的玄机,我们大王请他来,听听他的高论。"

话音刚落,宫门便大开。黑压压一大群侍从簇拥着一位身披紫袍,手执青玉的人出来了。武士跳起身来,说:"这就是我们的大王!"立刻抢上前禀告柳毅来访一事。洞庭君打量着柳毅问:"先生莫不是从人世间来的吗?"柳毅便向洞庭君行礼,答:"正是。"洞庭君也答了礼,请他坐于灵虚殿下,对柳毅说:"水府幽深,寡人愚昧,先生不远千里而来,不知有何见教?"柳毅欠身答道:"我是大王的同乡,生长于湘潭,远游求学于秦。前些日子,赴长安应试,不幸落榜,闲步于泾水岸边,看见大王的爱女在郊野牧羊,听任风吹雨打,憔悴不堪,令人目不忍睹。我便上前询问她，她告诉我说，被丈夫虐待，公婆又不体谅她，以致沦落到这等地步。说完，她哭得涕泗淋漓，实在使人痛心。于是，她托我捎封家书，我答应了。今天为这事才赶到这里。"说着，便取出书信来，呈给洞庭君。洞庭君看完，禁不住用衣袖掩住脸哭道："这是我做父亲的罪过，不曾察探外面的情况，使得自己既聋又瞎，以致家中弱女在远地遭到陷害。先生不过是陌路相逢之人，却能仗义救人急难。我幸而嚼齿戴发，修成了人身，怎敢忘记您的恩德？"说完，又哀叹了许久，连跟前的人也都为之感伤落泪。这时有个贴身宦官在一旁随侍，洞庭君便把书信交给他，命他送进宫去。

不一会儿，宫里传出一片恸哭声。洞庭君大惊，连忙吩咐侍从："赶紧传告宫中，不要哭出声来，免得让钱塘君得知。"柳毅问："钱塘君是谁啊？"洞庭君答："是寡人的胞弟，以前任过钱塘龙君，如今已被罢免了。"柳毅又问："为什么不让他知道？"洞庭君道："因为他勇猛过人，要是惹怒他发了火，非同小可。上古唐尧时期闹了九年的洪灾，就是他一怒之下造成的。最近他跟天将失睦，又发洪水淹没了五岳。上帝因寡人历来稍有些功德于百姓，才宽恕了我胞弟的罪过。但还是把他拘禁在这里，因此钱塘的百姓，天天在等他回去。"话音未落，忽然听得一声巨响，如天崩地裂，震得宫殿颠簸摇摆，阵阵云烟翻滚上涌。随即出现一条赤龙，长千余尺，双眼闪耀着电光，露出血红的长舌，周身披着红鳞，飘扬着火焰般的鬃毛。颈上拴着金锁，锁链系在玉柱上，无数道雷霆环绕着它的周身轰鸣，雨雪冰雹一时纷纷而降。只见赤龙划破长空，奋飞而去。柳毅吓得跌倒在地。洞庭君亲自起身，将他扶起，安慰道："不要害怕，不要紧的。"柳毅过了好一会儿惊魂甫定，便告辞道："我只想活着回去，别碰上它回来。"洞庭君说："一定不会再这样了。它离去时很恐怖，回来时就不同了。希望您留在这里，容我稍尽情意。"于是吩咐下人摆宴，彼此频频举杯递盏，热情地款待客人。

不多时，和风习习，祥云霭霭，在一片和乐的气氛里，出现了精巧的仪仗队，跟随着吹奏动听乐曲的乐队。无数侍女笑语融融地簇拥着一位天生丽质的女子走出来，她满身缀着珠玉，绡衣随风轻轻飘拂。柳毅走近一看，原来就是先前托他捎信的女子。只见她似喜似悲，泪痕如丝。一会儿，她在红烟紫云的掩映之下，在香气袅绕之中，回到后宫中去了。洞庭君笑吟吟地对柳毅说："在泾水边受苦的人回来了。"说完，他起身向柳毅告辞，也回到后宫中。随后，后宫又传出诉苦的嘈杂声，久久不歇。又过了一会儿，洞庭君重新出来，继续与柳毅一同饮酒。只见另有一人，身披紫袍，手执青玉，容貌出众，神采奕奕，站在洞庭君的左侧。洞庭君向柳毅介绍说："这位就是钱塘君。"柳毅起身上前，向钱塘君行礼。钱塘君也还礼相迎，对柳毅说："舍侄女不幸，受到那个坏小子凌辱。多亏公子仗义守信，把她在远地受苦的消息带到这里。要不然的话，她恐怕要葬身在泾阳了。感激您的恩德，实在难以用言语表达出来。"柳毅谦谢不遑，只是低头作揖连声道："不敢当。"钱塘君又回头对兄长说："方才，我辰时从灵虚殿出发，已时到达泾阳，午时在那里鏖战，未时返回这里。中途飞驰到九重天上向上帝报告。上帝知道侄女的冤屈，便宽恕了我的罪过。连以前对我的责罚，也因此赦免了。只是我性情刚烈，临走时，激于义愤来不及向您辞别和请示，惊扰了宫里，又冒犯了贵客。内心惭愧不安，真不知如何是好。"于是退后，再拜谢罪。洞庭君问："这一仗伤害了多少无辜的生灵？"答道："六十万。""糟蹋了庄稼没有？"答道："方圆八百里。"又问："那个无情的小子在哪里？"答道："被我吞进肚子里了。"洞庭君露出不快的神色说："那坏小子存心不良，确实令人难以容忍，可是你也太鲁莽了。幸亏上帝英明，体谅小女的奇冤。不然的话，我怎么能辞其咎呢？从今以后，你可不能再这样了！"钱塘君又再拜，折服不已。当天晚上，就请柳毅在凝光殿歇宿。

第二天，洞庭君又在凝碧宫宴请柳毅，遍召亲友，堂前排列着盛大的乐队，席上摆列着各类美酒佳肴。宴会一开始，就吹起号角，擂起战鼓，出来一大队武士，手握旌旗剑戟在右边舞蹈，其中有一名武士从队伍中走出来，上前报告："这是《钱塘破阵乐》。"旌旗交舞，剑戟争辉，气概豪迈，武士们顾盼驰骤，剽悍威严，英气逼人。座上的宾客看了，惊心动魄。接着，又奏起雅乐清音，出来一大队美女，罗衣翩翩，珠翠闪耀，在左边载歌载舞，其中有一名美女从队伍中走出来，上前报告："这是《贵主还宫乐》。"歌声乐声，宛转缠绵，如哀诉，又如怨慕，座上的宾客听了，不禁潜然泪下。两队歌舞完毕，洞庭君大悦，命人取出绫绸赏赐给舞者。然后紧紧地一个挨一个坐着，众人开怀畅饮，极尽欢娱。酒至酣畅，洞庭君拍打着席面唱道："大天苍苍兮，大地茫茫。人各有志兮，何可思量？狐神鼠圣兮，薄社依墙。雷霆一发兮，其孰敢当？荷贞人兮信义长，令骨肉兮还故乡。齐言惭愧兮何时忘？"洞庭君唱罢，钱塘君再拜，唱道："上天配合兮，生死有途。此不当妇兮，彼不当夫。腹心辛苦兮，泾水之隅。风霜满鬓兮，雨雪罗襦。赖明公兮引素书，令骨肉兮家如初。永言珍重兮无时无。"钱塘君唱罢，洞庭君与他一齐站起身，捧着酒杯向柳毅敬酒。柳毅恭敬而又不安地接过酒杯，把酒喝干，也满斟了两杯酒回敬两位龙王，于是唱道："碧云悠悠兮，泾水东流。伤美人兮，露泣花愁。尺书远达兮，以解君忧。哀冤果雪兮，还处其休。荷和雅兮感甘羞，山家寂寞兮难久留。欲将辞去兮悲绸缪。"柳毅唱罢，群情激动，左右齐呼"万岁"。洞庭君拿出一只碧玉箱，里面藏着一支开水犀。钱塘君也拿出一只红珀盘，上面盛着一颗夜明珠，都起身献给柳毅。柳毅推辞了许久，只好道谢接受。接着，宫中的人纷纷将珠玉绸缎堆放在柳毅身边，作为礼物，成垛成堆，光彩耀目，一时就把柳毅身前身后都堆得满满的，几乎把他的身子都埋没了。柳毅含笑四顾，不好意思地作揖道谢。等酒阑兴尽，大家都欢乐到极点，柳毅起身告辞，这一夜仍旧留宿在凝光殿。

　　第二天，洞庭君又在清光阁宴请柳毅。钱塘君借着几分酒意，板起脸，作出一本正经的样子，不拘礼节地蹲着，对柳毅说道："公子难道不曾听说坚石只能击碎而不能卷曲，义士只可杀死而不可羞辱吗？我有些心里话，想对您陈说。要是您答应呢，那么大家都如登天堂；如果您不答应呢，那么大家都如陷粪土。不知足下以为如何？"柳毅道："愿洗耳恭听。"钱塘君道："泾阳小龙的妻子，就是洞庭君的爱女，性情贤淑，品质美好，为九族姻亲所敬重。不幸错嫁给品行不端的人，以致蒙耻受辱，如今总算断绝了关系。我们打算高攀一位像您一样有道义的人，世世代代成为亲戚，让承受恩德之人懂得怎样报答，让怀有仁爱之人懂得怎样施爱。这岂不正是君子行事善始善终的道理吗？"柳毅听了，严肃地站起身来，猛然冷笑一声道："我竟真没想到钱塘君会愚昧不明事理到这种地步！我起初听说您气盖九州，水漫五岳，来宣泄自己的怒气。又看见您挣脱金锁，掣倒玉柱，慷慨去救人于急难，我以为世上刚正果敢的人，没有谁及得上您。对触犯的人，您能不惧牺牲；对亲爱的人，您能不吝性命。这才是真正的大丈夫气概。不料，在音乐和

畅，亲朋欢聚的时刻，你竟然不顾礼义，凭借威势来吓唬人。这难道是我一直敬仰的君子行为吗？要是我在巨浪洪涛中碰到你，你抖擞鳞须，挟带云雨，逼得我没有活路，我只把你当禽兽看待，死亦无恨。如今你衣冠堂堂，坐谈礼义，阐释五常的美德，百行的要旨，即使是人世间的圣贤豪杰也有些不如你，更何况江河中的鳞介之类呢？可是你却仗着庞大的身躯，强悍的性情，借酒使气，以势压人，这难道合乎正道吗？我赢弱的身躯，诚然比不上大王的一鳞片甲，然而我敢以坚定不屈的意志，对抗你横行霸道的气焰，希望你好生思量一下。"钱塘君听了，连忙起身，局促不安地谢罪道："寡人生长在深宫里，不曾听到过正直的言论。刚才言语之间粗疏狂妄，多有冒犯，现在仔细回想，罪不可恕。希望公子不要因此介意而生嫌隙才好！"当晚，又欢畅地饮宴，欢乐的情形一如既往。柳毅和钱塘君从此结成了知心朋友。

第二天，柳毅告辞回家，洞庭君夫人特意设宴于潜景殿为柳毅饯行。男女仆妾等全都出来参加宴会。夫人含泪对柳毅说："小女受到公子的大恩，可惜还没有充分表达我对您的感激之情，这就要离别了！"又让龙女当筵向柳毅下拜致谢。夫人又说："今日一别，不知是否还有再相见的日子？"柳毅前番虽然没有答应钱塘君的要求，然而此刻在筵席上，却不免流露出惋惜悔恨的神色。宴会完毕，柳毅辞别，满宫上下无不难过。所赠送的珍宝，奇异得简直连名目都叫不出来。

　　柳毅于是又循原路出湖登岸，只见有十多个仆从，挑着满载珍宝的行囊跟随在他后面，一直到他家中，才辞别回去。柳毅来到扬州的珠宝店里，出售一些他所得的珍宝，还未卖掉百分之一，就已得到上百万的钱财。淮西一带的富族，都自以为比不上他。他娶张氏为妻，不久，妻子就死了。又续弦韩氏，不过几个月又死了。后来，柳毅举家搬至金陵。他常常因中年丧妻，鳏居无伴而伤感，有时也打算再找一个新的配偶。有个媒人来告诉他说："有一位卢家的小姐，原籍范阳，父亲名叫卢浩，曾担任清流县令，晚年喜欢修道，独自遨游云水之间，现在不知到哪里去了。母亲郑氏前年将她嫁给清河张家，不幸过门不久，丈夫年纪轻轻就死了。母亲怜惜她正值青春，人又聪明秀丽，想挑选一位品德高尚的人做她的夫婿。不知您意下如何？"柳毅答应了，便择定吉日，举行婚礼。由于男女双方都是富户，婚礼仪式排场极其隆重，礼仪器物极其丰盛。金陵人士莫不羡慕非常。婚后一个多月，一天傍晚柳毅回房，细看他的妻子，觉得她的面貌很像龙女，可是秀丽丰腴，却又胜过龙女几分。于是便同她谈起洞庭传书的往事。妻子道："人世间哪会有这样的事情呀？"过了一年多，卢氏有了身孕，柳毅从此格外爱护她。后来，妻子生下孩子。

　　到满月那天，妻子换上华丽的衣裳，精心打扮了一番。邀请亲友来参加宴会之间，妻子含笑问柳毅道："郎君可还记得我们过去的情形吗？"柳毅一脸迷惑道："以我们两家素非亲友，我如何能想得起来呢？"妻子道："我就是洞庭君的女儿。在泾阳受的冤苦多蒙您替我昭雪。我深感您的恩德，立誓定要报答。后来钱塘叔父向您提亲被拒，以致分离，天各一方，音信不通。父母想把我嫁给濯锦龙君的儿子，我便剪去长发，闭门不出，以表明坚决不嫁的心志。虽然您已断然拒绝亲事，自料没有再见之期，而当初的心意，却至死不变。后来父母同情我的志愿，我又想赶快来向您倾诉。恰巧您两次婚娶，先娶了张氏，后来又娶了韩氏。等到张、韩两人相继去世，您搬到此地来住，父母才为我能有报答您恩德的机会而高兴。如今我能够侍奉您，相亲相爱地过一辈子，就算死了也没什么遗憾了！"说到这里，就禁不住哽咽起来，泪珠不停地往下掉。又对柳毅说道："我起初之所以没有跟您说出实情，是因为知道您并不重视女色；现在之所以告诉您，是因为知道您还有怀念我的心意。我只怕女子身份低微，不足以永远巩固您对我的情意，所以想借您喜爱孩子的情分，来寄托白头偕老的愿望。不知您意下如何？我的心中一直愁惧交加，无法自我宽慰。还记得您当初答应替我捎信时，曾笑着对我说：'将来你回到洞庭，希望不要有意避开我。'难道那时候，您就曾想到会有今天这样的情景？后来叔父向您提亲，您却坚决不答应。您是真的认为不应当呢？还是出于一时之愤呢？您且对我说说吧。"听完妻子这一番话，柳毅感慨道："这真像是命中注定的。我当初在泾水岸边遇到你，你那副含冤负屈憔悴不堪的模样，确实使我义愤不平。但我约束自己对你的爱慕之心，除了代你传达冤屈外，别无私心杂念，至于所以说'千万不要避开我不见面'那话，不过是信口之言罢了，何尝会有别的什么想法呢？及至钱塘君强迫我允婚事之时，只因为情理上说不过去，才激起我的愤怒。试想起初我原是以仗义救人为目的，岂有杀了人家丈夫而娶他妻子的道理？这是第一个不可。何况我素来以坚持正道为志向，岂有迫于威势而违背自己志向的道理？这是第二个不可。况且，我当时正直率地畅谈自己的心里话，又处在敬酒应酬纷乱之际，只考虑言行符合正道，却无暇顾及避免祸害。可是到了临别的那天，看见你有依恋不舍的神色，我的心里也非常悔恨。终因人事情理的束缚，无法接受你的一份挚情！唉！如今，你是以人间的卢氏身份与我成亲的，那么并没有违背我的初心。从今往后，我们永远相爱相亲，心里不要再有丝毫顾虑了。"龙女深为感动，娇声啼哭，许久不能平静。过了好一会儿，才对柳毅说："您不要以为我不是人类就没有人的情意，其实我是懂得知恩图报的。龙的寿命长达万年，从现在开始当和您同享，无论水中陆上，我们都可以定居。您可不要以为这是虚妄之言。"柳毅赞叹道："我没有想到竟做了龙宫的驸马，又获得了成仙的机会。"于是，夫妻俩一同去朝见洞庭君。那一番隆重的礼节，难以细表。

后来夫妻俩住在南海，将近四十年，他们的住宅、车马、肴馔、服饰的豪华，即使是王公贵族的家庭，也无法超过。柳毅的亲族也都沾了光。岁月一年年流逝，而柳毅的容貌却不见衰老，南海的人无不感到惊异。等到开元年间，玄宗皇帝一心想修仙，到处访求有道术的人。柳毅感到不能安居，就和妻子一同回到洞庭，此后有十多年，无人知道他们的踪迹。到了开元末年，柳毅的表弟薛嘏由京畿令，被贬官到东南地区去。行经洞庭湖时，他正站在船头眺望晴空碧水，突然看到一座青山从远处的波涛中冒出来。船夫们吓得斜着身子立在船边，说道："这里本来没有山，恐怕是水妖作怪吧？"就在指点观看的片刻，船和山已快要碰上了。只见一条彩船从山那里飞也似的驶来，迎上前向薛嘏打招呼，其中有一人呼道："柳公在恭候您！"薛嘏猛然想起了柳毅，便催促船驶到山下，手提衣襟快步跑上山。山上有跟人世间一样的宫殿，只见柳毅站在大殿里，前面排列着乐队，后面陪侍着美女，陈设装饰的豪华，远远超过了人间。柳毅的谈吐更玄妙了，容颜也更年轻了。他走下台阶迎接薛嘏，拉着薛嘏的手感叹道："我们分别不过一眨眼，你的须发都已变黄了。"薛嘏苦笑着回答："兄长是神仙，小弟终成朽骨，这是造化注定的啊。"柳毅便取出五十颗药丸馈赠给薛嘏道："吃一颗药丸，可添寿一年。等过了五十年，你再到我这里来，不要久居人间自寻苦恼。"欢宴结束，薛嘏便告辞而去。从此以后，就再也没有柳毅的消息了。薛嘏常常将这件事情说给别人听。过了四五十年，薛嘏也不知去向了。

陇西李朝威记述了这件事情，并感叹道："五虫之长，一定有它特殊的灵性，跟一般虫类不同，由此就可以看出它们的区别。人属于裸虫类，竟能对鳞虫讲信义。洞庭君气度宏大，钱塘君果敢坦荡，他们的品行应该被传述下去。薛嘏在口头上赞颂柳毅，却不愿用文字详细记载下来，只有他一人能够接近仙境罢了。我认为柳毅很有信义，所以写了这篇传记。"

霍小玉传

蒋 防

原文

大历中，陇西李生名益，年二十，以进士擢第。其明年，拔萃[①]，俟试于天官。夏六月，至长安，舍于新昌里。生门族清华，少有才思，丽词嘉句，时谓无双，先达丈人，翕然推伏。每自矜风调，思得佳偶，博求名妓，久而未谐。长安有媒鲍十一娘[②]者，故薛驸马家青衣也，折券从良，十余年矣。性便辟，巧言语，豪家戚里，无不经过，追风挟策，推为渠帅。常受生诚托厚赂，意颇德之。

经数月，李方闲居舍之南亭。申未间，忽闻扣门甚急。云是鲍十一娘至。摄衣从之，迎问曰："鲍卿今日

《霍小玉传》，宋李昉录于《太平广记》卷四百八十七杂传记四。

① 拔萃：唐制，进士及第后，要取得做官的资格，还需经过一定的期限才可以选任，也可以参加吏部主持的考试，通过后才能正式授官。考试方式之一，要撰拟断案判词三条，叫作"拔萃"。

② 鲍十一娘：唐人习惯，对人以排行相称，不说名字。下文"李十郎""营十一娘"同。

何故忽然而来？"鲍笑曰："苏姑子作好梦也未？有一仙人，谪在下界，不邀财货，但慕风流。如此色目，共十郎相当矣。"生闻之惊跃，神飞体轻，引鲍手且拜且谢曰："一生作奴，死亦不惮。"因问其名居。鲍具说曰："故霍王小女，字小玉，王甚爱之。母曰净持，净持，即王之宠婢也。王之初薨，诸弟兄以其出自贱庶，不甚收录。因分与资财，遣居于外，易姓为郑氏，人亦不知其王女。姿质秾艳，一生未见；高情逸态，事事过人；音乐诗书，无不通解。昨遣某求一好儿郎格调相称者。某具说十郎，他亦知有李十郎名字，非常欢惬。住在胜业坊古寺曲，甫上车门宅是也。已与他作期约，明日午时，但至曲头觅桂子，即得矣。"

　　鲍既去，生便备行计。遂令家僮秋鸿，于从兄京兆参军尚公处假青骊驹、黄金勒。其夕，生浣衣沐浴，修饰容仪，喜跃交并，通夕不寐。迟明，巾帻，引镜自照，惟惧不谐也。徘徊之间，至于亭午。遂命驾疾驱，直抵胜业。至约之所，果见青衣立候，迎问曰："莫是李十郎否？"即下马，令牵入屋底，急急锁门。见鲍果从内出来，遥笑曰："何等儿郎造次入此？"生调诮未毕，引入中门。庭间有四樱桃树，西北悬一鹦鹉笼，见生入来，即语曰："有人入来，急下帘者。"生本性雅淡，心犹疑惧，忽见鸟语，愕然不敢进。逡巡，鲍引净持下阶相迎，延入对坐。年可四十余，绰约多姿，谈笑甚媚。因谓生曰："素闻十郎才调风流，今又见容仪雅秀，名下固无虚士。某有一女子，虽拙教训，颜色不至丑陋，得配君子，颇为相宜。频见鲍十一娘说意旨，今亦便令永奉箕帚。"生谢曰："鄙拙庸愚，不意顾盼，倘垂采录，生死为荣。"

遂命酒馔，即命小玉自堂东阁子中而出，生即拜迎。但觉一室之中，若琼林玉树，互相照曜，转盼精彩射人。既而遂坐母侧。母谓曰："汝尝爱念'开帘风动竹，疑是故人来'，即此十郎诗也。尔终日吟想，何如一见。"玉乃低鬟微笑，细语曰："见面不如闻名。才子岂能无貌？"生遂起连拜曰："小娘子爱才，鄙夫重色。两好相映，才貌相兼。"母女相顾而笑，遂举酒数巡。生起，请玉唱歌。初不肯，母固强之。发声清亮，曲度精奇。

酒阑，及暝，鲍引生就西院憩息。闲庭邃宇，帘幕甚华。鲍令侍儿桂子、浣沙与生脱靴解带。须臾，玉至，言叙温和，辞气宛媚。解罗衣之际，态有余妍，低帏昵枕，极其欢爱。生自以为巫山、洛浦不过也。中宵之夜，玉忽流涕观生曰："妾本倡家，自知非匹。今以色爱，托其仁贤。但虑一旦色衰，恩移情替，使女萝无托，秋扇见捐。极欢之际，不觉悲至。"生闻之，不胜感叹。乃引臂替枕，徐谓玉曰："平生志愿，今日获从，粉骨碎身，誓不相舍。夫人何发此言！请以素缣，著之盟约。"玉因收泪，命侍儿樱桃褰幄执烛，授生笔砚。玉管弦之暇，雅好诗书，筐箱笔砚，皆王家之旧物。遂取缝秀囊，出越姬乌丝阑素缣三尺以授生。生素多才思，援笔成章，引谕山河，指诚日月，句句恳切，闻之动人。染毕，命藏于宝箧之内。自尔婉娈相得，若翡翠之在云路也。如此二岁，日夜相从。

其后年春，生以书判拔萃登科，授郑县主簿。至四月，将之官，便拜庆于东洛。长安亲戚，多就筵饯。时春物尚余，夏景初丽，酒阑宾散，离思萦怀。玉谓生曰："以君才地名声，人多景慕，愿结婚媾，固亦众矣。况堂有严亲，室无冢妇，君之此去，必就佳姻。盟约之言，徒虚语耳。然妾有短愿，欲辄指陈。永委君心，复能听否？"生惊怪曰："有何罪过，忽发此辞？试说所言，必当敬奉。"玉曰："妾年始十八，君才二十有二，迨君壮室之秋，犹有八岁。一生欢爱，愿毕此期。然后妙选高门，以谐秦晋，亦未为晚。妾便舍弃人事，剪发披缁，夙昔之愿，于此足矣。"生且愧且感，不觉涕流。因谓玉曰："皎日之誓，死生以之。与卿偕老，犹恐未惬素志，岂敢辄有二三。固请不疑，但端居相待。至八月，必当却到华州，寻使奉迎，相见非远。"更数日，生遂诀别东去。

到任旬日，求假往东都觐亲。未至家日，太夫人已与商量表妹卢氏，言约已定。太夫人素严毅，生逡巡不敢辞让，遂就礼谢，便有近期。卢亦甲族也，嫁女于他门，聘财必以百万为约，不满此数，义在不行。生家素贫，事须求贷，便托假故，远投亲知，涉历江、淮，自秋及夏。生自以辜负盟约，大愆回期，寂不知闻，欲断其望，遥托亲故，不遗漏言。

玉自生逾期，数访音信。虚词诡说，日日不同。博求师巫，遍询卜筮，怀忧抱恨，周岁有余。羸卧空闺，遂成沉疾。虽生之书题竟绝，而玉之想望不移。赂遗亲知，使通消息。寻求既切，资用屡空。往往私令侍婢潜卖箧中服玩之物，多托于西市寄附铺侯景先家货卖。曾令侍婢浣沙将紫玉钗一只，诣景先家货之。路逢内作老玉工，见浣沙所执，前来认之曰："此钗，吾所作也。昔岁霍王小女，将欲上鬟③，令我作此，酬我万钱。我尝不忘。汝是何人，从何而得？"浣沙曰："我小娘子即霍王女也。家事破散，失身于人，夫婿昨向东都，更无消息。悒怏成疾，今欲二年。令我卖此，赂遗于人，使求音信。"玉工凄然下泣曰："贵人男女，失机落节，一至于此。我残年向尽，见此盛衰，不胜伤感。"遂引至延先公主④宅，具言前事。公主亦为之悲叹良久，给钱十二万焉。

时生所定卢氏女在长安，生即毕于聘财，还归郑

③ 上鬟：古时女子十五岁为"及笄"，这时要举行"上鬟"仪式，把垂披的头发梳上去，可以插簪子，表示已经成人待嫁。

④ 延先公主：疑为"延光公主"之误。

县。其年腊月，又请假入城就亲，潜卜静居，不令人知。有明经⑤崔允明者，生之中表弟也，性甚长厚。昔岁常与生同欢于郑氏之室，杯盘笑语，曾不相间，每得生信，必诚告于玉。玉常以薪刍衣服，资给于崔，崔颇感之。生既至，崔具以诚告玉，玉恨叹曰："天下岂有是事乎？"遍请亲朋，多方召致。生自以愆期负约，又知玉疾候沈绵，惭耻忍割，终不肯往。晨出暮归，欲以回避。玉日夜涕泣，都忘寝食，期一相见，竟无因由。冤愤益深，委顿床枕。自是长安中稍有知者，风流之士，共感玉之多情；豪侠之伦，皆怒生之薄行。

时已三月，人多春游。生与同辈五六人诣崇敬寺玩牡丹花，步于西廊，递吟诗句。有京兆韦夏卿者，生之密友，时亦同行，谓生曰："风光甚丽，草木荣华。伤哉郑卿，衔冤空室，足下终能弃置，寔是忍人。丈夫之心，不宜如此，足下宜为思之。"叹让之际，忽有一豪士，衣轻黄纻衫，挟朱弹，风神隽美，衣服轻华，唯有一剪头胡雏从后，潜行而听之，俄而前揖生曰："公非李十郎者乎？某族本山东⑥，姻连外戚。虽乏文藻，心尝乐贤。仰公声华，常思觏止，今日幸会，得睹清扬。

⑤ 明经：唐代考选制度，分为秀才、明经、进士等六科，以经义取中的称为"明经"。

⑥ 山东：崤山、函谷关以东地区。

某之敝居，去此不远，亦有声乐，足以娱情。妖姬八九人，骏马十数匹，唯公所欲。但愿一过。"生之侪辈，共聆斯语，更相叹美。因与豪士策马同行，疾转数坊，遂至胜业。生以近郑之所止，意不欲过。便托事故，欲回马首。豪士曰："敝居咫尺，忍相弃乎？"乃挽挟其马，牵引而行，迁延之间，已及郑曲。生神情恍惚，鞭马欲回。豪士遽命奴仆数人，抱持而进，疾走推入车门，便令锁却。报云："李十郎至也！"一家惊喜，声闻于外。

先此一夕，玉梦黄衫丈夫抱生来，至席，使玉脱鞋。惊寤而告母，因自解曰："鞋者谐也，夫妇再合。脱者解也，既合而解，亦当永诀。由此征之，必遂相见，相见之后，当死矣。"凌晨，请母妆梳。母以其久病，心意惑乱，不甚信之。黾勉之间，强为妆梳。妆梳才毕，而生果至。玉沈绵日久，转侧须人，忽闻生来，欻然自起，更衣而出，恍若有神。遂与生相见，含怒凝视，不复有言。羸质娇姿，如不胜致，时负掩袂，返顾李生。感物伤人，坐皆欷歔。顷之，有酒肴数十盘，自外而来，一座惊视。遽问其故，悉是豪士之所致也。因遂陈设，相就而坐。玉乃侧身转面，斜视生良久，遂举杯酒酬地曰："我为女子，薄命如斯；君是丈夫，负心若此。韶颜稚齿，饮恨而终。慈母在堂，不能供养。绮罗弦管，从此永休。征痛黄泉，皆君所致。李君李君，今当永诀，我死之后，必为厉鬼，使君妻妾，终日不安。"乃引左手握生臂，掷杯于地，长恸号哭数声而绝。母乃举尸置于生怀，令唤之，遂不复苏矣。生为之缟素，且夕哭泣甚哀。将葬之夕，生忽见玉缀帷之中，容貌妍丽，宛若平生。着石榴裙，紫褡裆，红绿帔子，斜身倚帷，手引绣带，顾谓生曰："愧君相送，尚有余情。幽冥之中，能不感叹？"言毕，遂不复见。明日，葬于长安御宿原，生至墓所，尽哀而返。

后月余，就礼于卢氏。伤情感物，郁郁不乐。夏五月，与卢氏偕行，归于郑县。至县旬日，生方与卢氏寝，忽帐外叱叱作声。生惊视之，则见一男子，年可二十余，姿状温美，藏身映幔，连招卢氏。生惶遽走起，绕幔数匝，倏然不见。生自此心怀疑恶，猜忌万端，夫妻之间，无聊生矣。或有亲情，曲相劝喻，生意稍解。后旬日，生复自外归，卢氏方鼓琴于床，忽见自门抛一斑犀钿花合子，方圆一寸余，中有轻绢，作同心结，坠于卢氏怀中。生开而视之，见相思子二，叩头虫⑦一，发杀觜⑧一，驴驹媚⑨少许。生当时愤怒叫吼，声如豺虎，引琴撞击其妻，诘令实告。卢氏亦终不自明。尔后往往暴加捶楚，备诸毒虐，竟讼于公庭而遣

⑦ 叩头虫：一种黑色小甲虫，用手压它的身体，头就会振动，像在叩头。

⑧ 发杀觜：古人所佩戴，用以解结的物品。

⑨ 驴驹媚：媚药。《物类相感志》："凡驴驹初生，未堕地，口中有一物，如肉，名'媚'。"

之。

卢氏既出，生或侍婢媵妾之属，暂同枕席，便加妒忌，或有因而杀之者。生尝游广陵，得名姬曰营十一娘者，容态润媚，生甚悦之。每相对坐，尝谓营曰："我尝于某处得某姬，犯某事，我以某法杀之。"日日陈说，欲令惧己，以肃清闺门。出则以浴斛覆营于床，周回封署，归必详视，然后乃开。又畜一短剑，甚利，顾谓侍婢曰："此信州葛溪铁，唯断作罪过头。"大凡生所见妇人，辄加猜忌。至于三娶，率皆如初焉。

译文

　　大历年间，陇西郡有一位书生姓李名益，年方二十就考中了进士。他准备参加第二年吏部主持的拔萃科考试。盛夏六月，他到达长安，住在新昌里。李益出身高贵的世族，从小就很有才气，写得一手优美的诗文，当时的人都赞他盖世无双，前辈尊长也一致推崇他。他常常风流自赏，希望寻觅一个美貌的女子做配偶，便四处寻访名妓，一直未能遂愿。长安城里有个媒婆叫鲍十一娘，原是薛驸马府里的婢女，赎身嫁人已有十多年了。她不但善于察言观色，而且能说会道。豪门贵族、皇亲国戚的住处，没有她不曾踏足过的，凡是想追求女人的，她都会代为出谋划策，因而在业内很有名。她接受过李益的恳托及厚礼，一直心存感激。

　　过了几个月，一天下午，李益正在宅院的南亭里闲坐。忽然听到一阵急促的叩门声，仆人通报说是鲍十一娘来了。李益一听便提起衣襟跑出来，迎面问道："鲍妈妈，今天什么风把您给吹来啦？"鲍十一娘笑着说："苏姑子托好梦给您没有？有个仙子贬到凡间了，不贪图钱财，只爱慕风流才子。像这样的佳人，与您十郎正好般配。"李益听后，惊喜得跳了起来，只觉得身体飘飘然的。他一把拉住鲍十一娘的手，边作揖边道谢："别说让我一辈子当您的奴仆，哪怕死了也心甘情愿。"于是便打听那女子的姓名和住址。鲍十一娘从头到尾介绍："她是已故霍王的小女儿，名叫小玉，王爷生前十分疼爱她。她母亲名叫净持，原是霍王宠爱的婢女。霍王死后，她的兄弟们因为她是婢妾所生，不愿意收留她在王府，便分给她娘儿俩一些钱财，打发她们搬到外面去住。她们改成姓郑，旁人也不知道小玉是霍王的女儿。她长得那般俏丽，真是我这辈子从未见过的，情趣高雅，气度飘逸，处处都胜人一筹，音乐诗文，无不通晓。前些时候，她母亲托我帮她找个才貌相当的如意郎君。我就推荐了您十郎。她也听说过李十郎的声名，自是十分称心。她们家住在胜业坊古寺巷里，稍进去一点儿，有个车门的宅院便是。我已同她们约定了明天午时，您只需到古寺巷口找一个叫桂子的婢女就可以了。"

　　鲍十一娘走后，李益便忙着为赴约做准备。他派家童秋鸿到堂兄京兆参军尚公那里借了一匹青黑色的马驹，套上黄金的马络头。是夜，李益沐浴更衣，修饰容貌，乐得手舞足蹈，彻夜辗转难眠。天色蒙蒙亮，李益就起身戴上头巾，拿着镜子照了又照，唯恐打扮得不够得体。他反复打扮、徘徊犹豫，到了正午时分，便吩咐备马，往胜业坊疾驰。临近约定的地方，他果然看到有个婢女站在那里顾盼，只见她迎上前问道："您莫不是李十郎？"随即请李益下马，一边叫人把坐骑牵到屋后，一边急急忙忙地闩上了大门。只见鲍十一娘果然从里面走了出来，远远地就笑着说："哪里来的儿郎，怎么冒冒失失地闯到这里来啦？"李益也向她打趣了几句，谈笑间已被引进了中门。庭院里有四株樱桃树，西北角上挂着一只鹦鹉笼。那鹦鹉一见生人进入，便叫道："有人进来了，快快放下帘子！"李益本来性情淡雅，心里正犹豫、忐忑，忽然听得说话声，吃了一惊，怔在原地。正在踌躇，鲍十一娘已领着净持走下台阶来迎接，请他到厅堂里。宾主相对就座，净持四十多岁，依旧绰约多姿，谈笑间很是妩媚。她对李益说："久仰十郎才华出众、风流倜傥，如今见你仪表清秀，果然是名不虚传。我有个女儿，虽然未能善加教导，但长得还不至丑陋，跟十郎相配，倒是十分得当。鲍十一娘一再说到这层意思，现在起就让小女永远服侍您吧！"李益拜谢道："我才能低劣，资质平庸，想不到受您这般看重，倘若承蒙您收留在府上，实在是荣幸至极。"

于是，净持命人摆设酒宴，随即叫小玉从厅堂东面的闺房里出来相见。李益连忙起身施礼迎接。他只觉得整栋屋内仿若琼林玉树般互相耀映，那灵动的眸子熠熠生辉。随后，小玉就坐在她母亲身边。净持对她说："你经常喜欢吟咏'开帘风动竹，疑是故人来'，这两句就是这位李十郎的诗呀！你整日思慕，怎么比得上亲自见一面呢？"小玉低头微笑，轻声说："见面不如闻名。才子怎么能没有英俊的相貌？"李益站起身，连连向她行礼道："小娘子喜爱文才，鄙人倾倒于美貌。两相辉映，便才貌双全了。"母女俩不由得相视而笑，举起酒杯来，轮流敬了几巡酒。李益又站起身，请小玉唱歌。小玉起初不肯，禁不住她母亲再三坚持，她才答应了。她的歌声是那般清脆嘹亮，曲调又是那般婉转精妙。

酒阑席散，天已黑将下来，鲍十一娘领着李益到西院去歇息。庭院幽静，屋宇深邃，连帘幕都十分华丽。鲍十一娘吩咐婢女桂子、浣沙替李益脱靴解带。不一会儿，小玉进来了，两人侃侃而谈。小玉谈吐温柔文雅，语气婉转娇媚。脱下罗裳之际，神态更加娇羞动人，两人在帏内枕上极尽欢爱。李益自认即使楚襄王梦会巫山神女，曹子建邂逅洛水女神，也不过如此。到了半夜，小玉忽然淌泪望着李益说："我出身娼家，自知配不上您。现今凭着几分姿色而受到您的爱恋，不惜托付终身

予您，只怕我一旦年老色衰，您对我的感情随即会转移到别人身上，使我像没有大树可以攀附的松萝无依无靠，又像秋天里没人要的扇子被人遗弃。在这欢乐到极点的时刻，我不觉悲从中来。"李益听了她的话，不胜感慨。于是，他伸过手臂让小玉枕着，慢声细语地对她说："我生平的愿望，今日得以实现，今后即使粉身碎骨，也绝不抛弃你。夫人怎么会说出这番话来！请拿一幅白绢来，让我把盟誓写在上面。"小玉这才止住了眼泪，让婢女樱桃揭起幔帐，握着蜡烛，把笔砚递给李益。原来小玉平时在吹弹音乐的空暇，喜爱诗书，日常用的书箱笔砚，都是霍王府中的旧物。便打开绣囊，取出一段三尺长的质地精良的乌丝阑交给李益。李益平素才思敏捷，落笔成章，引山河为喻，指日月示诚，句句恳切，使人听了深为感动。李益书写完毕，便让小玉把它珍藏在珠宝匣内。从此，两人情投意合，恰似云端里双飞双宿的翡翠鸟一般幸福。这样过了两年，两人昼夜相随，形影不离。

到了第三年春天，李益以撰拟判词拔萃登科，被任命为郑县主簿。到了四月，将要去赴任，顺路到东都洛阳去探亲。临行前，长安的亲友都设宴为他饯行。此时正值春末夏初，残红依稀，新绿缤纷。宴席结束后，宾客逐渐散去，离别的愁绪萦绕心头。小玉对李益说："以您这样的才学和名声，仰慕的人很多，愿意和您缔结亲事的人家也一定不少。何况您堂上有严亲，室内尚无正妻，君此番回去，必定会缔结一桩美满的姻缘。当初那些海誓山盟，就当作一纸空谈罢了。然而我有一点微末的心愿，想立即说出来，愿您永远记在心头，不知您还愿意听取吗？"李益惊诧道："我是否做了什么错事，你才说出这些话来？你不妨把心里的话说出来，我一定谨记在心。"小玉说："我今年刚满十八岁，郎君也仅二十二岁，离您而立之年还有八年。我希望能在这八年内，和您共享这一生的欢乐恩爱。然后您再去挑选名门望族，以结秦晋之好，到时尚不算晚。我便抛弃人世俗事，落发出家为尼，与青灯古佛相伴，这一生的愿望，到那时也就满足了。"李益听了，又惭愧又感激，不觉流下泪来，于是对小玉说："我已对天立过誓，不论生死都会信守。和你白首偕老，我还觉得不够满足平生的愿望，哪里还敢存有二心呢？请你务必不要疑虑，只管安心在家等候我。到了八月，我一定会回到华州，随即差人前来迎接你，相见的日子不会遥远的。"又过了几天，李益便告别了小玉，往东去了。

到任后十数天，李益便请假到东都洛阳省亲。他还未到家，太夫人已经替他和表妹卢氏议婚，婚约已说定了。太夫人素来严厉决断，李益踌躇而不敢抗拒，只能备礼行聘，随即便商量起婚期。卢家也是世家望族，女儿出嫁，一定要有上百万的聘娶彩礼，要是不到这个数目，势必无法举行婚礼。李益虽出身望族，但家境一向清贫，筹办婚礼的费用必须向人借贷。于是，他以其他理由请假，到远地去找亲友相助，为此跋涉于江淮之间，从秋天一直奔波到第二年夏天。李益自知违背了盟誓，已大大地延误了归期，索性什么音信也不捎给小玉，好就此断绝她的希望。他还远托长安的亲友，不要向小玉泄露自己的行踪。

小玉见李益过了约定的日期还不遣人来接她，就屡次向他的亲友打听音信。每次得到的不是虚语敷衍，便是假话欺骗，而且说法一天一个样。她无可奈何，只好到处求神问卜，依旧音信全无。她怀着担忧和怨恨，日复一日。才一年多，小玉已憔悴得没有人样，孤零零地躺在闺房里，竟染上一场重病。尽管始终没有收到李益的只言片语，但小玉的思念之情丝毫不变，她又送礼给李益的亲友，希望他们能告知有关李益的消息。由于寻访心切，钱财经常不够用，她往往私下让婢女卖掉箱里的衣服和珍玩，大多数是托付给西市的寄售商店——侯景先的店铺。有一次，小玉让婢女浣沙拿一支紫玉钗到侯景先的店铺去变卖，路上遇见一位皇家作坊里的老玉工。老玉工看到浣沙手中的钗，上前辨认道："这支钗是我亲手做的。当年霍王的小女儿将满十五岁上鬟时，命我做了这支钗，酬谢了我一万文钱。我一直不曾忘记。你是什么人？从哪里得到这支钗的？"浣沙说："我家小娘子就是霍王的女儿。如今家道衰败，她又不幸失身于人。她的夫君前些时日到东都去了，没了音信。她抑郁成疾，至今快两年了。她命我卖了这支钗，置办一些礼物送人，托他们探听夫君的音信。"老玉工听后，凄然落泪道："显贵人家的子女，因时运不济，竟会落魄到这般地步！我已是残年将尽，目睹这种盛衰无常的事情，真是令人伤感万分。"于是，他带浣沙到延先公主的府上，把这件事详细地禀告了公主。公主为此悲伤叹息了很久，送了十二万文钱叫浣沙带回去。

这时，李益聘定的卢氏正在长安，他凑足聘礼后就回到了郑县。这年腊月，他再次请假来到长安，准备迎娶卢氏。他秘密地找了一处僻静的住所，不让旁人知道。有一位叫崔允明的明经，是李益的表弟，性情忠厚。他前些年常常和李益一同在小玉家欢宴，众人在杯盘交错之中吃喝谈笑，彼此毫无隔阂。他每次得到李益的音信，必定如实告诉小玉。小玉常拿些钱财衣物资助他，崔允明心里十分感激。李益已经到了长安，崔允明就把情况原原本本地告诉了小玉。小玉愤恨地叹息道："天底下竟会有这等事啊！"于是，她托付了好些亲友，千方百计要请李益来见一面。李益自认延误了归期，违背了盟约，又得知小玉病势沉重，感到惭愧羞耻，索性狠心割爱，始终不肯前去。他每天早出晚归，想借此回避来找他的人。小玉日夜哭泣落泪，无心寝食，一心想见李益一面，竟一点儿机会都没有。她的心里充满了冤苦悲愤，病情加剧，乃至卧床不起。这样一来，长安城中逐渐有人知道了这件事。风流之士与豪侠之辈，无不感叹霍小玉的痴情，愤恨李益的薄幸。

转眼已是三月时节，人们都纷纷去郊外游春。李益伙同五六位友人到崇敬寺去观赏牡丹花，一边在西廊上漫步，一边轮番吟诗联句。京兆人韦夏卿，是李益的密友，当时也在一起游玩。他对李益说："春光如此秀丽，草木这般繁茂。可怜那郑家姑娘，含冤抱恨独守空房！足下竟会将她抛弃，实在是个狠心的人！大丈夫的胸怀，不应当如此。您应当好好地想一想！"正在叹息责备之际，忽然有个侠客模样打扮的人，穿着淡黄色的麻布衫，挟着弹弓，神态飘逸，容貌俊秀，服饰轻盈华丽，只带了一个短发胡童做随从，悄悄尾随他们。他听了好一会儿，才上前对李益拱手道："阁下莫不是李十郎？我原籍山东，和皇家外戚结了姻亲。我虽然没什么文才，却一向很仰慕有才学的人。久仰您的声名才华，常想能有机会见一面。今天有幸相会，得以一睹您的风采。寒舍离此地不远，也有音乐歌舞，可供娱悦性情。还有八九个艳丽的歌姬、十多匹骏马，都可以任凭阁下赏玩。只愿您能赏光。"李益的友人听了这番话，都连声赞同。他们和那黄衫侠客策马同行，很快转过几个坊，就到了胜业坊前。李益因为这里离小玉的住处很近，就不打算再过去，便推托还有别的事，想拨转马头往回走。侠客说："舍下就在眼前，阁下怎么能忍心撇下我们不去呢？"说着，他便拽回李益的马，硬拖着前进。拖拖拉拉地走了几步，已到了郑家巷口。李益在恍恍惚惚之中，猛然鞭打着坐骑，想夺路而逃。黄衫侠客当即命令几个奴仆把李益架下马，连抱带挟，拖进巷里。他快步上前，把李益推进车门宅内，随即命人锁上门，并大声向里面通报道："李十郎来了！"小玉全家惊喜交集，闹哄哄的声音连外面都能听见。

却说前一天夜里，小玉梦见一位黄衫男子抱着李益前来，送到床席前，让小玉给他脱鞋。她惊醒过来，将梦中之事告诉了母亲，并自己解梦道："鞋和谐同音，是夫妻重新团聚的征兆；脱和解同义，团聚之后又分开，恐怕是要永别了。从这个征兆看来，我和李郎一定很快就会相见，见面之后，我就要死了。"这一天清晨，小玉请求母亲为她梳妆打扮。母亲以为她病得太久了，神志有些紊乱，不怎么相信她说的话，在她一再要求之下，只好勉强替她梳妆了一番。不料梳妆刚完毕，就听说李益果真来了。小玉恹恹地躺在床上很久了，平日连翻个身都需要旁人扶持，这时突然听说李益来了，猛地起身下床，换好衣裳走了出去，犹如神助。她跟李益相见，眼神里满含着怨怒，冷冷地凝视着他，一句话也不说。她体质虚弱，身姿娇柔，像是支撑不住的样子，用衣袖一再遮掩着脸，回头偷看李益。物是人非，触景伤怀，在座的人皆叹息不止。不久，从外面送进来几十盘酒菜。众人看到都觉得好奇，忙问缘由，原来这些都是黄衫客所送。摆好酒菜，众人围拢就座。小玉这才侧着身子，转过脸来斜视了李益好久，然后举起酒杯，将酒浇洒在地上，说："我身为弱女子，竟这般薄命；君身为大丈夫，竟如此负心。可怜我正当青春貌美，就此含恨而终，再也无法供养堂上的慈母，从此告别锦绣衣裳、丝竹弦管，带着痛苦到黄泉路上去。这都是你一手造成的。李君啊李君，现在就要和你永别了！我死以后，一定会化为厉鬼，让你和你的妻妾终日不得安宁！"说完，她伸出左手攥住李益的手臂，把酒杯掷在地上，长号痛哭了几声，然后气绝身亡。净持抱起小玉的尸身，放到李益怀里，让他呼唤她。可小玉再也没有苏醒过来。李益为她服丧戴孝，早晚哭吊，显得很哀痛。在将要安葬的前一天晚上，李益忽然看见小玉坐在灵帐当中，容貌艳丽，像活着的时候一样。她系着石榴裙，身穿紫色罩袍，肩披红绿色的纱巾。她斜身倚靠着灵帐，手里拈着绣带，回首望着李益说："承蒙您来送行，还算有几分未尽的情意。我在阴曹地府，怎能不感叹呢！"说完，她就消失不见了。第二天，小玉安葬在长安城南御宿原。李益送葬到墓地，尽情地痛哭了一场才回去。

过了一个多月，李益跟卢氏举行婚礼。李益看着眼前的情景，一想到过去跟小玉的欢爱，就深深地感到内疚，以致常常郁郁不乐。五月，李益和卢氏一起返回到郑县。到郑县十来天后，一天晚上，李益正和卢氏在睡觉，忽然床帐外面传来嗤嗤的声音。李益吃惊地起身查看，只见有一个男子，二十多岁，长得温雅英俊，藏身在帐幔的后面，还在频频向卢氏招手。李益急匆匆地赶过去，绕着帐幔追了好几圈，那男子的身影忽然不见了。从此，李益对卢氏产生了怀疑和憎恶，百般猜忌，夫妻之间的感情逐渐变得毫无生趣。有些亲戚向李益婉转地劝慰，他的心情才慢慢平复。又过了十来天，李益从外面回来，卢氏正坐在榻上弹琴，忽然看到从门口抛入一只杂色嵌花的犀角小盒，方圆一寸多，中间束着一条轻绢，系成同心结的形状，落在卢氏的怀中。李益打开盒子一看，只见里面装有两颗寄托相思的红豆、一只表示祈求的叩头虫、一只发杀觜和一小撮驴驹媚。李益当即就火冒三丈，如豺狼猛虎般大声咆哮，顺手夺过琴来砸他的妻子，逼她供出实情。卢氏始终无法辩解自身的清白。从此，李益常常粗暴地毒打妻子，对她百般虐待，最后还诉讼公堂，把她休掉了。

卢氏被休后，李益有时同婢女、侍妾之类的人同床共枕，随后就会对她们产生猜疑，还有因此被他杀掉的。李益曾到扬州游玩，得到一位名姬叫营十一娘。她容貌妍丽，体态柔媚，很得李益的欢心。每当两人相对而坐闲谈时，他就对营十一娘说："我曾在某地得到某女子，她犯

了某种过错，我就用某种方法杀了她。"他天天这样说，想让营十一娘惧怕他，以免闺房内发生淫乱之事。李益出门时用大浴盆把营十一娘倒扣在床上，周围严密地贴上封条，回家后一定要仔细查看，然后才放她出来。他又藏了一把锋利的短剑，故意一边摆弄短剑，一边盯着侍婢们说："这把剑是用信州葛溪出产的精钢铸成的，专门用来砍掉犯有罪过的人的脑袋！"凡是被李益接触过的女子，他都会对她们产生猜疑、妒忌，以至于他娶了三次妻，都闹成跟卢氏一样的下场。

南柯太守传

李公佐

原文

东平淳于棼，吴楚游侠①之士，嗜酒使气，不守细行，累巨产，养豪客。曾以武艺补淮南军裨将，因使酒忤帅，斥逐落魄，纵诞饮酒为事。家住广陵郡东十里，所居宅南有大古槐一株，枝干修密，清阴数亩。淳于生日与群豪大饮其下。贞元七年九月，因沉醉致疾，时二友人于坐扶生归家，卧于堂东庑之下。二友谓生曰："子其寝矣，余将秣马濯足，俟子小愈而去。"

生解巾就枕，昏然忽忽，仿佛若梦。见二紫衣使者，跪拜生曰："槐安国王遣小臣致命奉邀。"生不觉下榻整衣，随二使至门。见青油小车，驾以四牡，左右

《南柯太守传》出自《异闻集》，宋李昉录于《太平广记》卷四百七十五昆虫三，改题为"淳于棼"。

① 游侠：指一种爱交朋友，讲求信义，为了救困扶危，可以不顾自己身家性命的人。《史记》有《游侠列传》可作为参考。

从者七八，扶生上车，出大户，直古槐穴而去。使者即驱入穴中，生意颇甚异之，不敢致问。忽见山川风候，草木道路，与人世甚殊。前行数十里，有郛郭城壝，车舆人物，不绝于路。生左右传车者传呼甚严，行者亦争辟于左右。又入大城，朱门重楼，楼上有金书，题曰"大槐安国"。执门者趋拜奔走，旋有一骑传呼曰："王以驸马远降，令且息东华馆。"因前导而去。

俄见一门洞开，生降车而入。彩槛雕楹，华木珍果，列植于庭下；几案茵褥，帘帏肴膳，陈设于庭上。生心甚自悦。复有呼曰："右相且至。"生降阶祗奉。有一人紫衣象简前趋，宾主之仪敬尽焉。右相曰："寡君不以弊国远僻，奉迎君子，托以姻亲。"生曰："某以贱劣之躯，岂敢是望。"右相因请生同诣其所。行可百步，入朱门，矛戟斧钺，布列左右，军吏数百，辟易道侧。生有平生酒徒周弁者，亦趋其中，生私心悦之，不敢前问。右相引生升广殿，御卫严肃，若至尊之所。见一人长大端严，居正位，衣素练服，簪朱华冠。生战栗，不敢仰视。左右侍者令生拜，王曰："前奉贤尊命，不弃小国，许令次女瑶芳奉事君子。"生但俯伏而已，不敢致词。王曰："且就宾宇，续造仪式。"有顷，右相亦与生偕还馆舍。生思念之，意以为父在边将，因殁虏中，不知存亡。将谓父北蕃交通，而致兹事。心甚迷惑，不知其由。

是夕，羔雁币帛，威容仪度，妓乐丝竹，肴膳灯烛，车骑礼物之用，无不咸备。有群女，或称华阳姑，或称青溪姑，或称上仙子，或称下仙子，若是者数辈，皆侍从数十，冠翠凤冠，衣金霞帔，彩碧金钿，目不可视。遨游戏乐，往来其门，争以淳于郎为戏弄。风态妖丽，言词巧艳，生莫能对。

复有一女谓生曰："昨上巳日，吾从灵芝夫人过禅智寺，于天竺院观石延舞《婆罗门》。吾与诸女坐北牖石榻上。时君少年，亦解骑来看。君独强来亲洽，言调笑谑。吾与琼英妹结绛巾，挂于竹枝上，君独不忆念之乎？又七月十六日，吾于孝感寺侍上真子，听契玄法师讲《观音经》。吾于讲下舍金凤钗两只，上真子舍水犀合子一枚。时君亦讲筵中，于师处请钗合视之，赏叹再三，嗟异良久。顾余辈曰：'人之与物，皆非世间所有。'或问吾民，或访吾里，吾亦不答。情意恋恋，瞩盼不舍，君岂不思念之乎？"生乃应曰："中心藏之，何日忘之。"②群女曰："不意今日与君为眷属。"

复有三人，冠带甚伟，前拜生曰："奉命为驸马相者。"中一人，与生且故，生指曰："子非冯翊田子华乎？"田曰："然。"生前，执手叙旧久之。生谓曰：

② 中心藏之，何日忘之：出自《诗经·小雅·隰桑》，意思是一直铭记在心里。

"子何以居此？"子华曰："吾放游，获受知于右相武成侯段公，因以栖托。"生复问曰："周弁在此，知之乎？"子华曰："周生贵人也，职为司隶，权势甚盛，吾数蒙庇护。"言笑甚欢，俄传声曰："驸马可进矣。"三子取剑佩冕服更衣之。子华曰："不意今日获睹盛礼，无以相忘也。"又有仙姬数十，奏诸异乐，婉转清亮，曲调凄悲，非人间之所闻听。有执烛引导者亦数十，左右见金翠步障，彩碧玲珑，不断数里。生端坐车中，心意恍惚，甚不自安，田子华数言笑以解之。向者群女姑娣，各乘凤翼辇，亦往来其间。至一门，号修仪宫，群仙姑姊，亦纷然在侧，令生降车辇拜，揖让升降，一如人间。撤障去扇，见一女子，云号金枝公主，年可十四五，俨若神仙。交欢之礼，颇亦明显。

生自尔情义日洽，荣曜日盛，出入车服，游宴宾御，次于王者。王命生与群僚备武卫，大猎于国西灵龟山。山阜峻秀，川泽广远，林树丰茂，飞禽走兽，无不蓄之。师徒大获，竟夕而还。生因他日启王曰："臣顷结好之日，大王云奉臣父之命。臣父顷佐边将，用兵失利，陷没胡中，尔来绝书信十七八岁矣。王既知所在，臣请一往拜觐。"王遽谓曰："亲家翁职守北土，信问不绝。卿但具书状知闻，未用便去。"遂命妻致馈贺之礼，一以遣之。数夕还答，生验书本意，皆父平生之迹，书中忆念教诲，情意委曲，皆如昔年。复问生亲戚存亡，闾里兴废。复言路道乖远，风烟阻绝，词意悲苦，言语哀伤。又不令生来觐，云：

"岁在丁丑，当与汝相见。"生捧书悲咽，情不自堪。

他日，妻谓生曰："子岂不思为政乎？"生曰："我放荡，不习政事。"妻曰："卿但为之，余当奉赞。"妻遂白于王。累日，谓生曰："吾南柯郡政事不理，太守黜废，欲藉卿才，可曲屈之，便与小女同行。"生敦授教命。王遂敕有司备太守行李，因出金玉、锦绣、箱奁、仆妾、车马，列于广衢，以饯公主之行。生少游侠，曾不敢有望，至是甚悦。因上表曰："臣将门余子，素无艺术。猥当大任，必败朝章。自悲负乘，坐致覆悚。今欲广求贤哲，以赞不逮。伏见司隶颍川周弁忠亮刚直，守法不回，有毗佐之器。处士冯翊田子华清慎通变，达政化之源。二人与臣有十年之旧，备知才用，可托政事。周请署南柯司宪，田请署司农，庶使臣政绩有闻，宪章不紊也。"王并依表以遣之。

其夕，王与夫人饯于国南。王谓生曰："南柯国之大郡，土地丰壤，人物豪盛，非惠政不能以治之，况有周、田二赞，卿其勉之，以副国念。"夫人戒公主曰："淳于郎性刚好酒，加之少年，为妇之道，贵乎柔顺，尔善事之，吾无忧矣。南柯虽封境不遥，晨昏有间，今日睽别，宁不沾巾。"生与妻拜首南去，登车拥骑，言笑甚欢，累日达郡。郡有官吏、僧道、耆老、音乐、车舆、武卫、銮铃，争来迎奉。人物阗咽，钟鼓喧哗不绝十数里。见雉堞台观，佳气郁郁。抵大城门，门亦有大榜，题以金字，曰"南柯郡城"。入见朱轩棨户，森然深邃。生下车，省风俗，疗病苦，政事委以周、田，郡中大理。自守郡二十载，风化广被，百姓歌谣，建功德碑。立生祠宇。王甚重之，赐食邑锡爵，位居台辅。周、田皆以政治著闻，递迁大位。生有五男二女。男以门荫授官，女亦聘于王族，荣耀显赫，一时之盛，代莫比之。

是岁，有檀萝国者，来伐是郡。王命生练将训师以征之，乃表周弁将兵三万，以拒贼之众于瑶台城。弁刚勇轻进，师徒败绩，弁单骑裸身潜遁，夜归城。贼亦收辎重铠甲而还。生因囚弁以请罪，王并舍之。是月，司宪周弁疽发背卒。生妻公主遭疾，旬日又薨。生因请罢郡，护丧赴国，王许之，便以司农田子华行南柯太守事。生哀恸发引，威仪在途，男女叫号，人吏奠馔，攀辕遮道者，不可胜数，遂达于国。王与夫人素衣哭于郊，候灵舆之至。谥公主曰"顺仪公主"，备仪仗、羽葆、鼓吹，葬于国东十里盘龙冈。是月，故司宪子荣信亦护丧赴国。

生久镇外藩，结好中国，贵门豪族，靡不是洽。自罢郡还国，出入无恒，交游宾从，威福日盛。王意疑惮之。时有国人上表云："玄象谪见，国有大恐。都邑迁徙，宗庙崩坏。衅起他族，事在萧墙③。"时议以生侈僭之应也。遂夺生侍卫，禁生游从，处之私第。生自恃守郡多年，曾无败政，流言怨悖，郁郁不乐。王亦知之，因命生曰："姻亲二十余年，不幸小女夭枉，不得与君子偕老，良有痛伤。"夫人因留孙自鞠育之。又谓生曰："卿离家多时，可暂归本里，一见亲族，诸孙留此，无以为念。后三年，当令迎卿。"生曰："此乃家矣，何更归焉？"王笑曰："卿本人间，家非在此。"生忽若昏睡，瞢然久之，方乃发悟前事，遂流涕请还。王顾左右以送生，生再拜而去。

复见前二紫衣使者从焉，至大户外，见所乘车甚劣，左右亲使御仆，遂无一人，心甚叹异。生上车行可数里，复出大城，宛是昔年东来之途，山川原野，依然如旧。所送二使者，甚无威势，生逾怏怏。生问使者曰："广陵郡何时可到？"二使讴歌自若，久之乃答曰："少顷即至。"

俄出一穴，见本里闾巷，不改往日。潸然自悲，不觉流涕。二使者引生下车，入其门，升自阶，己身卧于堂东庑之下。生甚惊畏，不敢前近。二使因大呼生之姓名数声，生遂发寤如初，见家之僮仆，拥篲于庭，二客濯足于榻，斜日未隐于西垣，余樽尚湛于东牖。梦中倏忽，若度一世矣。生感念嗟叹，遂呼二客而语之，惊骇。因与生出外，寻槐下穴。生指曰："此即梦中所惊入处。"客将谓狐狸本媚之所为祟，遂命仆夫荷斤斧，断拥肿，折查枿，寻穴究源。旁可袤丈，

③ 萧墙：原指宫室内作为屏障的当门矮墙，此指祸患由内部发生。

有大穴，洞然明朗。可容一榻。根上有积土壤，以为城郭台殿之状，有蚁数斛，隐聚其中。中有小台，其色若丹，二大蚁处之，素翼朱首，长可三寸，左右大蚁数十辅之，诸蚁不敢近，此其王矣，即槐安国都也。又穷一穴，直上南枝可四丈，宛转方平，亦有土城小楼，群蚁亦处其中，即生所领南柯郡也。又一穴，西去二丈，磅礴空朽，嵌窬异状，中有一腐龟，壳大如斗。积雨浸润，小草丛生，繁茂翳荟，掩映振壳，即生所猎灵龟山也。又穷一穴，东去丈余，古根盘屈，若龙虺之状，中有小土壤，高尺余，即生所葬妻盘龙冈之墓也。追想前事，感叹于怀，披阅穷迹，皆符所梦。不欲二客坏之，遽令掩塞如旧。是夕，风雨暴发。旦视其穴，遂失群蚁，莫知所去。故先言"国有大恐，都邑迁徙"，此其验矣。复念檀萝征伐之事，又请二客访迹于外。宅东一里有古涸涧，侧有大檀树一株，藤萝拥织，上不见日。旁有小穴，亦有群蚁隐聚其间。檀萝之国，岂非此耶？

嗟呼！蚁之灵异，犹不可穷，况山藏木伏之大者所变化乎？时生酒徒周弁、田子华，并居六合县，不与生过从旬日矣，生遽遣家僮疾往候之。周生暴疾已逝，田子华亦寝疾于床。生感南柯之浮虚，悟人世之倏忽，遂栖心道门，绝弃酒色。后三年，岁在丁丑④，亦终于家。时年四十七，将符宿契之限矣。

公佐贞元十八年秋八月，自吴之洛，暂泊淮浦，偶觌淳于生儿楚，询访遗迹。翻覆再三，事皆摭实，辄编录成传，以资好事。虽稽神语怪，事涉非经，而窃位著生，冀将为戒。后之君子，幸以南柯为偶然，无以名位骄于天壤间云。

前华州参军李肇赞⑤曰："贵极禄位，权倾国都。达人视此，蚁聚何殊。"

④ 丁丑年：贞元十三年，淳于棼做梦时是贞元七年，此处应是"过了五年"，原文"三年"不妥。

⑤ 赞：题赞，旧文体的一种，在字画或文章上面题几句有关的话，或在某人的传记后面附加一段评论，表示欣赏、赞扬或抒发感慨。

译文

东平郡淳于棼，是江南一带的游侠。他喜好饮酒，爱逞意气，不拘小节。家里积蓄了巨额的产业，收养了一批豪侠门客。他因精通武艺，曾经在淮南节度使部下担任副将，由于醉酒后撒疯，冒犯了主帅，被革职斥逐，流落江湖。他越发放荡不羁，终日饮酒解闷。他家住扬州城以东十里处，住宅南面有一棵高大的古槐树，枝繁叶茂，绿荫覆地，遮盖了好几亩地方。淳于棼天天和那些豪侠朋友坐在树荫下开怀畅饮。贞元七年九月的一天，淳于棼醉酒过度，感到身体不适。当时有两个朋友从座席上将他扶回家，让他躺在厅堂东面的廊屋里，并对他说："你先睡一会儿吧，我们还要喂马，洗脚，

等你稍微好一点儿再走。"

　　淳于棼解下头巾，倚着枕头，在昏昏沉沉中进入了梦境。他看见有两个穿紫衣的使者向他跪拜道："槐安国国王派遣小臣前来奉请大驾。"淳于棼起身下床，整理衣服，跟随两个使者走到门口。只见四匹高头骏马拉着一辆青色的油壁小车，车两旁还站着七八名侍从。他们扶着淳于棼上了马车，车子出了大门，直向古槐树下的洞口驰去。使者竟赶着马车进入树洞中。淳于棼心中很是诧异，却又不敢开口询问。只见山河、景物、草木、道路，跟人世间大为不同。再向前走几十里，便远远看见了外城的城墙。车子进了城，车轿和行人在道路上络绎不绝。他车子左右的侍从，不断大声吆喝清道，声音甚是严厉，行人纷纷向两旁闪避。车子又进入一座大城，只见朱红的大门和几层高的城楼，楼上挂着大匾额，题有"大槐安国"四个金字。城门的守卫一见车来，赶忙跑上前行礼，随即有个骑马的人跑来传令道："大王顾念驸马远道而来，路途辛劳，请大人暂且在东华馆休息！"说完，他就在前面领路。

　　走了一会儿，见一座房子正敞开着大门，淳于棼下车走进门去。只见屋内是五彩的栏杆、雕饰的堂柱，庭院中种植着一排排秀美的花木和珍异的果树。厅堂上陈设着桌椅、褥垫、帏帐等，还有一桌丰盛的酒席。淳于棼看了，心里暗自高兴。又听见外面传报道："右丞相到！"他连忙走下台阶恭候，看见一位身穿紫色长袍，手执象牙朝笏的人，大步走上前来。当下两人都恭敬地行过宾主相见之礼。右丞相道："吾王不自量敝国地处偏远，奉迎足下来此，意欲缔结姻亲。"淳于棼回答说："棼本微贱蛮夫，怎敢有此奢望。"右丞相就请淳于棼一同去朝见国王。走了大约一百步光景，进入一重朱漆大门，两侧摆列着矛、戟、斧、钺等仪仗，数百名文武官员恭敬地立在道旁。淳于棼看见平日的酒友周弁也杂在其中，心中暗自高兴，但不敢上前去搭话。右丞相领他登上大殿，殿上警卫森严，看来是国王的宫廷。宫殿正中的王位上，坐着一位魁梧威严的人，身穿洁白绢袍，头戴朱红花冠。淳于棼心中紧张，浑身颤抖，不敢抬头观看。左右侍卫叫他向国王跪拜。只听国王说道："前些日子奉令尊大人之命，承蒙他不嫌弃敝国，允许寡人将次女瑶芳嫁给足下。"淳于棼只是俯伏在地，不敢回话。国王又道："你暂且先回宾馆，容我们备办了仪式，再行婚礼。"过了一会儿，右丞相陪同淳于棼回到宾馆。淳于棼猜想这桩婚事的来由，父亲原是驻守边防的将领，后来陷没异邦，生死未卜，或许是父亲暗中与北蕃来往，才会有这门婚事。他越想心里越疑惑，弄不清到底是什么原因。

当天晚上，羔羊、大雁、钱币、绸缎等聘礼，以及各式旗盖等仪仗、歌伎乐队、酒宴灯烛、车马礼品等需要的物品，一应俱全。还来了一群女子，其中有叫华阳姑的，有叫青溪姑的，有叫上仙子的，有叫下仙子的，像这样的有好几位，每人都有数十名侍女跟着。这些女子头戴翠凤冠，身穿金霞帔，镶金嵌玉的首饰，光彩夺目，使人眼花缭乱。她们逗笑取乐，在屋里进进出出，四处游逛，都争着调笑、戏弄淳于棼。她们个个风姿妖娆，言语俏皮，使淳于棼不知如何招架。

其中有个女子对他说："记得前些年上巳节，我随灵芝夫人经过禅智寺，在天竺院看石延跳《婆罗门》舞。我跟女伴们坐在北窗下的石榻上。当时您正年少，也下马来观看，您还硬凑上来同我们亲近，胡扯些调笑打趣的话。我和琼英妹妹把一块红手帕打了个结，挂在竹枝上，您不记得这事了吗？还有一年的七月十六，我在孝感寺侍奉上真子，一起听契玄法师讲《观音经》。我在讲席下施舍了两支金凤钗，上真子施舍了一只犀角盒，当时您也坐在讲席中，还向契玄法师讨来金凤钗和犀角盒看，一边翻来覆去赏玩，一边赞叹、诧异不已，回头又看着我们说：'这么漂亮的人儿，如此珍奇的物什，都不是人世间所能有的啊！'接着，又是询问我的姓氏，又是打听我的住址，我都没有答话。您含情脉脉地盯着我，显出恋恋不舍的样子，您也想不起来了吗？"淳于棼窘得面红耳赤，就引了两句话回答："中心藏之，何日忘之。"姑娘们笑道："想不到如今跟您攀了亲戚！"

这时，又进来三名男子，衣冠堂皇，上前拜见淳于棼道："我等奉命担任驸马的傧相。"其中有一人和淳于棼是旧相识，淳于棼便指着他问："你不是冯翊郡的田子华吗？"田子华行礼答道："正是。"淳于梦连忙上前，拉着他的手叙旧。两人谈了许久，淳于梦又问他："你怎么会在这里？"田子华说："我浪迹天涯，行经这里，承蒙右丞相武成侯段公的赏识，故栖身于此。"淳于梦又问："周弁也在这里，你可知道？"田子华说："周君如今是个显赫人物，担任司隶一职，权势很盛，我多次承他庇护。"两人又说又笑，很是高兴。一会儿，有人来传报："请驸马前去。"三名侯相便捧来宝剑、佩玉、衣帽，替淳于梦更换上。田子华说："想不到今天能亲睹您的盛礼，将来可别忘了我呀！"这时，有几十个美女吹奏起各种美妙的乐曲，乐声婉转清亮，曲调动听感人，不是人世间所能听到的。又有几十个美女手执灯烛，在前面引路。道路两旁排列着金翠锦丝步障，碧光耀彩，精巧玲珑，绵亘数里。淳于梦端坐车中，心里恍恍惚惚，甚是不安。田子华看到他那副样子，连连和他说笑，以让他宽心。方才的那些女子其实都是公主的姑姨姊妹，各自乘坐凤翼车，在队伍中往来穿插。到了一重大门前，门额上题名"修仪宫"，那群女子纷纷下了车，簇拥在两旁，叫淳于梦下车行礼，跪拜进退的仪式，跟人世间完全一样。等到撤去遮掩的宫扇，揭开新娘障面的纱巾，淳于梦看到一位少女，据说称作"金枝公主"，十四五岁，美若天仙。合卺仪式也十分隆重。

从此，夫妻感情一天比一天亲密。淳于梦的地位也越来越荣华显赫。他出入时用的车马服饰、宴席时的仪仗排场，规格都仅次于国王。

有一天，国王命淳于棼和官员带着卫队到京城西面的灵龟山上狩猎。那里峰峦高峻秀拔，湖水辽阔深远，林木丰蔚茂盛，各种飞禽走兽生长其中。这一日，大家都猎获了许多禽兽，天黑时满载而归。又有一天，淳于棼启奏国王道："不久前，臣婿成婚之日，大王说婚事是奉臣父之命。臣父当初辅佐边防将领，因战事失利，而陷没异邦，至今音信断绝已有十七八年。大王既然知道臣父下落，请准臣前去拜见一次。"国王连忙道："亲家翁公职在身，守卫北疆，与寡人一直互通书函。卿家只需写封家书向令尊禀告即可，不必亲自前去。"淳于棼就吩咐妻子备办了馈赠他父亲的贺礼，连同家书，派专人送去。过了几天，回函便至。淳于棼连忙捧笺细读，所写都是有关他父亲生平的事迹。信中还有些思念、教诲的话，情深意切，一如当年。又问起亲戚的近况、故里的变化，还说到路途遥远，音信难通，言辞悲苦感伤，可是不让他前去探望。只说："到丁丑那年，一定会与你相见。"淳于棼捧着书信，哽咽悲泣，无法克制自己的凄苦之情。

过了几天，公主对淳于棼说："你难道不想做官吗？"淳于棼答："我生性放荡，不懂得怎样办理政务。"公主说："你尽管去做好了，我会从旁协助的。"她便去禀告了国王。又过了几天，国王召见淳于棼道："吾国的南柯郡政务办理得不好，原任太守已被罢黜，现在寡人想借重卿家的才能，望卿能屈就此职，就跟小女一同去吧！"淳于棼恭敬地接受了诏命。于是，国王下旨敕令主管官员准备太守的行装，还准备了许多黄金、宝玉、绸缎、箱笼、婢仆以及车马等，都排列在大街上，来为公主送行。淳于棼年轻时只知道行侠仗义，从来不敢存大富大贵的念头，眼见目前的情景，自是喜出望外。他上了奏章，道："臣虽出身将门，但素来没有真才实学，勉强担当这样的重任，必定会败坏国政。臣深恐力不胜任而贻误政事。如今欲寻求几名才德兼备之士，以辅佐我的不足。以臣的浅见，现任司隶颍川人周弁，为人忠直刚正，执法如山，有佐理政务的才能；处士冯翊人田子华，为人清廉谨慎，识时通变，深明政治教化的本源。此二人与微臣皆有十年交谊，臣深知他们的才能，可以委办政务。拟请委任周弁为南柯郡司宪，田子华为南柯郡司农。这样才可使臣在政绩上有所表现，国家的法度得到有条不紊的贯彻。"国王阅过奏章，按表准奏，派遣周、田二人同去南柯郡赴任。

当天晚上，国王和王后在京城南面设宴饯行。国王嘱咐淳于棼道："南柯乃是吾国大郡，物产丰饶，人口众多，不施仁政是难以治理的。现在有周、田两位卿家辅佐，望你恪尽职守，不要辜负国家的期望。"夫人教导公主道："淳于郎性情刚强，喜爱饮酒，更兼年少气盛，做妻子的本分，贵在温柔和顺。你只要能好好侍奉他，我也就放心了。南柯郡离京城虽不算远，但终究不能与你朝夕相见。今日和你分别，我怎么能不伤心流泪呢！"淳于棼和公主双双向国王和王后跪拜叩头作别，登车向南起程。他们在卫队的簇拥之下，一路上有说有笑，十分欢快。几天后，他们抵达南柯郡。郡里的各级官吏、和尚道士、父老士绅、歌舞乐队以及掌管车马、警卫、仪仗的人员，都争先前来迎候。人声鼎沸，钟鼓齐鸣，喧闹声十多里不绝于耳。抬头望去，城墙、亭台、楼阁历历在目，一片吉瑞壮丽的气象。进入高大的城门，门上也挂有一块大匾额，题着"南柯郡城"四个金字。接着便来到了太守府，迎面是敞开着朱漆长窗的厅堂，大门两侧陈设着棨戟等仪仗，屋宇威严幽深。淳于棼到任之后，立刻下去考察风俗民情，访贫问苦，政务都委托给周、田二人办理，没多久，将郡中治理得井然有序。淳于棼镇守南柯郡二十年，广施恩德教化，百姓讴歌载道，还为他立功德碑和建造生祠。国王也极器重淳于棼，赏赐他封地，授予他爵位，让他位列三公。周弁和田子华也因政绩卓著，接连递升官阶。在这二十年里，淳于棼和公主育有五男二女。儿子们靠他的功劳而荫封官职，女儿们跟王族子弟订了婚。其荣耀显赫，盛极一时，当时没有人能及得上他。

然而，好景不长，就在这年，檀萝国前来进犯南柯郡。国王命令淳于棼点将练兵准备迎击。淳于棼便上表保荐周弁统兵三万人，在瑶台城抗击敌军。不料周弁只凭血气之勇，麻痹轻敌，结果吃了大败仗。周弁丢盔弃甲，乘着夜色单骑潜逃回城。敌军将战场上遗弃的军械、粮草、铠甲等物资掳获一空，撤兵回去了。淳于棼便把周弁囚禁起来，上表向国王请罪，国王却宽赦了他们。就在这个月，周弁因背上生毒疮死了。淳于棼的妻子金枝公主害了病，不过十天光景也死了。淳于棼于是上奏章请求交卸太守职务，护送公主灵柩回京，国王批准了他的请求，就派司农田子华代理南柯太守职务。淳于棼亲自拉着灵车的引索出来，恸哭不止，肃穆的仪仗走在路上时，百姓号哭相送，官吏在门前设酒馔路祭，数不清的人沿途攀住车辕、拦住道路，不愿淳于棼离去。到达京城，国王和王后穿着素服，已在城外哀哭，等候灵车到来。国王赐女儿谥号为"顺仪公主"，重新备了仪仗、华盖、乐队，把灵柩安葬在京城东面十里的盘龙冈上。已故司宪周弁的儿子周荣信，也在同月护送其父灵柩回到京城。

淳于棼身为封疆大吏多年，跟京中要员都很有交情，豪门贵族无不与他交好。自从他交卸职务回京，出入随意，交游广泛，威势日盛，因此国王对他心生疑惧。这时有人上奏道："天象异常，预兆国家将有大祸。到时国都要迁徙，宗庙遭毁坏，祸端因外族而起，事变却发生在萧墙之内。"舆论都认为是淳于棼的行为僭越了本分。国王便下令削去淳于棼的侍卫，禁止他外出交游，将他软禁在家中。淳于棼自恃担任封疆大吏多年，政绩卓著，现今无端遭受流言诽谤，心中怏怏不乐。国王也明白他的心境，便召他进宫，对他说："我们结成亲眷二十多年，不幸小女中途去世，不能与你白首偕老，实在令人悲痛。"王后表示，愿意让外孙们留在宫中，由她亲自抚养。国王又对淳于棼说："卿离家多年，不妨趁这时回乡，探望一下亲戚族人，外孙留在此处，不必挂念。三年之后，寡人自会再派人迎接你。"淳于棼不解道："这里就是我的家了，还叫我回哪里去呢？"国王笑道："卿本是人世间来的，家并不在这里。"淳于棼一开始好像在昏昏沉沉的睡梦中，迷迷糊糊了许久才如梦初醒，记起了从前来这里的事，禁不住流下眼泪，便请求回乡。国王示意左右去送他，淳于棼再拜辞别。

他又看见从前带他来时的两个紫衣使者跟随着他。淳于棼走到大门外，看见给他预备的车子简陋不堪，平日跟随的亲信、仆从一个也不在，心中很是感慨、诧异。他坐上车，走了约几里路，就出了大城，举目四望，仍然是当年来时走过的道路，山川原野，景色依旧。只是送他的那两个使者，一点儿也没有来时的那般威风，淳于棼心中愈加不快。他问使者："什么时候可以到扬州城？"两个使者爱理不理地哼唱着歌，好一会儿才回答："快要到了。"

一会儿，车子驶出一个洞穴，淳于棼看到家乡的街坊仍和从前一样，禁不住悲从中来，潸然落泪。两个使者领淳于棼下车，跨进家门，登上阶沿，淳于棼看见自己的身子正躺在厅堂东面的廊屋里，不由得大为惊惧，不敢近前。那两个使者就大声呼叫了几遍他的姓名，淳于棼忽然醒了过来。他抬头一看，只见家里的僮仆正拿着扫帚在打扫庭院，两位朋友正坐在榻上洗脚，斜阳正映在西墙上，杯中残酒还在东窗下泛着清光，不料梦中光阴飞逝，却好像已经度过了一世。淳于棼感慨不已，就唤两位朋友过来，把梦中的经历全告诉他们。两人都觉得惊骇，便跟着淳于棼走到屋外，在古槐树下找到了洞穴。淳于棼指着说："这里就是我在梦中闯入的地方。"两个朋友认为是狐狸精或树妖在作怪，便叫仆人捎来大斧，砍断树根，斩去枝杈，去探溯洞穴的源头。向旁边挖掘了一丈多，发现一个大洞，洞底豁然开朗，可以容得下一张床榻。上面有堆积着的泥土，看起来像是城郭、楼台、宫殿的样子，有数不尽的蚂蚁，暗中聚集在里面。土堆中间有一座朱红色的小台，有两只大蚂蚁住在里面，赤首白翅，全身长约三寸，周围有几十只大蚂蚁护卫，别的蚂蚁都不敢靠近。这自然就是国王和王后了，这里也就是槐安国的京城。

又探寻到一个洞穴，一直往上通到古槐树向南的枝柯，约有四丈高，通道曲曲折折，中间却是方方正正，也有土城和小楼，其中也聚集着一大群蚂蚁，这就是淳于棼统辖的南柯郡。另外有个洞穴，往西边约二丈远，宽广空旷，四周抹了泥污，凹凸不平，奇形怪状。里面有一只腐烂的乌龟，壳大如斗，由于积雨浸润，小草丛生，繁茂蔽日，将整个龟壳都掩蔽住了，这就是淳于棼曾经打猎的灵龟山。还找到一个洞穴，往东去一丈多远，古树根像龙蛇一般弯曲盘结，中间有个小土堆，高一尺多，这就是淳于棼在盘龙冈安葬妻子的坟墓了。淳于棼追忆梦中经历，心中感慨万千，查看发掘所得的踪迹，都跟梦中情景相符，他不忍心两位朋友把它们毁坏，连忙吩咐他们照原样掩盖堵塞好。这天夜里，暴风骤雨大作，等到天明再去查看那些洞穴，所有蚂蚁都不见了，也不知迁到哪里去了。梦中有人预言的"国家将有大祸，到时国都要迁徙"，此刻果然应验了。淳于棼又想起檀萝国进犯的事，再请那两位朋友一同去寻找踪迹。在住宅东去一里处，有一条早已枯涸的山涧，涧旁有一株大檀树，藤萝在树身上层层叠叠，交织缠绕，遮蔽了天日。树旁有个小洞穴，也有许多蚂蚁暗中聚集其中。檀萝国，难道不就是这个地方吗？

唉！小小的蚂蚁显示的灵异，尚且叫人无法捉摸，何况那些隐藏在山林间的禽兽所具有的奇异变幻呢？当时淳于棼的酒友周弁、田子华都住在六合县，已有十来天不跟他往来了，他立即差僮仆赶去探望他们，才知周弁已患急病死了，田子华也卧病在床。淳于棼有感于南柯一梦的虚妄缥缈，领悟到人生在世，也如白驹过隙，不过是弹指即逝，于是一心向道，戒绝酒色。过了三年，正是丁丑年，他病死于家中，终年四十七岁，正好符合梦里他父亲信中和槐安国王所约定的期限。

贞元十八年秋八月，李公佐从吴郡到洛阳，船在淮水边暂时停泊，碰巧遇见了淳于棼的儿子淳于楚。我就向他问起此事，又去考察遗迹，经过再三调查、核实，对淳于棼梦中的故事取得了确证。于是，我编纂成这篇传记，以供喜爱奇闻逸事的人阅读。虽然内容谈神说怪，不合常理，但对于钻营功名、妄想富贵的人，倒可引以为戒。但愿后世的人们，把功名利禄看作偶然遇到的南柯一梦，不要拿名誉、地位在天地间炫耀。

前华州参军李肇为本文题赞道："贵极禄位，权倾国都，达人视此，蚁聚何殊。"

李娃传

白行简

原文

汧国夫人[①]李娃[②]，长安之倡女也。节行瑰奇，有足称者。故监察御史白行简为传述。

天宝中，有常州刺史荥阳公者，略其名氏不书，时望甚崇，家徒甚殷。知命之年，有一子，始弱冠矣，隽朗有词藻，迥然不群，深为时辈推伏。其父爱而器之，曰："此吾家千里驹也。"应乡赋秀才举，将行，乃盛其服玩车马之饰，计其京师薪储之费。谓之曰："吾观尔之才，当一战而霸。今备二载之用，且丰尔之给，将为其志也。"生亦自负视上第如指掌。

自毗陵发，月余抵长安，居于布政里。尝游东市

《李娃传》出自《异闻集》，题作"汧国夫人传"，宋李昉录于《太平广记》卷四百八十四杂传记一。

① 汧国夫人：汧，指唐时的汧阳郡，治所在今陕西千阳县西北。国夫人，妇人封号。唐制定文武官员一品及国公的母、妻，为国夫人。

② 李娃：娃，不是正式名字，是北方地区对美丽少女的一般称呼。

还，自平康东门入，将访友于西南。至鸣珂曲，见一宅，门庭不甚广，而室宇严邃，阖一扉。有娃方凭一双鬟青衣立，妖姿要妙，绝代未有。生忽见之，不觉停骖久之，徘徊不能去。乃诈坠鞭于地，候其从者，敕取之，累眄于娃，娃回眸凝睇，情甚相慕，竟不敢措辞而去。生自尔意若有失，乃密征其友游长安之熟者以讯之。友曰："此狭邪女李氏宅也。"曰："娃可求乎？"对曰："李氏颇赡，前与通之者，多贵戚豪族，所得甚广，非累百万，不能动其志也。"生曰："苟患其不谐，虽百万，何惜！"

他日，乃洁其衣服，盛宾从而往。扣其门，俄有侍儿启扃。生曰："此谁之第耶？"侍儿不答，驰走大呼曰："前时遗策郎来也。"娃大悦曰："尔姑止之，吾当整妆易服而出。"生闻之，私喜。乃引至萧墙间，见一姥垂白上偻，即娃母也。生跪拜前致词曰："闻兹地有隙院，愿税以居，信乎？"姥曰："惧其浅陋湫隘，不足以辱长者所处，安敢言直耶？"延生于迟宾之馆，馆宇甚丽。与生偶坐，因曰："某有女娇小，技艺薄劣，欣见宾客，愿将见之。"乃命娃出，明眸皓腕，举步艳冶。生遂惊起，莫敢仰视。与之拜毕，叙寒燠，触类妍媚，目所未睹。复坐，烹茶斟酒，器用甚洁。

久之，日暮，鼓声③四动。姥访其居远近，生绐之曰："在延平门外数里。"冀其远而见留也。姥曰："鼓已发矣，当速归，无犯禁。"

生曰："幸接欢笑，不知日之云夕。道里辽阔，城内又无亲戚，将若之何？"娃曰："不见责僻陋，方将居之，宿何害焉？"生数目姥，姥曰："唯唯。"生乃召其家僮，持双缣，请以备一宵之馔。娃笑而止之曰："宾主之仪，且不然也。今夕之费，愿以贫窭之家，随其粗粝以进之。其余以俟他辰。"固辞，终不许。

俄徙坐西堂，帷幕帘榻，焕然夺目；妆奁衾枕，亦皆侈丽。乃张烛进馔，品味甚盛。彻馔，姥起。生娃谈话方切，诙谐调笑，无所不至。生曰："前偶过卿门，遇卿适在屏间。厥后心常勤念，虽寝与食，未尝或舍。"娃答曰："我心亦如之。"生曰："今之来，非直求居而已，愿偿平生之志。但未知命也若何。"言未终，姥至，询其故，具以告。姥笑曰："男女之际，大欲存焉。情苟相得，虽父母之命，不能制也。女子固陋，曷足以荐君子之枕席！"生遂下阶，拜而谢之曰："愿以己为厮养。"姥遂目之为郎，饮酣而散。及旦，尽徙其囊橐，因家于李之第。自是生屏迹戢身，不复与亲知相闻，日会倡优侪类，狎戏游宴。囊中尽空，乃鬻骏乘及其家僮。岁余，资财仆马荡然。迩来姥意渐怠，娃情弥

③ 鼓声：唐代在长安各大街道上都设有街鼓，以击鼓为号，每晚敲六百下后，百姓都要回到坊里，锁闭坊门，不许外出，否则就是犯了宵禁。

笃。

他日，娃谓生曰："与郎相知一年，尚无孕嗣。常闻竹林神者，报应如响，将致荐酹求之，可乎？"生不知其计，大喜。乃质衣于肆，以备牢醴，与娃同谒祠宇而祷祝焉，信宿而返。策驴而后，至里北门，娃谓生曰："此东转小曲中，某之姨宅也，将憩而觑之，可乎？"生如其言，前行不逾百步，果见一车门。窥其际，甚弘敞。其青衣自车后止之曰："至矣。"生下驴，适有一人出访曰："谁？"曰："李娃也。"乃入告。俄有一妪至，年可四十余，与生相迎曰："吾甥来否？"娃下车，妪逆访之曰："何久疏绝？"相视而笑。娃引生拜之，既见，遂偕入西戟门④偏院。中有山亭，竹树葱蒨，池榭幽绝。生谓娃曰："此姨之私第耶？"笑而不答，以他语对。俄献茶果，甚珍奇。

食顷，有一人控大宛，汗流驰至曰："姥遇暴疾颇甚，殆不识人，宜速归。"娃谓姨曰："方寸乱矣，某骑而前去，当令返乘，便与郎偕来。"生拟随之，其姨与侍儿偶语，以手挥之，令生止于户外，曰："姥且殁矣，当与某议丧事，以济其急，奈何遽相随而去？"乃

④ 戟门：在门前竖立棨戟，以示尊显。唐制，三品以上官员许私门立戟。

止，共计其凶仪斋祭之用。日晚，乘不至。姨言曰："无复命，何也？郎骤往觇之，某当继至。"生遂往，至旧宅，门扃钥甚密，以泥缄之。生大骇，诘其邻人。邻人曰："李本税此而居，约已周矣。第主自收，姥徙居而且再宿矣。"征徙何处，曰："不详其所。"生将驰赴宣阳，以诘其姨，日已晚矣，计程不能达。乃弛其装服，质馔而食，赁榻而寝，生恚怒方甚，自昏达旦，目不交睫。质明，乃策蹇而去。既至，连扣其扉，食顷无人应。生大呼数四，有宦者徐出。生遽访之："姨氏在乎？"曰："无之。"生曰："昨暮在此，何故匿之？"访其谁氏之第，曰："此崔尚书宅。昨者有一人税此院，云迟中表之远至者，未暮去矣。"

生惶惑发狂，罔知所措，因返访布政旧邸。邸主哀而进膳。生怨懑，绝食三日，遘疾甚笃，旬余愈甚。邸主惧其不起，徙之于凶肆之中。绵缀移时，合肆之人，共伤叹而互饲之。后稍愈，杖而能起。由是凶肆日假之，令执绋帷，获其直以自给。累月，渐复壮，每听其哀歌，自叹不及逝者，辄呜咽流涕，不能自止。归则效之。生聪敏者也，无何，曲尽其妙，虽长安无有伦比。

初，二肆之佣凶器者，互争胜负。其东肆车舆皆奇丽，殆不敌，唯哀挽劣焉。其东肆长知生妙绝，乃醵钱二万索顾焉。其党耆旧，共较其所能者，阴教生新声，而相赞和。累旬，人莫知之。其二肆长相谓曰：

"我欲各阅所佣之器于天门街，以较优劣。不胜者，罚直五万，以备酒馔之用，可乎？"二肆许诺。乃邀立符契，署以保证，然后阅之。士女大和会，聚至数万。于是里胥告于贼曹，贼曹闻于京尹。四方之士，尽赴趋焉，巷无居人。自旦阅之，及亭午，历举辇舆威仪之具，西肆皆不胜，师有惭色。乃置层榻于南隅，有长髯者，拥铎而进，翊卫数人，于是奋髯扬眉，扼腕顿颡而登，乃歌《白马》之词。恃其夙胜，顾眄左右，旁若无人。齐声赞扬之，自以为独步一时，不可得而屈也。有顷，东肆长于北隅上设连榻，有乌巾少年，左右五六人，秉翣而至，即生也。整衣服，俯仰甚徐，申喉发调，容若不胜。乃歌《薤露》之章，举声清越，响振林木。曲度未终，闻者歔欷掩泣。西肆长为众所诮，益惭耻，密置所输之直于前，乃潜遁焉。四座愕眙，莫之测也。

先是，天子方下诏，俾外方之牧，岁一至阙下，谓之入计。时也，适遇生之父在京师，与同列者易服章，窃往观焉。有老竖，即生乳母婿也，见生之举措辞气，将认之而未敢，乃泫然流涕。生父惊而诘之，因告曰："歌者之貌，酷似郎之亡子。"父曰："吾子以多财为盗所害，奚至是耶？"言讫，亦泣。及归，竖间驰往，访于同党曰："向歌者谁，若斯之妙欤？"皆曰："某氏之子。"征其名，且易之矣，竖凛然大惊。徐往，迫而察之。生见竖，色动回翔，将匿于众中。竖遂持其袂曰："岂非某乎？"相持而泣，遂载以归。至其室，父责曰："志行若此，污辱吾门，何施面目，复相见也？"乃徒行出，至曲江西杏园东，去其衣服，以马鞭鞭之数百。生不胜其苦而毙，父弃之而去。

其师命相狎昵者阴随之，归告同党，共加伤叹。令二人赍苇席瘗焉。至则心下微温，举之良久，气稍通。因共荷而归，以苇筒灌勺饮，经宿乃活。月余，手足不能自举，其楚挞之处皆溃烂，秽甚。同辈患之，一夕弃于道周。行路咸伤之，往往投其余食，得以充肠。十旬，方杖策而起，被布裘，裘有百结，褴褛如悬鹑。持一破瓯巡于闾里，以乞食为事。自秋徂冬，夜入于粪壤窟室，昼则周游廛肆。

一旦大雪，生为冻馁所驱。冒雪而出，乞食之声甚苦，闻见者莫不凄恻。时雪方甚，人家外户多不发。至安邑东门，循里垣，北转第七八，有一门独启左扉，即娃之第也。生不知之，遂连声疾呼："饥冻之甚。"音响凄切，所不忍听。娃自阁中闻之，谓侍儿曰："此必生也，我辨其音矣。"连步而出。见生枯瘠疥疠，殆非人状。娃意感焉，乃谓曰："岂非某郎也？"生愤懑绝倒，口不能言，颔颐而已。娃前抱其颈，以绣襦拥而归于西厢。失声长恸曰："令子一朝及此，我之罪也。"绝而复苏。姥大骇奔至，曰："何也？"娃曰："某郎。"姥遽曰："当逐之，奈何令至此？"娃敛容却睇曰："不然，此良家子也，当昔驱高车，持金装，至某之室，不逾期而荡尽。且互设诡计，舍而逐之，殆非人行。令其失志，不得齿于人伦。父子之道，天性也。使其情绝，杀而弃之，又困踬若此。天下之人，尽知为某也。生亲戚满朝，一旦当权者熟察其本末，祸将及矣。况欺天负人，鬼神不祐，无自贻其殃也。某为姥子，迨今有二十岁矣。计其赀，不啻直千金。今姥年六十余，愿计二十年衣食之用以赎身，当与此子别卜所诣。所诣非遥，晨昏得以温清，某愿足矣。"姥度其志不可夺，因许之。

给姥之余，有数百金。北隅四五家，税一隙院。乃与生沐浴，易其衣服，先为汤粥通其肠，次以酥乳润其脏。旬余，方荐水陆之馔。头巾履袜，皆取珍异者衣之。未数月，肌肤稍腴。卒岁，平愈如初。异时，娃谓生曰："体已康矣，志已壮矣。渊思寂虑，默想曩昔之艺业，可温习乎？"生思之曰："十得二三耳。"娃命车出游，生骑而从。至旗亭⑤南偏门鬻坟典之肆，令生拣而市之，计费百金，尽载以归。因令生斥弃百虑以志学，俾夜作昼，孜孜矻矻。娃常偶坐，宵分乃寐。伺其疲倦，即谕之缀诗赋。二岁而业大就，海内文籍，莫不该览。生谓娃曰："可策名试艺矣。"娃曰："未也，且令精熟，以俟百战。"更一年，曰："可行矣。"于

⑤ 旗亭：唐代市场交易有一定的时候，每天正午敲鼓三百下，商店才许开门，傍晚敲钲三百下，商店必须关门。"旗亭"就是击鼓、钲为号的楼。

⑥ 六礼：古代订婚的六项手续，分别是纳采、问名、纳吉、纳征、请期、亲迎。

是遂一上登甲科，声振礼闱。虽前辈见其文，罔不敛衽敬羡，愿友之而不可得。娃曰："未也。今秀士苟获擢一科第，则自谓可以取中朝之显职，擅天下之美名。子行秽迹鄙，不侔于他士。当砻淬利器，以求再捷，方可以连衡多士，争霸群英。"生由是益自勤苦，声价弥甚。其年遇大比，诏徵四方之隽。生应直言极谏科，策名第一，授成都府参军。三事以降，皆其友也。

将之官，娃谓生曰："今日复子本躯，某不相负也。愿以残年，归养老姥。君当结媛鼎族，以奉蒸尝。中外婚媾，无自黩也。勉思自爱，某从此去矣。"生泣曰："子若弃我，当自到以就死。"娃固辞不从，生勤请弥恳。娃曰："送子涉江，至于剑门，当令我回。"生许诺。月余，至剑门。未及发而除书至，生父由常州诏入，拜成都尹，兼剑南采访使。浃辰，父到，生因投刺，谒于邮亭。父不敢认，见其祖父官讳，方大惊，命登阶，抚背恸哭移时。曰："吾与尔父子如初。"因诘其由，具陈其本末。大奇之，诘娃安在。曰："送某至此，当令复还。"父曰："不可。"翌日，命驾与生先之成都，留娃于剑门，筑别馆以处之。明日，命媒氏通二姓之好，备六礼⑥以迎之，遂如秦晋之偶。

娃既备礼，岁时伏腊，妇道甚修，治家严整，极为亲所眷尚。后数岁，生父母偕殁，持孝甚至。有灵芝产于倚庐，一茎三秀，本道上闻。又有白燕数十，巢其层甍。天子异之，宠锡加等。终制，累迁清显之任。十年间，至数郡。娃封汧国夫人。有四子，皆为大官，其卑者犹为太原尹。弟兄姻媾皆甲门，内外隆盛，莫之与京。

嗟乎！倡荡之姬，节行如是，虽古先烈女，不能逾也，焉得不为之叹息哉！予伯祖尝牧晋州，转户部，为水陆运使，三任皆与生为代，故谙详其事。

贞元中，予与陇西公佐，话妇人操烈之品格，因遂述汧国之事。公佐拊掌竦听，命予为传。乃握管濡翰，疏而存之。时乙亥岁秋八月，太原白行简云。

译文

汧国夫人李娃，本是长安城的一名娼女。她的节操品行高尚卓异，有很值得称道的地方，所以监察御史白行简为她立传，把她的事迹记述下来。

天宝年间，有一位常州刺史荥阳公，这里略去他的姓名，不提。他在当时名望很高，家中资产殷富，僮仆成群，年已半百，膝下只有一子，年方二十。公子不仅长得聪颖俊秀，而且文才出众，在同辈人中出类拔萃，深受推崇。荥阳公对他很是钟爱、器重，常常说："这是我家的千里马啊！"这一年，公子应州郡推荐进京应秀才科考试，临行前，荣阳公为他备办了充足的服装、器用、车马等，又估算了他进京后所需的日常生活费用，并对他说："依为父看来，以你的才学应当一举高中。现今给你准备了两年的生活花费，而且特意多准备一些，是为了让你更安心地去完成平生志愿。"这位公子也十分自负，把考取功名看得易如反掌。

他从常州出发，一个多月后抵达长安，住在布政里。有一次，公子从东市游逛回来，从平康里的东门进入，打算到西南边拜访朋友。经过鸣珂巷时，看到一所住宅。门庭并不很宽广，但屋宇很幽深，掩着一扇门，一位妙龄女子正凭倚着一个梳双鬟的婢女站在门口，身姿妩媚，容貌艳丽，真是世间罕见。公子眼睛一亮，不由得勒住坐骑，停在原地盯了半天，徘徊不忍离去。于是，公子假装失手将马鞭掉落在地，一副等候仆从前来的样子，好命他拾起。其间公子不断偷瞄那女子，女子也转过眼睛凝视着他，流露出爱慕的神情。可是他到底没有胆量上前搭讪，只好不舍地离开了。从此，公子心里若有所失，始终对那女子牵肠挂肚，于是暗中向一位熟悉长安情况的朋友打听那位女子。朋友道："那是娼女李娃的家。"他又问："李娃可以追求得到吗？"朋友回答说："李家很富有。以前跟她往来的大都是豪门贵族，她得到的赏钱很丰厚。要是不花上一百万的钱财，休想打动她的心。"公子说："只怕事情不成，要是能成，百万钱财又有什么好吝惜的呢？"

过了几天，公子换上一身新衣，带了许多朋友、随从，前往李家叩门求见。过了一会儿，有个婢女出来开门，公子问她："请问这是哪位的府上？"婢女并不答话，转身往里飞奔，大喊道："前些时候掉落马鞭的那位公子来啦！"李娃在屋内听到，大喜道："你暂且招呼他一下，我要重新梳妆打扮再出来。"公子听到后，心中暗喜。婢女领着公子走到照壁前，碰见一位头发花白的驼背老妇人，她就是李娃的母亲。公子上前行礼道："听说府上有空闲的屋子，我准备租来做寓所，不知可否？"老妇人答："只怕这地方简陋狭小，怎么好意思让您屈尊枉驾，哪敢谈什么租金呢？"说完，她请公子到客厅里去。厅内摆饰极为华丽。她与公子相对坐定，便说："老身有个女儿，娇小玲珑，略怀薄艺，乐于会见宾客，希望能让她来见见您。"于是，她就叫李娃出来。李娃有着明亮的眸子、雪白的手腕，举步袅袅婷婷，公子一见，惊讶得站起身来，却不敢抬头看她一眼。两人行毕礼，寒暄了一番，李娃的一举一动、一颦一笑都妩媚动人，是公子平生从未见过的。待重新就座，婢女在旁烹茶、斟酒，所用的器皿都很雅致。

过了许久，天色黑将下来，街鼓声四处响起。老妇人询问公子住处的远近。公子故意诓骗她说："在延平门外几里的地方。"他希望因路远而被留宿。老妇人却说："暮鼓已敲过了，您应当赶紧出城，不要触犯了宵禁。"公子说："承蒙接待，欢谈言笑间，竟连天黑也没有发觉，归途遥远，城中又没有亲戚，这该如何是好？"李娃说："要是您不嫌弃这儿冷僻简陋，原本还打算在这里租屋，先歇一宿又有何妨？"公子瞟了瞟老妇人。老妇人点点头，道："好！好！"公子便唤家童呈上两匹缣帛，作为晚餐的费用。李娃笑吟吟地伸手阻拦："按照主客之间的礼节，哪能这样？我们虽是贫穷人家，但一餐饭的费用还不至于拿不出。今晚时间仓促，看来只能准备些粗茶淡饭了，您就将就点儿吧。至于您愿意破费，可以等以后再说。"公子执意要送，她竭力推辞，始终不肯收受。

过了一会儿，她请公子移坐到西边厅堂，堂内帏帘、床榻，光彩夺目；妆奁、枕被，也都十分华丽，随即点起灯烛，端上酒菜，菜品丰富，味道极佳。吃完后，撤去肴馔，老妇人起身离席。公子与李娃谈话这才亲热起来，谑浪嬉笑，毫无顾忌。公子说："前些时候我偶然经过你家门口，恰好看到你站在屏门间。从此，我就对你念念不忘，连睡觉、吃饭时也未曾有片刻忘记。"李娃回答说："我心里也是一样。"公子说："不瞒你说，我今天来，不单是想租房子，而是希望实现平生的愿望，但不知道我的命运如何？"话音未落，老妇人进来了，问他们在谈些什么，公子便如实以告。老妇人笑道："男欢女爱，本是人之常情。要是情投意合，即使是父母的严命，也无法制止，只是小女实在鄙陋，怎么配得上侍奉郎君呢？"公子立即起身走下席榻的台阶，向老妇人拜谢道："承蒙不弃，小生甘愿在此为奴为仆，以供驱使。"于是，老妇人便把他当作女婿看待。他们接着畅饮，酒至尽兴，方才散席。第二天早上，公子把行李全部搬运了过来，就在李宅住下。从此，公子敛迹隐身，不再与亲友往来，天天跟娼伎、优伶等厮混在一起，吃喝玩乐。袋里的钱财很快就花光了，他便变卖车马，甚至连家童也卖了。这样过了一年多，所带钱物全都挥霍净尽。这样一来，老妇人对他的态度越来越冷淡，李娃对他的感情却越来越深厚。

有一天，李娃对公子说："我和您相好已有一年多，至今还未怀上一男半女。平日里听说那竹林神很是灵验，我们预备些祭品，去向神灵祈求，您看怎么样？"公子不知是李娃的诡计，十分欢喜。他便去典押了衣服，备办三牲酒果，陪李娃一同到竹林神庙去祈祷，在那里住了两宿才回去。公子骑着驴子跟在李娃的车子后面，路过宣阳里北门，李娃对他说："从这里往东转弯的小巷子里，就是我姨妈家，我们去歇一下脚，顺带去拜访她，可以吗？"公子依了她的话，向前走不到百步路，果然见到一道车门。往里张望，见院庭宽敞气派。李娃的婢女在车后喊住公子："到了。"公子便下了驴子，恰好有一个人出来探问："是哪一位？"他们回答说："是李娃。"那人就进去禀告。过了一会儿，一位四十多岁的妇人出来了，迎着公子便问："我的外甥女来了吗？"李娃下了车，妇人迎上去拉住她，问道："怎么这么久不来看看我呀？"

说完，两人相视而笑。李娃便指引公子拜见姨妈。见过了面，他们一起走进西面戟门内的偏院。院中有假山亭榭，翠竹绿树葱茏茂盛，池塘水阁清净幽雅。公子被眼前的富贵气象迷惑住了，凑到李娃耳旁低声问："这是姨妈私人的府第吗？"李娃含笑不答，用别的话岔开去。坐定之后，随即有婢女呈上茶点、水果，都很珍奇。

刚过一顿饭的光景，有一人骑着快马，满头大汗地飞驰而至，冲进来喘着粗气报告李娃："老太太害了急病，很是严重，几乎连人都认不清了。你最好赶紧回去。"李娃对姨妈说："我心里乱极了。让我先骑马赶回去，再派人把马送回来，您就陪郎君一道坐车来吧！"说完，她便起身出门上马。公子打算跟她一起去。姨妈向婢女附耳轻声说了几句话，就挥手示意公子在门外停步，说："老太太恐怕不行了，你应当留下来，跟我商量一下怎样办理丧事，以解决李娃的燃眉之急，怎么能马上就跟着走呢？"公子只得留下来，跟姨妈一同核计丧葬、斋戒和祭奠的费用。等到天色晚了，接他们的马还没送来。姨妈就对公子说："怎么到现在还没有回音？真是急死人了。郎君赶快回去看看，我随后就赶来。"公子听了，就匆匆出发了，到了李宅门前，只见大门紧锁，门缝还用黄泥封了起来。公子大惊，忙跑去询问邻里。邻居答："李家本来就是租这屋子住，租约已到期了，如今房东收回了屋子。老太太搬走已有两天了。"公子又问："搬到哪里去啦？"邻居答："不清楚是什么地方。"公子打算再赶往宣阳里，去问李娃的姨妈，无奈天色已晚，估计路程，恐怕赶不到。他只好脱下衣服，去抵押了一点儿钱，买了一顿饭吃，又租了一张床位睡了一宿。公子心中怒火中烧，整整一夜不曾合眼。晨光熹微，他便骑上驴子上路，到了宣阳里之后，连连敲门，敲了约有一顿饭的工夫，也没人应门。公子又大声叫喊了好几遍，才有一个穿着官服的人慢慢开门出来，公子急匆匆地问他："姨妈在里面吗？"那人答道："没有此人。"公子再追问："昨天傍晚还明明在这里，怎么今天就避而不见了呢？"他又问这里是谁的宅第，那人答道："这是崔尚书的府第。昨天有个人来租这个偏院，据说是要在这里接待一个远道而来的表亲。天还没黑就离开了。"

公子听了这番话，回想这两日发生的种种事情，又是迷惑，又是惶恐，气得几乎要发疯，但又不知该如何是好，最终只得回到原先在布政里的寓所。寓所主人怜悯他，给他饭菜吃。公子心中怨恨交加，愤懑难平，接连绝食三天，竟然得了重病，过了十多天，病势愈加严重。寓所主人怕他一病不起，就命伙计把他抬到一家殡葬铺里。他奄奄一息，过了一天又一天，店里的人都为他伤感叹息，大家轮流喂他吃点儿东西。后来，公子的病情略微好转了一些，能够扶着杖棍站起来了。从此，掌柜每天让他干些杂活，替人执持灵帐，得些报酬以糊口。这样过了几个月，他渐渐地康复了。每当他在丧家听到挽歌，就自叹还不如死去的人，往往呜咽流泪，不能自制。回来后，他就效仿着唱挽歌。公子本是个聪敏的人，没有多久，就全部掌握了曲子的诀窍，唱得哀怨婉转，整个长安城都没有人能与他相比。

当初，城里有两家殡葬铺，在经营上竞争一向很激烈，非要争个高低。东面那家店铺备置的车轿器用，奇巧富丽，胜过同行，唯独挽歌唱得还不够好。店铺的掌柜知道公子挽歌唱得精妙，就凑了两万文钱来雇用他。店铺里的老前辈又各自拿出看家本领传授给他，并暗中教导公子练习新的唱腔，还给他帮腔唱和。这样练了几十天，外界对此事一无所知。东、西两家殡葬铺的掌柜互相打赌："我们两家将各自在天门街展示置办的丧葬器物，一较高低。输方罚钱五万文，用来摆筵席请客，怎么样？"双方都同意了。于是，双方请见证人立下文契，签名画押，然后进行展示比赛。到了这天，前来观看的各色人等，男女老少，聚集了好几万人。里正将此事报告给了捕贼官，捕贼官又向京兆尹禀告。这样一来，四面八方的人都争相赶来，长安城内，几乎万人空巷。两家殡葬铺从早晨开始展出，直到正午，依次摆出车轿、仪仗等器物，西面的店铺都处于下风。西店的领班面带愧色，在天门街南角叠起几张木榻，搭成高台，只见一个留着长须的人，手提大铃走进场来，身旁还簇拥着很多助阵的人。他抖动长须，扬起眉毛，左手持握右腕，得意地向观众点点头，登上高台，就唱起了《白马》。他倚仗这是自己素来擅长的，自得地环顾四下，旁若无人。台下围观的看客齐声喝彩，他也自以为时下独一无二，没有对手能够压倒他。过了一会儿，东面殡葬铺的掌柜在街道北角放置了几张连接着的木榻，有个戴黑头巾的少年，两旁跟着五六个手执羽毛掌扇的人，一起走上台来，这少年就是荥阳公子。他整了整衣服，举止安闲，舒展歌喉，放声大唱，露出悲不自胜的神色。他唱的是《薤露》，声音嘹亮悠扬，连树上的枝叶也被震得簌簌作响。挽歌还没唱完，听的人已经哽咽哀叹，掩面哭泣了。西面店铺的掌柜被众人讥笑，惭愧难当，只得偷偷地把所输的钱留在高台前，溜走了。围观的人都惊愕地向公子瞠目直视，完全不知道他是什么来历。

在这以前，皇帝曾颁下诏书，命各州郡长官每年到京城来朝见一次，称为"入计"。这时，适值荥阳公也在京城，他和同僚换上便装，偷偷前往观看。他的身边跟随着一名老仆，就是公子乳母的丈夫，他看到这个唱挽歌少年的举止言谈，认出是自家公子，却又不敢冒认，不由得一阵心酸，流下泪来。荥阳公见了，感到惊奇，便盘问他。老仆禀告道："我见那唱歌少年的容貌，酷似老爷的亡子。"荥阳公说："胡说八道，我儿子因为多带了钱财，早被盗匪杀害了，怎么会沦落到这个地方呢？"说完，他不由得淌下老泪。等回到寓所，老仆又找个机会，赶到天门街，向殡葬铺的伙计打听道："方才唱歌的那位少年是谁？怎么唱得这样动听？"大家答道："是某人的儿子。"再探问他的名字，却已更改过了。老仆听得凛然大惊，慢慢地从人群中挤过去，想靠近细看。公子一见老仆，顿时脸色大变，转身打算藏匿到人群中。老仆一个箭步上前，一把揪住他的衣袖说："您不是我家公子吗？"说完，两人就抱头痛哭。老仆雇车载了他同回寓所。到了住处，荥阳公斥责道："你的品行竟堕落到了这般地步，玷辱了我家的门楣！你还有何面目来见我？"说着，他拖着公子走出寓所，来到曲江池西边杏园东头处，剥去他的衣服，用马鞭狠狠地抽打了几百下。公子承受不住这般痛楚，倒毙在地。荥阳公抛下他，头也不回地走了。当公子被老仆雇车载走时，他的师父见事出蹊跷，便让平时和他关系要好的人暗中跟随着。那人目睹这情形，急忙回殡葬铺报信，大家都为他感伤。师父派两个人挟芦席去裹埋他的尸体。两人赶到那里，一摸公子的胸口，发觉仍有一丝热气。一人忙把他扶了起来，抢救了许久，公子的呼吸才逐渐通畅。他们将公子背了回去，把芦管插进他的嘴里，用小勺舀了汤水灌到一端喂他喝。过了一夜，公子才苏醒过来。一个多月后，他的手脚仍不能活动伸举，那

些被鞭打的伤口都已溃烂化脓，肮脏极了。伙计都怕招来更多的麻烦，在一个晚上，趁着夜色把他抛在路旁。来往行人都很可怜他，常常丢些吃剩的食物给他，他才得以充饥。过了三个多月，公子方能扶着杖棍站起身。他身披破布袄，布袄上的补丁摞着补丁，破烂得就像倒悬的鹑鹑。他捧着一只破瓦盆，穿梭于街头巷尾，以乞讨为生，从秋天一直到冬天。他夜晚钻进污秽的窟屋里睡觉，白天则绕着市场和店铺乞食。

一天早晨，大雪纷飞，公子饥寒交迫，不得不冒雪出去乞讨，他的声音凄苦，听到的人无不悲痛。此时雪下得正紧，家家户户的大门都关得严严实实的。公子走到安邑里东门，循着里巷的墙垣向北转，走过七八户人家，见有一户只开着左半边大门，这就是李娃的住宅。公子并不知道，连声疾呼："饿煞啦！冻煞啦！"声音凄切，令人不忍卒听。李娃在阁中听到，对婢女说："这一定是荥阳公子。我听出了他的声音。"说完，她连忙跑了出去。只见公子形容枯槁，浑身生满疥疮，简直不像人样了。李娃心中感慨万千，上前叫道："您是荥阳公子吗？"公子见是李娃，愤恨交加，几乎昏倒在地，连一句话也说不出来，只是点头而已。李娃上前搂住他的颈脖，脱下绣花短袄裹着他，扶他回到西厢房，失声恸哭道："害您落到今天这个地步，都是我的罪过啊！"她悲痛得昏了过去，良久才苏醒。老妇人听得声音，大吃一惊，忙跑过来问："怎么回事啊？"李娃答："是那位荥阳公子。"老妇人忙道：

"还不快把他赶走，怎么让他到这里来？"李娃正色回眸，望了她一眼，说："此言差矣。他原是好人家的子弟。想当初，他驾着高车骏马，带着金银财物，住到我们家，没多久钱就花光了。我们合起来定下计谋赶走了他，这还有人性吗？使他沦落到这般地步，为亲戚朋友所不齿。父子之情，本是天性，可是因为此事，他们父子恩情断绝，做父亲的活活将儿子打死，连尸首都抛弃不顾。如今他又穷困潦倒成这样，天下的人都知道是因为我。公子的亲戚满布朝廷，要是有朝一日，其中有人详细了解事情缘由，恐怕我们就要大祸临头了。何况欺瞒上苍，亏负他人，鬼神也不会保佑，我们不要再自找祸殃了。我在您老的跟前，至今已有二十年了。算起来，您在我身上花费的钱财，恐怕已不止千两黄金。现今您已六十多岁了，我愿拿出这二十年的衣食费用来为自己赎身。此后，我就跟他另觅地方安身，就在这里附近一带，早晚仍能来向您问安。这样，我也就心满意足了。"老妇人料想她下定决心，已无法改变，只得答应。

李娃付给了老妇人赎身钱之后，还余下数百两黄金，便在北面隔四五家处，租了一所空屋子。她先替公子洗澡，更换衣服，又做了清汤薄粥，让公子喝了可以通畅胃肠，再用奶酪滋润他的脏腑。过了十多天，才开始给他吃各种山珍海味。穿戴的头巾鞋袜，李娃都挑最名贵的给他。不到几个月，公子的肌肤就丰润了些。过了一年，公子的身体恢复得与当年一样了。又过了一些时候，李娃对公子说："您的身体已经康健了，志气已经壮盛了。您深思静虑，默想以前的学业，还能够重新温习吗？"公子回想了一番，答："只记得十分之二三了。"李娃雇车出门，公子骑马跟随在后面。到了旗亭南偏门的一家古书铺里，李娃让公子选购所需的书，共计花了一百两银子，把这些书全都装车载回家中。李娃让公子摒弃杂念，一心向学，日夜攻读，勤勉不懈。李娃经常陪坐在公子的身旁，到深夜才睡，有时看他读书疲倦了，就劝他吟诗作赋来调剂。这样过了两年，公子的学业大有进步，重要的典籍全部读过。公子对李娃说："现在可以去报名应考了。"李娃摇头道："还没到时候呢！务必读得更精熟一些，以应付各种考试。"又过了一年，李娃说："可以去应考了。"公子一举考上甲科，声名传遍了礼部。即使是前辈宿儒读了他的文章，也肃然起敬，都想与他结交。李娃却说："这没什么，您不能骄傲，现今的读书人，自认为只要能登一次科第，就可以得到朝廷的要职，占有天下的美名。可是您过去的品行有污点，事迹不光彩，不同于别的文人。您应当像反复淬炼利刃那般，加倍刻苦钻研学问，以求再次高中，这样才能结交更多的才士，在群英中争做魁首。"公子听了李娃的话，从此越发勤奋刻苦，声望越来越高。这一年，正好举行会试，皇帝下诏征召各地的才俊，公子报考直言极谏科，最终名列第一，被委派担任成都府参军。朝中大小官员，都来跟他交朋友。

公子准备赴任时，李娃对他说："如今恢复了您的本来面目，我总算没有亏负您。我打算以余生，回去奉养老母。您应当娶门当户对的小姐，让她来主持家政。不论是京城还是外省，都可以缔结婚姻，不要再耽误自己。愿您好自珍重。我从此就离开了。"公子哭道："如果你抛下我，我就自刎而死。"李娃还是坚决拒绝随他赴任，公子一再苦苦哀求。李娃让步道："我送您渡过长江，到达剑门后，就让我回来。"公子只好答应。他们经过一个多月的行程，到了剑门。他们还没来得及继续前进，便接到了朝廷授予新官的诏书，原来是公子的父亲由常州刺史内调，改任成都府尹，兼剑南采访使。过了十二天，荥阳公到了剑门。公子就到驿站递上名帖拜见父亲。荥阳公不敢与他相认，直到看见名帖上写着的祖、父三代的官阶、名讳，才大吃一惊，让他登上台阶，抚着他的后背痛哭了好一会儿，才说："我与你重为父子，一如当初。"他问起公子的经历，公子详细地叙述了事情的始末。荥阳公听后，十分诧异，忙问李娃在哪儿。公子回答："按照约定，她送我到这里，正准备让她回去。"荥阳公道："这可不行。"第二天，他安排车马与公子先去成都赴任，让李娃暂且留在剑门，另租一处馆舍安置她。到达成都后第二天，荥阳公请来媒人向李娃说媒，依着六礼迎娶她。李娃和公子名正言顺地举行了婚礼。

李娃过门之后，逢年过节操办祭祀，都很合乎礼仪。她恪守妇道，主持家政，严谨有条理，很受公婆喜爱。又过了几年，公子的父母相继亡故，她依礼尽心守孝。她守孝的草庐旁竟然长出了灵芝草，一棵穗上开了三朵花。地方官认为这是祥瑞之兆，便上奏报告朝廷。又有几十只白燕子，在她家的大梁上筑巢。皇帝得知这些事，感到惊奇，就给予了特殊的恩赐。守孝期满，公子接连升迁清要显贵的官职，十年之间，做到管辖几个州郡的长官。李娃也被封为汧国夫人。他们有四个儿子，都做了大官，其中官职最低的也能做到太原府尹。弟兄几个都跟名门望族联姻，在京城内外，声势显赫，没有哪家能比得上。

唉！一个娼家荡妇，却有如此高尚卓异的节操品行，即使是古代的烈女也不能超过她，怎么能不令人赞叹呢？我的伯祖父曾任晋州刺史，又升入户部，后来担任水陆运使，这三任官职都与荥阳公子是前后任，所以对他的事迹十分熟悉。

贞元年间，我与陇西李公佐谈论一些品格高贵的女子，便叙述了汧国夫人的事迹。李公佐恭敬地听完，不住地拍手赞叹，让我为李娃作传。于是，我提笔蘸墨，详细地记录下来，留存给后世。此时是贞元十一年八月，太原白行简撰。

东城老父传

陈　鸿

《东城老父传》，宋李昉录于《太平广记》卷四百八十五杂传记二。《太平广记》和《宋史·艺文志》皆署陈鸿撰，但文中作者自称"陈鸿祖"。

原文

　　老父姓贾名昌，长安宣阳里人，开元元年癸丑生。元和庚寅岁，九十八年矣，视听不衰，言甚安徐，心力不耗，语太平事，历历可听。父忠，长九尺，力能倒曳牛，以材官为中宫幕士。景龙四年，持幕竿，随玄宗入大明宫诛韦氏，奉睿宗朝群后，遂为景云功臣，以长刀备亲卫，诏徒家东云龙门。

　　昌生七岁，趫捷过人，能抟柱乘梁，善应对，解鸟语音。玄宗在藩邸时，乐民间清明节斗鸡戏。及即位，治鸡坊于两宫间。索长安雄鸡，金毫铁距，高冠昂尾千数，养于鸡坊。选六军小儿五百人，使驯扰教饲。上之好之，民风尤甚。诸王世家、外戚家、贵主家、侯家，倾帑破产市鸡，以偿鸡直。都中男女以弄鸡为事，贫者弄假鸡。帝出游，见昌弄木鸡于云龙门道旁，召入为鸡坊小儿，衣食右龙武军。三尺童子入鸡群，如狎群小，壮者弱者，勇者怯者，水谷之时，疾病之候，悉能知之。举二鸡，鸡畏而驯，使令如人。护鸡坊中谒者王承恩言于玄宗，召试殿庭，皆中玄宗意。即日为五百小儿长，加之以忠厚谨密，天子甚爱幸之，金帛之赐，日至其家。

开元十三年，笼鸡三百，从封东岳。父忠死太山下，得子礼奉，尸归葬雍州，县官为葬器丧车，乘传洛阳道。十四年三月，衣斗鸡服，会玄宗于温泉。当时天下号为神鸡童，时人为之语曰："生儿不用识文字，斗鸡走马胜读书。贾家小儿年十三，富贵荣华代不如。能令金距期胜负，白罗绣衫随软舆。父死长安千里外，差夫持道挽丧车。"

昭成皇后之在相王府，诞圣于八月五日。中兴之后，制为千秋节。赐天下民牛酒乐三日，命之曰酺，以为常也，大合乐于宫中。岁或酺于洛，元会与清明节，率皆在骊山。每至是日，万乐具举，六宫毕从。昌冠雕翠金华冠，锦袖绣襦袴，执铎拂，导群鸡，叙立于广场，顾眄如神，指挥风生。树毛振翼，砺吻磨距，抑怒待胜，进退有朝，随鞭指低昂，不失昌度。胜负既决，强者前，弱者后，随昌雁行，归于鸡坊。角觝万夫，跳剑寻橦，蹴毬踏绳，舞于竿颠者，索气沮色，逡巡不敢入。

岂教猱扰龙之徒欤？二十三年，玄宗为娶梨园①弟子潘大同女，男服珮玉，女服绣襦，皆出御府。昌男至信、至德。天宝中，妻潘氏以歌舞重幸于杨贵妃。夫妇席宠四十年，恩泽不渝，岂不敏于伎，谨于心乎？

上生于乙酉鸡辰，使人朝服斗鸡，兆乱于太平矣，上心不悟。十四载，胡羯陷洛，潼关不守，大驾幸成都。奔卫乘舆，夜出便门。马踣道阱，伤足不能进，杖入南山。每进鸡之日，则向西南大哭。禄山往年朝于京师，识昌于横门外，及乱二京，以千金购昌长安洛阳市。昌变姓名，依于佛舍，除地击钟，施力于佛。泊太上皇归兴庆宫，肃宗受命于别殿，昌还旧里。居室为兵掠，家无遗物，布衣憔悴，不复得入禁门矣。明日，复出长安南门，道见妻儿于招国里，菜色黯焉。儿荷薪，妻负故絮。昌聚哭，决于道，遂长逝。息长安佛寺，学大师佛旨，大历元年，依资圣寺大德僧运平，往东市海池，立陀罗尼石幢。书能纪姓名，读释氏经，亦能了其深义至道。以善心化市井人。建僧房佛舍，植美草甘木。昼把土拥根，汲水灌竹，夜正观于禅室。

建中三年，僧运平人寿尽。服礼毕，奉舍利塔于长

① 梨园：皇家音乐机构，玄宗教授伶人的场所。《新唐书·礼乐志》载："玄宗既知音律，又酷爱法曲，选坐部伎子弟三百，教于梨园。声有误者，帝必觉而正之，号皇帝梨园弟子。"

安东门外镇国寺东偏，手植松柏百株，构小舍，居于塔下。朝夕焚香洒扫，事师如生。顺宗在东宫，舍钱三十万，为昌立大师影堂及斋舍。又立外屋，居游民，取佣给。昌因日食粥一杯，浆水一升，卧草席，絮衣，过是悉归于佛。妻潘氏后亦不知所往。贞元中，长子至信，依并州甲，随大司徒燧入觐，省昌于长寿里。昌如己不生，绝之使去。次子至德归，贩缯洛阳市，来往长安间，岁以金帛奉昌，皆绝之。遂俱去，不复来。

元和中，颍川陈鸿祖携友人出春明门，见竹柏森然，香烟闻于道。下马观昌于塔下，听其言，忘日之暮。宿鸿祖于斋舍，话身之出处，皆有条贯，遂及王制。鸿祖问开元之理乱，昌曰："老人少时，以斗鸡求媚于上，上倡优畜之，家于外宫，安以知朝廷之事？然有以为吾子言者。老人见黄门侍郎杜暹，出为碛西节度，摄御史大夫，始假风宪以威远。见哥舒翰之镇凉州也，下石堡，戍青海城，出白龙，逾葱岭，界铁关，总管河左道，七命始摄御史大夫。见张说之领幽州也，每岁入关，辄长辕挽辐车，辇河间、蓟州庸调缯布，驾辖连轵，坌入关门，输于王府。江淮绮縠，巴蜀锦绣，后宫玩好而已。河州敦煌道，岁屯田，实边食，余粟转输灵州，漕下黄河，入太原仓，备关中凶年。关中粟麦藏于百姓。天子幸五岳，从官千乘马骑，不食于民。老人岁时伏腊得归休，行都市间，见有卖白衫、白叠布。行邻比廛间，有人禳病，法用皂布一匹，持重价不克致，竟以幞头罗代之。近者老人扶杖出门，阅街衢中，东西南北视之，见白衫者不满百。岂天下之人，皆执兵乎？开元十二年，诏三省侍郎有缺，先求曾任刺史者。郎官缺，先求曾任县令者。及老人见四十，三省郎吏，有理刑才名，大者出刺郡，小者镇县。自老人居大道旁，往往有郡太守休马于此，皆惨然，不乐朝廷沙汰使治郡。开元取士，孝弟理人而已，不闻进士、宏词、拔萃之为其得人也。大略如此。"因泣下。复言曰："上皇北臣穹庐，东臣鸡林，南臣滇池，西臣昆夷，三岁一来会。朝觐之礼容，临照之恩泽，衣之锦絮，饫之酒食，使展事而去，都中无留外国宾。今北胡与京师杂处，娶妻生子，长安中少年有胡心矣。吾子视首饰靴服之制，不与向同，得非物妖呼？"鸿祖默不敢应而罢去。

译文

　　有一位老汉，姓贾名昌，是长安宣阳里人，生于开元元年，到今年元和五年已有九十八岁。他眼不花耳不聋，言谈安详从容，记忆力也不曾衰退，谈起开元年间的太平景象，清清楚楚，娓娓动听。贾昌的父亲叫贾忠，身高九尺，力气很大，能把牛倒拖着走。他身为武官，勇力骁壮，所以被选拔担任后宫的侍卫。景龙四年六月夜，贾忠拿着武器跟随皇子李隆基发动政变。众人攻入大明宫，诛杀了韦后，拥戴睿宗重登皇位。贾忠也成为景云之役的功臣之一，他佩带长刀，担任皇帝的贴身侍卫。皇帝下诏命他举家迁到东云龙门。

贾昌七岁时，身手就比别的孩子矫健敏捷，能攀缘柱子·爬上房梁。他还口齿伶俐，善于应对，能听懂禽鸟鸣叫声的意思。当初，玄宗还是亲王时，就喜欢民间在清明节举行的斗鸡游戏。等到即位当了皇帝，便在大明宫和兴庆宫之间建造了一所鸡坊，访求长安城中善斗的雄鸡，挑选了上千只毛色金黄、脚爪坚利、鸡冠高耸、尾巴昂扬的雄鸡，圈养在鸡坊里。他又挑选了五百名御林军子弟，让他们专管训练和饲养。皇帝有如此喜好，民间这种风气就更加盛行。许多皇亲国戚、公主王侯，都不惜倾家荡产用来购买善斗的鸡。京城中的男女老少，都把斗鸡当作正事。穷人买不起真鸡，只好斗假鸡过瘾。有一天，玄宗出游，看见贾昌在云龙门道旁斗木鸡，就召他入宫，让他在鸡坊当个养鸡童，吃穿待遇都胜过了皇帝的侍卫。三尺高的小孩儿，倒也聪敏乖巧，一进入鸡群，就像逗弄一群小孩儿玩耍一般，哪只鸡强壮，哪只鸡软弱，哪只鸡勇猛，哪只鸡怯懦，它们饮食的时辰和疾病的症候，他都知道。他训练了两只鸡，都因畏怯他而十分驯服，能像人那样听从使唤。护鸡坊的太监王承恩把这些情况禀告给玄宗，玄宗便召贾昌带着鸡在殿庭里当场表演。表演果然合乎玄宗的心意。玄宗当天就任命他为五百驯鸡子弟的头目。贾昌性情忠厚老实，办事谨慎周到，因此皇帝非常宠信他，差不多每天都有金银绸缎之类的赏赐，送到他家里。

开元十三年，玄宗到东岳泰山去举行封禅礼，特命贾昌装三百只鸡随同御驾前往。贾忠在泰山脚下去世，由于儿子得宠，皇帝准许他的尸体归葬长安。县官代他备办葬具丧车，一路上由驿站备车马，派差役接送，一直送到长安。开元十四年三月，贾昌穿上斗鸡服，到骊山华清宫温泉去朝见玄宗。当时天下人称他为"神鸡童"，编了一首歌谣："生儿不用识文字，斗鸡走马胜读书。贾家小儿年十三，富贵荣华代不如。能令金钜期胜负，白罗绣衫随软舆。父死长安千里外，差夫持道挽丧车。"

当年，昭成皇后还在相王府时，于八月初五诞下玄宗。玄宗即位以后，把这天定为"千秋节"，赏赐给天下百姓牛肉、酒食，举国欢庆三天，把这活动称作"酺"，并定为每年的常例。到了这天，皇宫里更是格外热闹，大举合欢，有几年还到洛阳去举行。至于元宵节和清明节，大都在骊山度过。每逢这些节日，各种歌舞百戏，纷然献技；六宫粉黛，尽皆随从。贾昌头戴雕翠金花冠，身穿锦袖绣花袄，手执大铃，边走边摇，在前面开路。只见群鸡依次序排列在广场上，贾昌目光炯炯，四下打量，指挥号令，气定神闲。群鸡竖起羽毛，鼓动翅膀，不停地在地面摩擦着喙尖和钢爪，按捺着奋发的气势，等候一决胜负。到了决斗

时刻，它们的进攻退守都符合章法，随着鞭子的指挥，时而向上腾跃，时而向下猛扑，都不偏离贾昌的意图。胜负既分，贾昌便示意它们停止搏斗，让胜者在前，败者在后，排着整齐的队伍跟随他依序回到鸡坊。当时还有许多表演艺人，如摔跤的、抛剑的、爬高竿的、踢蹴鞠的、走软索的、舞竿顶的……个个都垂头丧气，神情沮丧，踌躇不敢上场。贾昌的技艺如此高超，莫不是古代传说中教猕猴、驯巨龙的那一类人吗？开元二十三年，玄宗为贾昌娶了梨园子弟潘大同的女儿做妻子，新郎佩戴的佩玉、新娘穿的绣袄，都是皇帝赏赐的。贾昌后来生了两个儿子，长子名至信，次子名至德。天宝年间，贾昌的妻子潘氏由于能歌善舞，深受杨贵妃的宠爱。贾昌夫妇得宠四十年，恩泽始终不变，这难道不是因为他们技艺高超而又行事谨慎吗？

玄宗皇帝诞生于乙酉年，属鸡，却让人穿着朝服斗鸡，祸乱的预兆在太平盛世就已经显露，但他没有觉察。天宝十四年，安禄山叛军攻陷洛阳，潼关相继失守，皇帝逃亡成都。贾昌听到消息，追赶上去保护御驾，连夜骑马奔出便门，不料马踏到道中的陷坑而跌倒。他摔伤了脚，不能继续前进，只好拄着拐杖躲入终南山。从此，每逢规定在皇帝跟前表演斗鸡的日子，贾昌就面向西南方，流泪恸哭。往年安禄山进京朝见皇帝时，曾在横门外见过贾昌，等到他攻陷东、西两京，便悬赏黄金一千两搜寻贾昌的下落。贾昌只得改名换姓，寄身佛寺，扫地撞钟，皈依佛门。等到玄宗回到兴庆宫做了太上皇，肃宗于宣政殿正式继位，贾昌也回到原先住的街坊。他的家中已被乱兵洗劫一空，他成了一个面容憔悴的平民，再也不能进入皇宫。第二天，他又走出长安南门，在招国里的路旁碰见了妻儿，他们个个面黄肌瘦，神情惨淡，两个儿子背着柴火，妻子穿着旧棉袄。贾昌冲上前跟他们抱头痛哭，然后就在路上诀别。他万念俱灰，径自走开，从此遁居在长安的佛寺里，向高僧学习佛门教义。大历元年，贾昌跟随资圣寺的高僧运平住在东市放生池旁，建立了一座刻有陀罗尼经咒的石幢。他学文识字，已能书写自己的姓名，读佛经，也能体会其中的精深的教义，并以慈悲心去感化市井小民。他还建造僧房佛舍，种植花草树木。白天培土护根，打水浇竹；晚上就在禅房里打坐参禅。

建中三年，运平和尚寿终圆寂。贾昌依礼服丧超度完毕，就在长安东门外镇国寺东边兴建了一座奉厝运平和尚舍利的浮屠塔，又亲手栽种了一百棵松柏，接着在塔下搭了一所小屋，住在里面，早晚烧香洒扫，侍奉师父一如生前。当时顺宗还是太子，曾布施三十万文钱，给贾昌建造奉祀运平遗像的佛堂及念经斋戒的房舍，又在外围盖了几所房屋，收容一些无家可归的游民，让贾昌收取租金作生活费用。贾昌很节俭，每天只吃一碗粥，喝一升浆水，睡的是草席，穿的是棉衣。除此之外，他其余的收入一概用在佛事上。贾昌的妻子潘氏自招国里一别后，就音信全无，不知所终。贞元年间，贾昌的长子至信在并州当兵，跟随大司徒马燧进京朝见皇上，顺道到长寿里探望父亲，贾昌如同没有生过这个儿子一样，决断地叫他离开。次子至德回到长安，到洛阳去贩运丝织品，往来于两地间，每年都要拿些钱和布来孝敬父亲，都被他拒绝了。两个儿子都离开了，不再来探望他。

元和年间，颍川人陈鸿祖陪同朋友出春明门游玩，看见前面一片绿竹翠柏，郁郁葱葱，一路上香烟缭绕。二人便下马行至塔下拜见贾昌，听他谈话，不知不觉天色已晚。贾昌便留陈鸿祖二人在斋舍过夜，又谈起自己的出身、经历，讲得有条有理，接着又谈到朝廷的典章制度。陈鸿祖就问起开元年间治乱的情形，贾昌这样回答："老夫年轻时，以斗鸡这个把戏取悦于皇帝，皇帝把我当成歌伎、优伶一类人看待，况且我又住在外宫，哪能知道朝廷的事呢？可也有些事可以说给您听听。老夫当年看见黄门侍郎杜暹出任碛西节度使，兼任御使大夫，才开始委派守边大将兼负司法监察的重任，他首先凭借国家的政法教化使远邦人民畏服。又看见哥舒翰镇守凉州，攻克石堡城，驻守青海城，兵出白龙堆，逾越葱岭，把边界拓进到铁门关，他总管河东道，七次升迁才兼任御史大夫。又看见张说担任幽州都督，每年入关进京，总用高大的车子满载河间、蓟州一带百姓交纳租税的绸布，车辆络绎不绝，相连于道地涌进关来。而运送到皇家府库的，却只有江淮的细绫、绉纱，巴蜀的绸缎、锦绣以及后宫妃嫔的一些玩物而已。当时河州敦煌道实行屯田制，充实戍边军民的粮食，多余的粮食转运到灵州，经由黄河漕运东下，储入太原粮仓，以备关中的荒年需用。至于关中生产的粮食，则完全由老百姓自己储藏。皇帝去游幸五岳，随从的官吏成千上万，从来不用百姓供应饮食。老夫赶上岁时佳节、伏天腊月回家休息的日子，往往到市场上闲逛，常看见有卖白衣衫、白棉布的；又走到街坊里串门，偶尔看到有人祈祷神灵消除疾病，需用一匹黑棉布，如果出高价还买不到，竟不惜用做头巾的黑纱罗来代替。近来，老夫挂着拐杖出门，走到十字路口，向四下里看了看，见穿白衣衫的百姓还不足一百人。难道天下的人都当兵去了吗？还记得开元十二年，皇帝下诏令：中书、门下、尚书三省侍郎有缺额，优先挑选担任过刺史的任用；各司的郎官有缺额，优先挑选担任过县令的任用。等到老夫四十岁时，三省郎官中，凡是具有治理刑狱才能的，官职大的便到州郡去做刺史，官职小的去当县令。自从老夫住在这大道旁，时常看到有州郡刺史经过，在道边下马歇脚。他们都面容惨淡，对于自己被朝廷从中央官署里淘汰出来，外放到地方州郡去任职，而闷闷不乐。开元年间选拔人才，注重的是有孝悌德行和办事才能，没听说考上'进士''宏词''拔萃'等科目就能遴选出人才的。老夫能谈的大致就是这些。"贾昌说完，禁不住老泪纵横。又说："太上皇当初在位时，北面的回纥，东面的新罗，南面的南诏，西面的西域，都臣服于大唐，每三年来朝觐一次。朝见的礼仪非常隆重，君王的抚慰也十分优厚，赏赐锦绣的衣服，摆设丰盛的宴席，让他们圆满地完成使命而回，京城里从未有外国人居留。可现在北方的胡人跟京城的百姓杂居在一起，甚至还有通婚生子的，这样难怪长安城里的少年，要受到胡人的影响了。您看，如今人们戴的首饰、穿的衣靴，式样都跟从前不同，这难道不是怪现象吗？"陈鸿祖听了，默然无语，不敢应声，就告辞离开了。

长恨传

陈鸿

原文

开元中，泰阶平，四海无事。玄宗在位岁久，倦于旰食宵衣，政无大小，始委于右丞相。稍深居游宴，以声色自娱。先是，元献皇后、武淑妃①皆有宠，相次即世。宫中虽良家子千数，无可悦目者。上心忽忽不乐。时每岁十月，驾幸华清宫，内外命妇，焜耀景从，浴日余波，赐以汤沐，春风灵液，澹荡其间。上心油然，恍若有遇，顾左右前后，粉色如土。诏高力士潜搜外宫，得弘农杨玄琰女于寿邸。既笄矣，鬒发腻理，纤秾中度，举止闲冶，如汉武帝李夫人②。别疏汤泉，诏赐澡莹。既出水，体弱力微，若不任罗绮，光彩焕发，转动

《长恨传》，宋李昉录《太平广记》卷四百八十六杂传记三，亦见于《文苑英华》卷七百九十四。《文苑英华》较详，鲁迅先生即从该本选录。

① 武淑妃：史书均作"武惠妃"，"淑"字应误。

② 李夫人：汉武帝宠爱的妃子，有倾国倾城之貌，善歌舞。

照人。上甚悦。进见之日，奏《霓裳羽衣》以导之。定情之夕，授金钗钿合以固之。又命戴步摇，垂金珰。

明年，册为贵妃，半后服用。由是冶其容，敏其词，婉娈万态，以中上意，上益嬖焉。时省风九州，泥金五岳，骊山雪夜，上阳春朝，与上行同辇，居同室，宴专席，寝专房。虽有三夫人、九嫔、二十七世妇、八十一御妻暨后宫才人、乐府伎女，使天子无顾盼意。自是六宫无复进幸者。非徒殊艳尤态，独能致是；盖才知明慧，善巧便佞，先意希旨，有不可形容者焉。叔父昆弟，皆列位清贵，爵为通侯，姊妹封国夫人，富埒王室。车服邸第，与大长公主③侔，而恩泽势力，则又过之。出入禁门不问，京师长吏为之侧目。故当时谣咏有云："生女勿悲酸，生男勿欢喜。"又曰："男不封侯女作妃，看女却为门上楣。"其人心羡慕如此。

天宝末，兄国忠盗丞相位，愚弄国柄。及安禄山引兵向阙，以讨杨氏为辞。潼关不守，翠华南幸。出咸阳道，次马嵬亭，六军徘徊，持戟不进。从官郎吏伏上马前，请诛晁错谢天下。国忠奉氂缨④盘水⑤，死于道周。左右之意未快，上问之，当时敢言者，请以贵妃塞天

③ 大长公主：皇帝的姑母称"大长公主"，大长公主爵位属正一品，故此处举以相比。

④ 氂缨：氂牛尾毛做的帽缨。

⑤ 盘水：因水性平，请皇帝公平处理之意。

下怨。上知不免，而不忍见其死，反袂掩面，使牵之而去。仓皇展转，竟就死于尺组之下。既而玄宗狩成都，肃宗受禅灵武。明年大凶归元，大驾还都，尊玄宗为太上皇，就养南宫，自南宫迁于西内。时移事去，乐尽悲来，每至春之日、冬之夜，池莲夏开，宫槐秋落，梨园弟子，玉琯发音，闻《霓裳羽衣》一声，则天颜不怡，左右歔欷。三载一意，其念不衰。求之梦魂，杳杳而不能得。

适有道士自蜀来，知上心念杨妃如是，自言有李少君⑥之术。玄宗大喜，命致其神。方士乃竭其术以索之，不至。又能游神驭气，出天界，没地府，以求之，又不见。又旁求四虚上下，东极天海，跨蓬壶，见最高仙山。上多楼阙，西厢下有洞户，东向，阖其门，署曰"玉妃太真院"。方士抽簪叩扉，有双鬟童女出应其门。方士造次未及言，而双鬟复入。俄有碧衣侍女又至，诘其所从来。方士因称唐天子使者，且致其命。碧衣云："玉妃方寝，请少待之。"于时云海沉沉，洞天日晚，琼户重阖，悄然无声。方士屏息敛足，拱手门下。久之而碧衣延入，且曰："玉妃出。"俄见一

⑥ 李少君：汉武帝时方士，据说他擅长招魂术。

人，冠金莲，披紫绡，珮红玉，曳凤舄，左右侍者七八人，揖方士，问皇帝安否。次问天宝十四载已还事，言讫悯默。指碧衣女，取金钗钿合，各析其半，授使者曰："为谢太上皇，谨献是物，寻旧好也。"方士受辞与信，将行，色有不足。玉妃固征其意，复前跪致词："请当时一事，不为他人闻者，验于太上皇。不然，恐钿合金钗，负新垣平⑦之诈也。"玉妃茫然退立，若有所思，徐而言曰："昔天宝十载，侍辇避暑于骊山宫，秋七月，牵牛织女相见之夕，秦人风俗，是夜张锦绣，陈饮食，树瓜华焚香于庭，号为乞巧。宫掖间尤尚之。时夜殆半，休侍卫于东西厢，独侍上。上凭肩而立，因仰天感牛女事，密相誓心，愿世世为夫妇。言毕，执手各呜咽。此独君王知之耳。"因自悲曰："由此一念，又不得居此，复堕下界，且结后缘。或为天，或为人，决再相见，好合如旧。"因言"太上皇亦不久人间，幸惟自安，无自苦耳"。使者还奏太上皇，上心震悼，日日不豫。其年夏四月，南宫宴驾。

元和元年冬十二月，太原白乐天自校书郎尉于盩厔。鸿与琅邪王质夫家于是邑，暇日相携游仙游寺，话

⑦ 新垣平：复姓新垣，名平，汉文帝时人，以善"望气"受宠，后假造玉杯作为"天降祥瑞"，经人上书告发他造假，下狱被杀。

及此事，相与感叹。质夫举酒于乐天前曰："夫希代之事，非遇出世之才润色之，则与时消没，不闻于世。乐天深于诗，多于情者也。试为歌之，如何？"乐天因为《长恨歌》。意者不但感其事，亦欲惩尤物，窒乱阶，垂于将来者也。歌既成，使鸿传焉。世所不闻者，予非开元遗民，不得知；世所知者，有《玄宗本纪》在。今但传《长恨歌》云尔。

译文

　　开元年间，天下升平，四海无事。玄宗皇帝在位已有几十年，对于夜以继日地处理朝政渐渐感到厌倦，便把朝中的大小政务，都委派给右丞相去处理。而他自己经常深居内宫，游乐宴饮，整日沉湎于歌舞与女色之中。原先，元献皇后和武淑妃都很受玄宗的宠幸，可是她们相继去世了，宫中虽有妃嫔、宫女数千人，却没有一个看得中意的，因此玄宗总是郁郁寡欢。当时每年十月，皇帝都要到骊山华清宫游幸，宫廷内外的妃嫔命妇，无不打扮得光彩耀目，随从前往。玄宗在温泉里沐浴之后，便恩赐妃嫔命妇也在华清池中沐浴。她们的身姿游荡在水波之中，犹如拂来柔和的风，使人恬静、舒畅。此情此景，令玄宗不禁有些心旌摇荡，仿佛就要遇见一位可心的女子。可是，他环顾前后左右的粉黛，都如尘土般平淡无奇。玄宗便诏令高力士暗中到宫外去搜寻，结果在寿

王的府邸中访到弘农郡杨玄琰的女儿，名叫玉环。杨玉环已行过及笄礼，乌发润泽细密，身材肥瘦合宜，举止娴雅娇媚，简直就像汉武帝宠爱的李夫人。于是，特意为她开凿了一处温泉浴池，下诏赐她沐浴。美人出浴，娇弱无力，仿佛连纱衣也经受不住。她光彩焕发，一举一动都耀人眼目，玄宗很是欢喜。到了杨玉环正式觐见那天，宫里奏起《霓裳羽衣曲》迎接她；举行结合典礼的那天晚上，皇帝赐给她金钗、钿盒，作为永远相爱的信物，又命她戴上金步摇，佩上金耳珰。

第二年，杨玉环被册封为贵妃，一切服饰享用依照皇后一半的标准。从此，杨贵妃把自己打扮得更加艳丽，并使自己的谈吐更巧慧，做出千娇百媚、惹人怜爱的姿态，以迎合皇帝的心意。玄宗就愈加宠幸她，不论是去各地视察民情，还是登五岳祭祀天地，不论是在骊山雪夜避寒，还是到洛阳胜日迎春，无不命她随从左右。贵妃与玄宗出行时同乘一辆车，休息时同宿一间房，饮宴、侍寝都专由她一人陪伴。纵然后宫里夫人、嫔妃、世妇、御妻以及才人、歌舞伎不计其数，但玄宗连看她们一眼的兴趣都没有。从此，六宫中再也没人能蒙受皇帝的临幸了。杨贵妃不仅是由于出众的容貌和妩媚的风姿才如此得宠，还因为她聪明伶俐，善于巧言奉承，不等玄宗开口，便能预先揣度他的心意而迎合。这种种聪慧，简直难以用笔墨形容。贵妃的叔父兄弟都担任了清要显贵的官职，封为侯爵，姊妹都被封为国夫人，家中的财富可以比肩皇家，车马、服饰、住宅的规格简直与大长公主同等，而他们受到的恩宠以及权势之盛却又超过了皇亲，可以随便出入皇宫禁门，连京城里的高官都对他们都侧目而视。因此当时民间有歌谣唱道："生女勿悲酸，生男勿欢喜。"又唱道："男不封侯女作妃，看女却为门上楣。"可见杨家被天下人羡慕已达到何种地步。

天宝末年，贵妃的哥哥杨国忠窃据丞相之位，蒙蔽皇帝，把持朝政。等到安禄山引兵造反，进犯京城，就以讨伐杨家作为借口。潼关失守，形势紧急，玄宗仓皇南逃。御驾出了咸阳，途经马嵬坡时，皇帝的禁卫军都拿着武器徘徊，不肯再前进。这时，随从的大小官员俯伏在皇帝的车驾前，请求玄宗诛杀杨国忠来向天下谢罪。杨国忠自知罪不可恕，便头戴白冠氂缨，手捧盘水，上加宝剑，向皇帝请罪。玄宗不得已，只好将他处死于道旁。但随从的官兵仍不满意，皇上问他们还要怎样，当时敢说话的人就请求处死杨贵妃以平息天下人的怨愤。皇上知道此事已无法挽回，可又不忍心亲眼看着她死去，就举起袖子遮住脸，让人把她从车驾中拖出去。仓促之间，杨贵妃被缢死于三尺白绫之下。不久，玄宗逃到成都，肃宗则在灵武城受禅即位。第二年，安禄山被杀，玄宗返回长安。肃宗尊奉玄宗为太上皇，让他居住在兴庆宫养老，后来又把他迁到太极宫。时过境迁，往日的欢乐已化成云烟，不尽的悲哀却萦绕心头。每逢春光葳蕤，冬夜衾寒，夏莲满池，秋槐飘零，梨园子弟吹起了玉笛，尤其一听到《霓裳羽衣曲》，玄宗就会郁郁不乐，左右侍从也都跟着哽咽叹息。生死离别，年复一年，玄宗对贵妃的思念，始终如一，没有丝毫减退，希望能在梦中相会，也始终渺茫不能如愿。

这时，恰巧有个从四川来的道士，得知太上皇心里思念杨贵妃到了如此程度，便自荐有李少君那样的仙术。玄宗一听，大喜，命他招引贵妃的神魂。道士便施展他的全部本领寻求贵妃的踪迹，但没有找到。他又使自己元神出窍，御气飞行，飞升天界、下地府去寻找，仍没有见到。他到四面八方去探求，往东直抵海天的尽头，登上蓬莱仙岛，见到一座最高的仙山，上面有许多楼阁，西厢房下有个朝东的月洞门，洞门紧闭，门楣上题着"玉妃太真院"。道士拔下发簪来敲门，有个梳着双鬟的女童出来开门，道士仓促间未及开口，那女童已转身进去了。不一会儿，又出来一名青衣侍女，问道士是从哪里来的。道士自称是大唐天子的使者，并且说明了自己的使命。青衣侍女说："玉妃正在睡觉，请稍候片刻。"此时，云雾弥漫如大海一般辽阔深远，洞府外的天色刚刚破晓，玉门重新关闭，四下悄然无声。道士屏住呼吸，并起双脚，拱手立在门下静候。过了许久，青衣侍女才开门请他进去，并说："玉妃出来了。"只见一个妇人，头戴金莲冠，身披紫绡衣，腰佩红宝玉，脚穿凤头鞋，在七八个侍女的簇拥下缓步走来，正是杨贵妃。她向道士作了揖，问道："皇帝安好否？"接着，她又问起天宝十四年以后的事情。

听道士说完，玉妃神色凄惨，示意青衣侍女取来金钗和钿盒，把它们各拆分为两半，将其中一半递给道士，说："替我向太上皇请安，谨献这两件东西，以表示我没有忘记旧日的恩爱。"道士记住了玉妃的口信并接过信物，临走之际，脸上却露出不满足的样子。玉妃执意追问他的心思。道士又上前跪下说："请您告知我一件其他人所不知道的往事，以便我回禀太上皇时作为凭证。不然，单凭这金钗、钿盒，恐怕不足以取信太上皇，以为我像新垣平那样欺诈他。"玉妃听了，茫然地退后几步，竭力思索往事。过了一会儿，她才慢慢地说道："天宝十年，我陪侍皇帝在骊山华清宫避暑。那天正好是七月初七，牛郎织女相会的日子。按照秦地的风俗，这天晚上要在庭院里铺设锦茵绣褥，陈列酒肴，摆上瓜果，焚香祝告，称为'乞巧'，皇宫里尤其崇尚这个风俗。当时快到半夜了，皇上命侍从和亲卫到东西厢房去休息，唯有我独自一人侍奉皇上。皇上扶着我的肩头站着仰望星空，感慨牛郎织女的遭遇。于是我俩秘密地互相立下心中的誓言：祈愿世世代代都结为夫妻。说完了，我们握着手各自呜咽流泪。这件事只有皇上知道。"随即，玉妃又独自悲叹道："唉！只因为我有这个念头，便不能长住在这里了，还得再堕落凡尘，将再结后世的姻缘。或在天界，或在人间。我俩一定会再相见，就像以前那样恩爱。"她还说："太上皇也不久于人世了，希望他自己保重，不要自寻苦恼。"道士回来，把经过奏禀太上皇。太上皇听了，心中又是惊愕，又是悲悼，从此身体一天不如一天。这年四月，玄宗在兴庆宫驾崩。

　　元和元年十二月，太原白乐天从校书郎外调为盩厔县尉，陈鸿和琅琊郡王质夫都住在这个县里，空闲的时候，一起结伴到仙游寺游玩，谈到了玄宗和杨贵妃的爱情故事，大家都感叹不已。王质夫斟了一杯酒，递到白乐天的面前，说："旷代罕见的事情，要是没有遇到才情卓越的人加以描绘润饰，那就会随同时光的流逝而湮没，不能流传于世了。乐天，你擅长作诗，又富有感情，试着把这故事作成诗篇，怎么样？"白乐天因此作了《长恨歌》。我揣想诗篇的用意，不但是在感叹这件事，也想借此警诫爱好美色的人，遏止导致祸乱的源头，传至后世，引为鉴戒。诗篇写成后，就叫陈鸿作一篇传。我没有经历过开元年间的生活，因此有关玄宗和杨贵妃的事情，世人所不知道的，我自然也不得而知，世人所知道的，则有《玄宗本纪》记载。如今只是为《长恨歌》做个注脚而已。

莺莺传

元稹

原文

贞元中，有张生者，性温茂，美风容，内秉坚孤，非礼不可入。或朋从游宴，扰杂其间，他人皆汹汹拳拳，若将不及；张生容顺而已，终不能乱。以是年二十三，未尝近女色。知者诘之，谢而言曰："登徒子①非好色者，是有淫行。余真好色者，而适不我值。何以言之？大凡物之尤者，未尝不留连于心，是知其非忘情者也。"诘者识之。

无几何，张生游于蒲。蒲之东十余里，有僧舍曰普救寺，张生寓焉。适有崔氏孀妇，将归长安，路出于蒲，亦止兹寺。崔氏妇，郑女也。张出于郑，绪其亲，

《莺莺传》，宋李昉录于《太平广记》卷四百八十八杂传记五。

① 登徒子：传为战国末年人。登徒是姓，子是古代男子的通称。楚人宋玉曾作《登徒子好色赋》，说登徒子的妻子貌丑，但登徒子和她生了五个孩子。后世就以"登徒子"为好色者的代称。

乃异派之从母。是岁，浑太师瑊薨于蒲，有中人丁文雅，不善于军，军人因丧而扰，大掠蒲人。崔氏之家，财产甚厚，多奴仆，旅寓惶骇，不知所托。先是张与蒲将之党有善，请吏护之，遂不及于难。十余日，廉使杜确将天子命以总戎节，令于军，军由是戢。郑厚张之德甚，因饰馔以命张，中堂宴之。复谓张曰："姨之孤嫠未亡，提携幼稚，不幸属师徒大溃，实不保其身，弱子幼女，犹君之生，岂可比常恩哉！今俾以仁兄礼奉见，冀所以报恩也。"命其子，曰欢郎，可十余岁，容甚温美。次命女："出拜尔兄，尔兄活尔。"久之辞疾，郑怒曰："张兄保尔之命，不然，尔且掳矣，能复远嫌乎？"久之乃至，常服睟容，不加新饰。垂鬟接黛，双脸销红而已，颜色艳异，光辉动人。张惊为之礼，因坐郑旁。以郑之抑而见也，凝睇怨绝，若不胜其体者。问其年纪，郑曰："今天子甲子岁之七月，终于贞元庚辰，生年十七矣。"张生稍以词导之，不对。终席而罢。张自是惑之，愿致其情，无由得也。

崔之婢曰红娘，生私为之礼者数四，乘间遂道其衷。婢果惊沮，腆然而奔，张生悔之。翼日，婢复至，张生乃羞而谢之，不复云所求矣。婢因谓张曰："郎之言，所不敢言，亦不敢泄。然而崔之姻族，君所详也，何不因其德而求娶焉？"张曰："余始自孩提，性不苟合。或时纨绮间居，曾莫流盼。不为当年，终有所蔽。昨日一席间，几不自持。数日来，行忘止，食忘饱，恐不能逾旦暮。若因媒氏而娶，纳采问名，则三数月间，索我于枯鱼之肆矣。尔其谓我何？"婢曰："崔之贞慎自保，虽所尊不可以非语犯之，下人之谋，固难入矣。然而善属文，往往沉吟章句，怨慕者久之。君试为喻情诗以乱之，不然则无由也。"张大喜，立缀《春词》二首以授之。

是夕，红娘复至，持彩笺以授张曰："崔所命也。"题其篇曰《明月三五夜》，其词曰："待月西厢下，迎风户半开。拂墙花影动，疑是玉人来。"张亦微喻其旨。是夕，岁二月旬有四日矣。崔之东墙有杏花一株，攀援可逾。既望之夕，张因梯其树而逾焉，达于西厢，则户半开矣。红娘寝于床上，因惊之。红娘骇曰："郎何以至？"张因绐之曰："崔氏之笺召我也，尔为我告之。"无几，红娘复来，连曰："至矣！至矣！"张生且喜且骇，必谓获济。及崔至，则端服严容，大数张曰："兄之恩，活我之家，厚矣。是以慈母以弱子幼女见托。奈何因不令之婢，致淫逸之词，始以护人之乱为义，而终掠乱以求之，是以乱易乱，其去几何？诚欲寝其词，则保人之奸，不义；明之于母，则背人之惠，不祥；将寄于婢仆，又惧不得发其真诚。是用托短章，愿自陈启，犹惧兄之见难，是用鄙靡之词，以求其必至。非礼之动，能不愧心，特愿以礼自持，无及于乱。"言毕，翻然而逝。张自失者久之，复逾而出，于是绝望。

后数夕，张生临轩独寝，忽有人觉之。惊骇而起，则红娘敛衾携枕而至，抚张曰："至矣！至矣！睡何为哉？"并枕重衾而去。张生拭目危坐久之，犹疑梦寐，然而修谨以俟。俄而红娘捧崔氏而至，至则娇羞融冶，力不能运支体，曩时端庄，不复同矣。是夕，旬有八日也，斜月晶莹，幽辉半床。张生飘飘然，且疑神仙之徒，不谓从人间至矣。有顷，寺钟鸣，天将晓，红娘促去。崔氏娇啼宛转，红娘又捧之而去，终夕无一言。张生辨色而兴，自疑曰："岂其梦邪？"及明，睹妆在臂，香在衣，泪光荧荧然，犹莹于茵席而已。是后又十余日，杳不复知。张生赋《会真诗》三十韵，未毕，而红娘适至。因授之，以贻崔氏。自是复容之，朝隐而出，暮隐而入，同安于曩所谓西厢者，几一月矣。张生常诘郑氏之情，则曰："我不可奈何矣。"因欲就成之。

无何，张生将之长安，先以情谕之。崔氏宛无难词，然而愁怨之容动人矣。将行之再夕，不可复见，而张生遂西下。数月，复游于蒲，会于崔氏者又累月。崔氏甚工刀札，善属文，求索再三，终不可见。往往张生自以文挑，亦不甚睹览。大略崔之出人者，艺必穷极，而貌若不知；言则敏辩，而寡于酬对。待张之意甚厚，然未尝以词继之。时愁艳幽邃，恒若不识；喜愠之容，亦罕形见。异时独夜操琴，愁弄凄恻，张窃听之，求之，则终不复鼓矣。以是愈惑之。张生俄以文调及期，又当西去。当去之夕，不复自言其情，愁叹于崔氏之侧。崔已阴知将诀矣，恭貌怡声，徐谓张曰："始乱之，终弃之，固其宜矣，愚不敢恨。必也君乱之，君终之，君之惠也。则殁身之誓，其有终矣，又何必深感于此行？然而君既不怿，无以奉宁。君常谓我善鼓琴，向时羞颜，所不能及。今且往矣，既君此诚。”因命拂琴，鼓《霓裳羽衣序》，不数声，哀音怨乱，不复知其是曲也。左右皆歔欷，张亦遽止之。崔投琴拥面，泣下流连，趋归郑所，遂不复至。明旦而张行。

明年，文战不胜，张遂止于京，因贻书于崔，以广其意。崔氏缄报之词，粗载于此。曰：“捧览来问，抚爱过深，儿女之情，悲喜交集。兼惠花胜一合，口脂五寸，致耀首膏唇之饰。虽荷殊恩，谁复为容？睹物增怀，但积悲叹耳。伏承使于京中就业，进修之道，固在便安。但恨僻陋之人，永以遐弃，命也如此，知复何言？自去秋已来，常忽忽如有所失，于喧哗之下，或勉为语笑，闲宵自处，无不泪零。乃至梦寝之间，亦多感咽。离忧之思，绸缪缱绻，暂若寻常；幽会未终，惊魂已断。虽半衾如暖，而思之甚遥。一昨拜辞，倏逾旧岁。长安行乐之地，触绪牵情，何幸不忘幽微，眷念无斁。鄙薄之志，无以奉酬。至于终始之盟，则固不忒。鄙昔中表相因，或同宴处，婢仆见诱，遂致私诚，儿女之心，不能自固。君子有援琴之挑，鄙人无投梭[2]之拒。

② 投梭：表示拒绝。晋代谢鲲调戏邻家的女儿，邻女用织布的梭子投掷他，打掉了他两颗牙齿。

③ 绛节随金母，云心捧玉童：绛节即赤节，汉代使节为赤色，这里借指仙人的仪仗。西方属金，金母就是西王母。这里以金母指崔小姐，玉童指张生，把他们比作天上的神仙。

④ 言自瑶华浦，将朝碧玉宫："瑶华浦"和"碧玉宫"，都是仙人居处，用以指崔小姐和张生的住所，说崔小姐赴幽会时由闺房到张生的住处。

⑤ 因游洛城北，偶向宋家东："洛城"本指曹植《洛神赋》里所写遇到洛神的地方，这里借指蒲州。宋玉在《登徒子好色赋》里说，他家东邻有美女，常登墙头望他，想和他往来。这二句的意思是，张生游蒲，无意间获得和崔小姐相恋的机遇。

⑥ 低鬟蝉影动：古时少女把发鬟梳得像蝉的翅膀一样，称为"蝉鬟"。低鬟蝉影动，指低头时蝉翼般的发鬟在颤动着。

及荐寝席，义盛意深，愚陋之情，永谓终托。岂期既见君子，而不能以礼定情，松柏留心，致有自献之羞，不复明侍巾帻。没身永恨，含叹何言？倘仁人用心，俯遂幽眇；虽死之日，犹生之年。如或达士略情，舍小从大，以先配为丑行，谓要盟为可欺。则当骨化形销，丹诚不泯；因风委露，犹托清尘。存没之诚，言尽于此；临纸呜咽，情不能申。千万珍重！珍重千万！玉环一枚，是儿婴年所弄，寄充君子下体所佩。玉取其坚润不渝，环取其终始不绝。兼致绿丝一绚，文竹茶碾子一枚。此数物不足见珍，意者欲君子如玉之真，弊志如环不解，泪痕在竹，愁绪萦丝，因物达情，永以为好耳。心迩身遐，拜会无期，幽愤所钟，千里神合。千万珍重！春风多厉，强饭为嘉。慎言自保，无以鄙为深念。"

张生发其书于所知，由是时人多闻之。所善杨巨源好属词，因为赋《崔娘诗》一绝云："清润潘郎玉不如，中庭蕙草雪销初。风流才子多春思，肠断萧娘一纸书。"河南元稹，亦续生《会真诗》三十韵。诗曰："微月透帘栊，萤光度碧空。遥天初缥缈，低树渐葱茏。龙吹过庭竹，鸾歌拂井桐。罗绡垂薄雾，环珮响轻风。绛节随金母，云心捧玉童③。更深人悄悄，晨会雨蒙蒙。珠莹光文履，花明隐绣龙。瑶钗行彩凤，罗帔掩丹虹。言自瑶华浦，将朝碧玉宫。④因游洛城北，偶向宋家东。⑤戏调初微拒，柔情已暗通。低鬟蝉影动⑥，回步玉尘蒙。转面流花雪，登床抱绮丛。鸳鸯交颈舞，翡翠合欢笼。眉黛羞偏聚，唇朱暖更融。气清兰蕊馥，肤润玉肌丰。无力慵移腕，多娇爱敛躬。汗流珠点点，发乱绿葱葱。方喜千年会，俄闻五夜穷。留连时有恨，缱绻意难终。慢脸含愁态，芳词誓素衷⑦。赠环明运合，留结表心同。啼粉流宵镜，残灯远暗虫。华光犹苒苒，旭日渐曈曈。乘鹜还归洛⑧，吹箫亦上嵩⑨。衣香犹染麝，枕腻尚残红。幂幂临塘草，飘飘思渚蓬。素琴鸣怨鹤⑩，清汉望归鸿⑪。海阔诚难渡，天高不易冲。行云无处所，萧史在楼中⑫。"

张之友闻之者，莫不耸异之，然而张志亦绝矣。稹特与张厚，因征其词。张曰："大凡天之所命尤物也，不妖其身，必妖于人。使崔氏子遇合富贵，乘宠娇隆，不为云为雨，则为蛟为螭，吾不知其所变化矣。昔殷之辛，周之幽，据百万之国，其势甚厚。然而一女子败

⑦芳词誓素衷：盟誓时说出内心的话。

⑧乘鹜还归洛：借用洛神归洛水的典故，比喻崔小姐的离去。

⑨吹箫亦上嵩：借用王子乔的故事，比喻张生去长安。王子乔，名晋，周灵王太子，喜欢吹笙，入嵩山修炼，后乘白鹤飞升成仙。

⑩素琴鸣怨鹤：怨鹤，指《别鹤操》，商陵牧子娶妻五年无子，父母将为他别娶，他的妻子听到这个消息，夜里起来倚户悲泣，牧子伤感而作《别鹤操》。这里借指崔小姐在离别之际，弹琴哀怨欲绝。

⑪清汉望归鸿："清汉"指银河。"清汉望归鸿"，仰望天上，盼望鸿雁的归来。古时以鸿雁为传递书信者的代称。这句是盼望接到信息的意思，也可引申作盼望人的归来。

⑫萧史在楼中：萧史，春秋时人，善吹箫。秦穆公把女儿弄玉嫁给他。他便教弄玉吹箫学凤鸣，果然有凤凰飞来，秦穆公就为他们盖了一座凤台。最后弄玉乘凤，萧史乘龙，双双飞升成仙。这里暗喻崔小姐已嫁人，两人欢会无期。

之。溃其众，屠其身，至今为天下僇笑。予之德不足以胜妖孽，是用忍情。"于时坐者皆为深叹。

后岁余，崔已委身于人，张亦有所娶。适经所居，乃因其夫言于崔，求以外兄见。夫语之，而崔终不为出。张怨念之诚，动于颜色。崔知之，潜赋一章，词曰："自从消瘦减容光，万转千回懒下床。不为旁人羞不起，为郎憔悴却羞郎。"竟不之见。后数日，张生将行，崔又赋一章以谢绝云："弃置今何道，当时且自亲。还将旧时意，怜取眼前人。"自是绝不复知矣。

时人多许张为善补过者。予常于朋会之中，往往及此意者，夫使知者不为，为之者不惑。贞元岁九月，执事李公垂，宿于予靖安里第，语及于是。公垂卓然称异，遂为《莺莺歌》以传之。崔氏小名莺莺，公垂以命篇。

译文

贞元年间，有位张生，他性情温雅，容貌俊美，意志坚定，秉性孤傲。凡是不合乎礼的事情，都不能打动他。有时朋友们一起出去游玩宴饮，在那嘈杂纷扰的人群里，其他人都争先恐后地吵闹起哄，生怕来不及表现自己，只有张生是表面上逢场作戏般敷衍一下，始终不跟着胡闹。因此，他已经二十三岁了，不曾亲近过女色。了解情况的人便好奇地问他，他拱手道："登徒子并不算是真正好色之人，他只是追求淫欲罢了。我才是真正爱慕美色的人，可偏偏还没让我碰到。何出此言呢？凡是见到美貌出众的女子，也未尝不流连在我的心上，凭这可以知道我并不是个冷漠无情的人。"众人这才了解张生。

没过多久，张生到蒲州去游玩。蒲州的东面十多里处，有座寺院名叫普救寺，张生就寄宿在那里。这时，恰巧有位崔家遗孀要回长安，路过蒲州，也暂住在这座寺院里。崔夫人的娘家姓郑，张生的母亲也姓郑，攀起亲戚来，崔夫人还是张生远房的姨母。这一年，节度使浑瑊死在蒲州，监军的宦官丁文雅，不善于领军，兵士便乘着主帅新丧发生哗变，在当地大肆抢掠。崔家财产丰厚，奴仆众多，旅居途中忽然遇到祸乱十分恐慌，不知依靠谁才好。在此以前，张生跟蒲州将领那伙人有些交情，就捎信请求他们派人来保护崔家老小，因此崔家才幸免于难。十多天后，按察使杜确奉皇帝的旨意来统管军务，在军中整肃军纪，骚乱才平息。崔夫人非常感激张生的恩德，备了酒肴请张生来，在中堂设宴款待他，又对他说："姨母我是个孤孀，拖带着年幼的孩子，不幸正碰上军队骚乱，实在是连自身都难以保全，我这幼弱的子女，如同是你重新给了他们生命，这怎么能跟寻常的恩惠相比呢？现在我让他们以对待兄长的礼节来拜见你，希望将来他们能报答你的恩情。"说罢，她唤儿子欢郎出来。欢郎十多岁，长得温文秀美。崔夫人接着唤女儿："快出来拜见你哥哥，是你哥哥救了你的命。"等了好久不见出来，姑娘在里面推说有病。崔夫人怒道："是你张家哥哥保全了你的性命，不然的话，你早就被乱军掳走了，到那时你还能避嫌吗？"又过了好久，她方才出来。她穿着家常便服，面容丰润，并没有重新梳妆打扮，双鬟一直垂在黛眉旁，两颊绯红，娇媚异常，光彩动人。张生一见，很是吃惊，忙站起身来向她施礼。她答了一礼，便顺势坐到母亲的身旁，因为是母亲强迫她出来见面，因而目光凝视一旁，流露着怨嗔，显得很不情愿的样子，身体娇弱得像支持不住似的。张生询问她的年龄，崔夫人代答道："当今皇上甲子年的七月出生，到如今贞元庚辰年，已经十七岁了。"张生试探着找些话跟她搭讪，但崔小姐根本不答话，直到宴席结束也没有开口说一句话。从此，张生就对崔小姐念念不忘，想向她表露自己的情意，却苦于找不到机会。

崔小姐有个婢女叫红娘，张生私下里多次向她恭敬地施礼，趁机说出心事。红娘吓坏了，红着脸跑开。张生为此好生懊悔。第二天，红娘又来了，张生羞愧地向她谢罪，不敢再提相求的事。红娘反倒对张生说："公子说的那番话，我不敢转达给小姐，但也不敢泄露出去，不过崔家的亲眷，您了解得很清楚，何不倚仗您对崔家的恩德，向夫人提亲呢？"张生说："我自孩童时代起，就不喜欢随便和人接近。有时和女子处在一起，也不曾偷看过一眼。想不到当年能够自持，如今却被迷惑。日前在宴席上，见了你家小姐，我几乎无法自持。这几天来，我魂不守舍，茶饭不思。恐怕过不了几天，我就会害相思病而死了。倘若请媒人去提亲，还要经过'纳采''问名''纳吉'等繁文缛节，少说也得三四个月，那就得到干鱼铺里去找我了。你说我该怎么办呢？"红娘说："我家小姐一向贞洁自守，即使是她的尊长，也不能用不正经的话冒犯她。何况是我这低三下四的人，那点儿小心思，怎么能使她动摇呢？不过，她很会作诗文，经常默默地琢磨文法，不满意自己的文稿而思慕文才很久了。您不妨作几首情诗来挑动她，否则，就没有别的门路了。"张生一听，大喜，立即作了两首《春词》交给红娘。

当天晚上，红娘又来了，手执一张彩笺交给张生，说："这是我家小姐命我送来的。"上面写了一首诗，题目是"明月三五夜"，诗道："待月西厢下，迎风户半开。拂墙花影动，疑是玉人来。"张生读完诗，暗中领会了其中的含义。这天是二月十四，崔小姐卧室的东墙边有一棵开满花的杏树，攀爬上去就可以越过围墙。十五月圆之夜，张生爬上那棵杏树，翻过了墙去。他到了西厢房，只见房门果然半开着，红娘正睡在床上。张生蹑手蹑脚上前推醒她。红娘吓了一跳，问："公子怎么会到这里来？"张生哄骗她说："是你家小姐写信召我来的，你替我去通报一声。"红娘转身进去，不一会儿，就出来了，连声道："来了！来了！"张生又欢喜又忐忑，以为事情一定会成功。等到崔小姐出来，只见她穿戴齐整，面容严肃，狠狠地斥责张生道："兄长救了我们全家，这恩德非同寻常，因此家母把幼子弱女托付给您，但怎么可以让不懂事的丫鬟传递淫逸的诗句呢？起初，您救别人免受兵乱，是仁义的行为，到头来趁火打劫以谋私欲，用一种抢夺替代另一种抢夺，这二者之间又有什么差别呢？我本来打算对您的诗句置之不理，但那相当于回护了别人的恶行，这是不道义的；我想把这件事禀告家母，那又背弃了人家的恩惠，这是不善良的；我打算让婢女把这些话转告给您，又担心她表达不出我的真实想法。因此借用短诗，希望自己亲自跟您说明，我又担心兄长读了有顾虑而不来，只好用了鄙陋、轻薄的诗句，诱使您前来，以便当面表明我的意思。我为此做出了非礼的举动，心里能不惭愧吗？只愿您能用礼义约束自己，不要有非礼的行动。"崔小姐说完就转身进去了。张生被数落得不知所措，目瞪口呆地站了许久，才又翻墙回去了，从此便彻底绝了心思。

几天后的一个晚上，张生正在靠窗的床上睡觉，忽然觉得有人在推他，惊骇地坐起身。原来是红娘抱着被子、枕头站在跟前，轻轻地抚着张生说："小姐来了，小姐来了！还睡着干吗？"她把枕头并排摆好，把被子铺在一起，就离开了。张生揩揩睡眼，挺身端坐了好一会儿，仍疑心是在做梦，但还是恭恭敬敬地等候着。不久，红娘就搀着崔小姐来了，她风姿艳丽，满面娇羞，柔弱得好像支撑不住身体，跟往日的端庄相比，判若两人。这天晚上是十八，西斜的月亮晶莹皎洁，清幽的月光泻在半张床上。张生只觉身子飘飘然的，疑心是仙子下凡到人间。过了一段时间，寺院里的晨钟响了，东方即将破晓。红娘在门外催促崔小姐赶快回去。崔小姐娇声婉转地悲啼，被红娘搀扶着，恋恋不舍地走了，她彻夜没说一句话。张生在天色微明时便起床了，暗自疑惑道："莫非是在做梦吗？"等到天亮，只见手臂上染有脂粉，衣服上尚留有余香，甚至连临走前流下的点点晶莹泪珠，还在枕衾间隐隐闪光。此后一连十多天，张生没有得到崔小姐一点儿消息。一天，张生正在作《会真诗》三十韵，还没作完，红娘来了，便把诗交给她，托她送给崔小姐。从此，两人又重续旧欢。张生每天天刚黑时偷偷潜入崔小姐的卧室，天快亮时悄悄地溜出来。他们在西厢房里幽会了一个月。张生向崔小姐询问崔夫人的态度，她就说："事已至此，我是无可奈何了。"她想顺水推舟，成全婚事。

不久，张生将要到长安去，先把这情况告诉崔小姐。崔小姐没有说一句为难的话，但脸上流露出忧愁哀怨的神色。张生要动身的前两个晚上，崔小姐都没有出来和他相见。张生启程西去。过了几个月，张生回到蒲州，跟崔小姐又相会了几个月。崔小姐字写得很好，还善于作文章，张生再三请求她出示，可始终未见片纸。张生常常用自己的文章逗

引她，她也不怎么用心看。大抵崔小姐的过人之处，在于各种才艺超凡，表面上却从不卖弄。她口齿伶俐，能言善辩，却很少对人说话应答。她对张生一往情深，却从来没有用言语来表达。她时常愁绪萦怀，表面上仍跟平常一样。她喜怒不形于色，心事不让他人知。一天晚上，崔小姐独自抚琴，将愁思寄托于音韵之中，琴声凄惨悱恻。张生偷听到，循声而往，请求她再弹一曲，她却始终没有再弹，因此张生更猜不透她的心事。不久，张生因考期临近，又要西去长安。临走的晚上，张生不再说要离开了，只是在崔小姐身旁忧愁叹息。崔小姐已暗暗明白将要诀别，便和颜悦色地对张生说："您起初越礼来爱恋我，末了又遗弃我，这本来就是应该的，我不敢有什么怨恨。如果您自始至终对我都是真心的，那就是您的额外恩惠了。那么我们永偕终身的盟誓也算有结果了，何必为此次的离别而过分感伤呢？然而，您既然不高兴，我也没有别的法子安慰您。您曾夸我琴弹得好，那时因为害羞，不愿在您面前献丑。如今您要走了，就借此表示我的诚心吧！"崔小姐叫红娘把琴拂拭一下，弹起了《霓裳羽衣序曲》，还没弹上几声，琴音凄怨错乱，不知弹的是什么曲子。旁边的人听了，无不叹息啜泣，张生急忙阻止她继续弹奏。崔小姐骤然双手按住琴弦，内心暗涌翻腾，丢下琴，泪水涟涟，夺门而出。她急步走向母亲的卧室，就不再出来。第二天一早，张生就出发了。

第二年，张生因科举落榜，便留在了京城。他写信给崔小姐，以宽慰她的心。崔小姐也回了一封信，大略是这样说的："捧阅来函，感谢您的深情抚慰，使我不禁沉浸在儿女情长之中，悲喜交集！又惠赠绒花一盒、唇脂五寸。虽然承蒙您特别的恩宠，可您不在身边，我打扮了给谁看呢？睹物思人，看到这些东西，只是徒添思念，增加悲叹罢了。从信中得知您就便在京城温习学业，进修之道，本在于安定、清净。只恨我这个浅陋的人，永远被抛弃在偏远的地方。命中注定如此，还有什么好说呢？自去年秋天以来，我经常心思恍惚，失魂落魄。在热闹的场合里，有时尚能强颜欢笑，可到了夜深独处闺中时，总是感伤落泪。甚至在睡梦之中，也多半由于别离忧思而悲咽。梦中的缠绵温存，一时间像以前那般真实，只是幽会尚未终了，梦魂已被惊断，渺渺难续。虽然空着的被窝仿佛留有您的余温，但静静一想，您已离开得很遥远。总觉得是前些日子刚刚分别，可转眼已经一年了。长安是个行乐的地方，难免会牵扯新的欢情。多亏您还没有忘记我这微不足道的人，时刻记挂在心。鄙薄的心意，无法用来报答您。对于白首偕老的盟誓，我会永远不变。从前因为和您是表亲，才有机会一同宴饮，后来您通过婢女来引诱我，表白爱慕之意，我再也按捺不住那颗怀春的少女心。您弹琴挑逗，我未能投梭拒绝。等到我们同衾共枕时，对您的情意越陷越深。我痴愚的心里以为可以托付终身，怎能想到委身于您，却不能订婚约，以致我蒙受自己献身的羞耻，而不能明媒正娶地成为您的妻子。我将抱憾终身，除了悲叹，还有什么好说的？倘若您能用仁爱之心体贴我内心的苦衷，因而委屈地成全我卑微的心愿，那么我就是死了，也如同再生。假如您是个旷达之人，不屑为儿女私情所牵绊，而去追求远大的理想，把未婚先合视作丑行，认为诱迫的誓盟可以随意毁弃，那我纵是形体化为灰烬，这一片丹心始终不渝，我的魂灵也要依风附露，仍然托身在您脚下的清尘之中。生死至诚，尽言于此。在写信时不住呜咽落泪，我的情意怎能完全申明？愿您千万珍重，珍重千万！附上玉环一枚，是我幼年时把玩的物件，寄给您随身佩戴。玉，寓意坚贞不变；环，象征情意不绝。另奉青丝一缕、斑竹茶碾子一只。这几样东西算不得珍贵，只是希望您能像玉一样坚贞，我的情意像环一样永不断绝。我的泪痕斑斑凝结在竹上，我的愁绪萦绕如发丝。用这些东西来寄托我的情意，愿我们能永远相爱。虽然我的身体离您很远，可我的心紧紧贴着您，重新见面的日子，恐怕是遥遥无期了。幽恨凝聚在心，神驰千里与您相会。千万珍重！春风依旧料峭，您要勤加餐饭才好。出门在外，务必谨言慎行，自己多多保重，不要以我为念。"

张生把她的信公开给一些朋友看，因此当时不少人知道此事。他的好友杨巨源喜欢写诗，为此作了一首题为"崔娘"的绝句："清润潘郎玉不如，中庭蕙草雪销初。风流才子多春思，肠断萧娘一纸书。"河南元稹也续成了张生的《会真诗》三十韵，诗中道："微月透帘栊，萤光度碧空。遥天初缥缈，低树渐葱茏。龙吹过庭竹，鸾歌拂井桐。罗绡垂薄雾，环珮响轻风。绛节随金母，云心捧玉童。更深人悄悄，晨会雨蒙蒙。珠莹光文履，花明隐绣龙。瑶钗行彩凤，罗帔掩丹虹。言自瑶华浦，将朝碧玉宫。因游洛城北，偶向宋家东。戏调初微拒，柔情已暗通。低鬟蝉影动，回步玉尘蒙。转面流花雪，登床抱绮丛。鸳鸯交颈舞，翡翠合欢笼。眉黛羞偏聚，唇朱暖更融。气清兰蕊馥，肤润玉肌丰。无力慵移腕，多娇爱敛躬。汗流珠点点，发乱绿葱葱。方喜千年会，俄闻五夜穷。留连时有恨，缱绻意难终。慢脸含愁态，芳词誓素衷。赠环明运合，留结表心同。啼粉流宵镜，残灯远暗虫。华光犹苒苒，旭日渐瞳瞳。乘鹜还归洛，吹箫亦上嵩。衣香犹染麝，枕腻尚残红。幂幂临塘草，飘飘思渚蓬。素琴鸣怨鹤，清汉望归鸿。海阔诚难渡，天高不易冲。行云无处所，萧史在楼中。"

张生的朋友听到此事，全都惊奇万分，但张生的情意已断绝了。元稹和张生的交情非常深厚，便询问他这么做的原因是什么。张生说："大凡上天所造就的绝代美人，不是祸害她自身，就一定殃及他人。假使崔小姐婚配富贵人家，依恃娇宠，要么朝云暮雨，变幻迷人，要么化成蛟螭，兴风作浪，我不清楚她会变化成什么样子。从前殷纣王、周幽王，统治着百万人口的大国，威势多么显赫，但都因一个女子而亡国，臣民溃散，身首异处，至今仍被天下人耻笑。我的德行不足以胜过妖孽，因此只好克制感情，忍痛割舍。"当时在座的人全都深为感叹。

过了一年多，崔小姐已嫁给别人，张生也另外娶妻。有一次，张生恰巧经过崔小姐的住处，便通过她的丈夫传话，请求以表兄的身份见一面。丈夫转告了她，崔小姐却始终不肯出来。张生怨恨、思念的心情流露在脸上。崔小姐知道后，便私下作了一首诗给他，诗道："自从消瘦减容光，万转千回懒下床。不为旁人羞不起，为郎憔悴却羞郎。"就这样，崔小姐最终也没有和张生相见。过了几天，张生将要走了，她又作了一首诗来谢绝他："弃置今何道，当时且自亲。还将旧时意，怜取眼前人。"从此，他再也不知道崔小姐的情况。

当时的人们大都称许张生是善于弥补过失的人。我曾在朋友聚会之时，常常谈及此事的用意，是奉劝明智的人不去做这种事，而已经做了这种事的人不要再受迷惑。贞元某年九月，友人李公垂住在我靖安里的家中，我同他谈到此事。公垂觉得很奇异，遂写了《莺莺歌》来加以传诵。崔氏的小名唤莺莺，公垂就以她的芳名作为篇名。

虬髯客传

杜光庭

原文

隋炀帝之幸江都也，命司空杨素守西京。素骄贵，又以时乱，天下之权重望崇者，莫我若也，奢贵自奉，礼异人臣。每公卿入言，宾客上谒，未尝不踞床而见，令美人捧出，侍婢罗列，颇僭于上。末年愈甚，无复知所负荷，有扶危持颠之心。一日，卫公李靖以布衣上谒，献奇策。素亦踞见。公前揖曰："天下方乱，英雄竞起。公为帝室重臣，须以收罗豪杰为心，不宜踞见宾客。"素敛容而起，谢公；与语，大悦，收其策而退。当公之骋辩也，一妓有殊色，执红拂，立于前，独目公。公既去，而执拂者临轩指吏曰："问去者处士第

《虬髯客传》，《宋史·艺文志》入"子部小说类"，宋李昉录于《太平广记》卷一百九十三豪侠一。

几？住何处？"公具以对。妓诵而去。

公归逆旅。其夜五更初，忽闻叩门而声低者，公起问焉。乃紫衣戴帽人，杖揭一囊。公问谁。曰："妾，杨家之红拂妓也。"公遽延入。脱衣去帽，乃十八九佳丽人也。素面画衣而拜。公惊答拜。曰："妾侍杨司空久，阅天下之人多矣，无如公者。丝萝非独生，愿托乔木，故来奔耳。"公曰："杨司空权重京师，如何？"曰："彼尸居余气，不足畏也。诸妓知其无成，去者众矣。彼亦不甚逐也。计之详矣，幸无疑。"问其姓。曰："张。"问其伯仲之次。曰："最长。"观其肌肤仪状、言词、气性，真天人也。公不自意获之，愈喜愈惧，瞬息万虑不安。而窥户者无停履。数日，亦闻追访之声，意亦非峻。乃雄服乘马，排闼而去。

将归太原。行次灵石旅舍。既设床，炉中烹肉且熟。张氏以发长委地，立梳床前。公方刷马。忽有一人，中形，赤髯如虬，乘蹇驴而来。投革囊于炉前，取枕欹卧，看张梳头。公怒甚，未决，犹亲刷马。张氏熟视其面，一手握发，一手映身摇示公，令勿怒。急急梳头毕，敛衽前问其姓。卧客答曰："姓张。"对曰："妾亦姓张，合是妹。"遂拜之。问第几。曰："第三。"问妹第几。曰："最长。"遂喜曰："今多幸逢一妹。"张氏遥呼曰："李郎且来拜三兄！"公骤拜之。

遂环坐。曰："煮者何肉？"曰："羊肉，计已熟矣。"客曰：

"饥。"公出市胡饼。客抽腰间匕首，切肉共食。食竟，余肉乱切送驴前食之，甚速。客曰："观李郎之行，贫士也。何以致斯异人？"曰："靖虽贫，亦有心者焉。他人见问，固不言。兄之问，则不隐耳。"具言其由。客曰："然则将何之？"曰："将避地太原。"曰："然吾故非君所致也。"曰："有酒乎？"曰："主人西，则酒肆也。"公取酒一斗。既巡，客曰："吾有少下酒物，李郎能同之乎？"曰："不敢。"于是开革囊，取一人头并心肝。却头囊中，以匕首切心肝，共食之。曰："此人天下负心者，衔之十年，今始获之。吾憾释矣。"又曰："观李郎仪形气宇，真丈夫也。亦闻太原有异人乎？"曰："尝识一人，愚谓之真人也。其余，将帅而已。"曰："其人何姓？"曰："靖之同姓。"曰："年几？"曰："仅二十。"曰："今何为？"曰："州将之子。"曰："似矣。亦须见之。李郎能致吾一见乎？"曰："靖之友刘文静者，与之狎。因文静见之可也。然兄欲何为？"曰："望气者言，太原有奇气，使访之。李郎明发，何日到太原？"靖计之日。曰："达之明日，日方曙，候我于汾阳桥。"言讫，乘驴而去，其行若飞，回顾已失。公与张氏且惊且喜，久之，曰："烈士不欺人，固无畏。"促鞭而行。

及期，入太原。果复相见。大喜，偕诣刘氏。诈谓文静曰："有善相者思见郎君，请迎之。"文静素奇其人，一旦闻有客善相，遽致使迎之。

使回而至，不衫不履，裼裘而来，神气扬扬，貌与常异。虬髯默然居末坐，见之心死。饮数杯，起招靖曰："真天子也！"公以告刘，刘益喜，自负。既出，而虬髯曰："吾见之，得十八九矣，然须道兄见之。李郎宜与一妹复入京。某日午时，访我于马行东酒楼，下有此驴及瘦驴，即我与道兄俱在其上矣。到即登焉。"又别而去。

公与张氏复应之。及期访焉，宛见二乘。揽衣登楼，虬髯与一道士方对饮。见公惊喜，召坐。围饮十数巡，曰："楼下柜中有钱十万，择一深稳处驻一妹。某日复会于汾阳桥。"如期至，即道士与虬髯已到矣。俱谒文静。时方弈棋，揖而话心焉。文静飞书迎文皇看棋。道士对弈，虬髯与公傍侍焉。俄而文皇到来，精采惊人，长揖而坐。神气清朗，满坐风生，顾盼炜如也。道士一见惨然，下棋子曰："此局全输矣！于此失却局哉！救无路矣！复奚言！"罢弈而请去。既出，谓虬髯曰："此世界非公世界，他方可也。勉之，勿以为念。"因共入京。虬髯曰："计李郎之程，某日方到。到之明日，可与一妹同诣某坊曲小宅相访。李郎相从一妹，悬然如磬。欲令新妇祇谒，兼议从容，无前却也。"言毕，吁嗟而去。

公策马而归。即到京，遂与张氏同往。至一小版门子，叩之，有应者，拜曰："三郎令候李郎、一娘子久矣。"延入重门，门愈壮。婢四十人，罗列庭前。奴二十人，引公入东厅。厅之陈设，穷极珍异，巾箱妆奁冠镜首饰之盛，非人间之物。巾栉妆饰毕，请更衣，衣又珍异。既毕，传云："三郎来！"乃虬髯纱帽裼裘而来，亦有龙虎之状，欢然相见。催其妻出拜，盖亦天人耳。遂延中堂，陈设盘筵之盛，虽王公家不侔也。四人对馔讫，陈女乐二十人，列奏其前，若从天降，非人间之曲。食毕，行酒。

家人自堂东舁出二十床，各以锦绣帕覆之。既陈，尽去其帕，乃文簿钥匙耳。虬髯曰："此尽宝货泉贝之数。吾之所有，悉以充赠。何者？欲于此世界求事，当或龙战三二十载，建少功业。今既有主，住亦何为？太原李氏，真英主也。三五年内，即当太平。李郎以奇特之才，辅清平之主，竭心尽善，必极人臣。一妹以天人之姿，蕴不世之艺，从夫之贵，以盛轩裳。非一妹不能识李郎，非李郎不能荣一妹。起陆之贵，际会如期，虎啸风生，龙吟云萃，固非偶然也。持余之赠，以佐真主，赞功业也，勉之哉！此后十余年，当东南数千里外有异事，是吾得事之秋也。一妹与李郎可沥酒东南相贺。"因命家童列拜，曰："李郎、一妹，是汝主也。"言讫，与其妻从一奴，乘马而去。数步，遂不复见。

公据其宅，乃为豪家，得以助文皇缔构之资，遂匡天下。贞观十年，公以左仆射平章事。适东南蛮入奏曰："有海船千艘，甲兵十万，入扶余国，杀其主自立。国已定矣。"公心知虬髯得事也。归告张氏，具衣拜贺，沥酒东南祝拜之。

乃知真人之兴也，非英雄所冀。况非英雄者乎？人臣之谬思乱者，乃螳臂之拒走轮耳。我皇家垂福万叶，岂虚然哉。或曰："卫公之兵法，半是虬髯所传耳。"

译文

隋炀帝到扬州去游乐时，命司空杨素留守长安。杨素自恃位尊爵显而骄横跋扈，又看到时局混乱，自以为手握大权、声望崇高，普天之下没有人能比得上自己，因而生活奢侈铺张，僭越臣子所应遵守的仪制。每逢公卿大臣前来谈论事情，或是宾客登门拜见，杨素总是由众美人簇拥而出，叉开两腿坐在软榻上接见，两旁还有一大群婢女侍候，排场礼节简直和皇帝差不多气派。到了晚年，他变本加厉，非但忘了担负的职责，竟然有荡平天下、篡夺皇位的野心。有一天，平民李靖前去拜见杨素，准备贡献良策。杨素照例叉开两腿坐在软榻上接见。李靖上前作揖道："当今天下正动乱不安，各地英雄豪杰竞相起事。公乃朝廷重臣，应当留心网罗天下豪杰，不宜这样踞坐接见宾客。"杨素听了，肃然起身，向李靖谢罪。杨素与他谈论一番，非常欢喜，接受了他的建议。

李靖告退。当李靖在杨素面前滔滔不绝地论辩时，有一名特别漂亮的艺伎，手执红拂尘，站在杨素的榻前，目不转睛地盯着李靖。李靖刚退出，她便靠近窗户，指着外面的门吏说："你去问问刚出去的处士排行第几，住在哪儿。"门吏领命去问，李靖一一答复。那艺伎默记在心之后离开。

李靖回到旅舍。五更初，忽听到有轻轻的叩门声，李靖连忙起身开门询问，只见门外站着一个披着紫色长袍、戴着阔檐帽的人，揹着一根手杖，杖头挑着一只包袱。李靖不禁问："你是何人？"来人答道："妾乃杨府里艺伎红拂。"李靖连忙请她进房。那人脱去衣帽，是位十八九岁的俏丽女子，脸上不施粉黛，身穿锦绣衣裙，向李靖盈盈下拜。李靖大惊，慌忙答礼。只听得那女子说道："我侍从杨司空多年，天下的英才也见得多了，但没一个及得上先生的。菟丝和松萝难以独立生长，都希望依托在高大的树木上，所以我特地前来投奔您。"李靖说："杨司空在京师位高权重，你来投奔我，要是让他知道了，可怎么办呢？"那女子答："他比死人只多剩一口气而已，不足为惧。我们这些艺伎知道他日后成不了大事，逃离他的很多，他也不怎么追查。关于这一点，我已经考虑得很周详，希望您不要再疑虑了。"李靖便问她的姓氏，她答："妾姓张。"接着又问她的排行。她答："居长。"李靖看她肌肤、仪态、谈吐、气质，真跟天仙一般。李靖没想到会获得这样一位美人，心中越想越欢喜，越欢喜越害怕，刹那间，思绪万千，久久不能平静，便在房内徘徊，不断地走到窗前向外窥望。几天之内，也曾听到杨府正在追寻逃亡艺伎的风声，但看情形也不太严峻。于是，让张氏乔扮男装，两人骑上马，气昂昂地冲出旅舍大门，扬长而去。

两人将要回到太原，途经灵石县，找了一家旅舍歇脚。等铺设好床位，炉子里炖的肉也飘出了香味。张氏由于秀发长得拖到地上，便站在床前梳头。这时，李靖正在门外刷洗马匹。忽然有一汉子，中等身材，满脸赤红的络腮胡须像虬龙一样蜷曲，骑着一头瘦驴子慢腾腾地走进旅舍来。这汉子跳下驴，径直走向李靖的房间，把一只皮囊随手扔在炉子跟前，取过枕头斜靠在床上，看着张氏梳头。李靖见此情景，十分恼怒，正想发作，又捺下怒火，继续低头刷洗马匹。张氏注目细看这位客人的面貌，一手握着长发，一手暗置身后向李靖摆动，示意他不要冲动。她急忙把头梳好，整一整衣襟，上前行礼，请教客人尊姓。那躺着的客人答道："姓张。"张氏微笑说："我也姓张，应当是妹妹了。"说完，她立即向他下拜，并问他排行第几。客人道："第三，那妹妹你呢？"张氏答："居长。"客人高兴地说："今天真荣幸能遇到大妹！"张氏对着门外喊道："李郎，快来见过三哥！"李靖急忙快步进来拜见。

于是，三人围坐在一起。这时，炉子里热气腾腾，香气扑鼻。客人

问："炖的是什么肉？"李靖答："羊肉，估计已经熟了。"客人又道："肚子刚好饿了！"李靖就出去买了些烧饼来，那人也不客气，从腰间抽出匕首，切着肉和他俩一起吃。吃饱了，客人把剩下的肉胡乱剁碎，送到驴子跟前喂它，来去的动作很麻利。他回到房里，问道："看李郎的模样，不过是个穷书生。怎么会得到像大妹这样出色的女子呢？"李靖道："我虽然穷困，但也是个有心人。若是他人问起此事，当然是不会说的，既然是兄长相问，则不敢有所隐瞒。"他将事情始末详细述说了一遍。客人又问："那么，你们打算到何处去呢？"李靖答："想到太原去避一阵。"客人叹了一口气，说："如此看来，我自然不是你们要投奔的人了。"客人又问："有酒吗？"李靖答："旅舍西边就有一家酒店。"他去打了一斗酒来。两人共饮了一巡，客人轻轻一笑："我有一点儿下酒菜，李郎也能赏光吗？"李靖忙说："不敢当，理当遵命。"客人打开那皮囊，取出一颗人头及一副心肝，把头颅塞回囊中，然后拿匕首切碎心肝，与李靖一同下酒。客人对李靖说："此人乃天下最忘恩负义之人，我对他衔恨在心，已有十年，直到今天才结果了他，总算解了心头之恨！"客人又问："我看李郎的仪态气度，真不愧是个大丈夫，你可曾听说太原有什么非凡的人物吗？"李靖说："我曾认识一人，依小弟愚见，他有帝王之相。其他人，不过是将帅之才罢了。"客人急切地问道："那人姓什么？"李靖答："与我同姓。"客人又问："年纪多大？"李靖答："年方二十。"客人接着问："他目前做什么？"李靖答："乃州将之子。"客人说："看来似乎就是他了。还须得见上一面才能确定。李郎能设法让我跟他见一面吗？"李靖说："我的朋友刘文静和他很亲近，只要通过刘文静就可以见到他。但兄长为何要见他呢？"客人说："望气的人说，太原有一股奇气，让我去访查。李郎明日动身，不知何日可到太原？"李靖计算后说："某日当到。"客人说："你到达太原的第二天，天刚破晓时，在汾阳桥等我。"说完，他就跨上瘦驴走了，那驴奔走如飞，一回头的工夫就消失了踪影。李靖与张氏又惊又喜，过了好一会儿，才说："侠义之士不会骗人，用不着有什么顾虑。"第二天，两人快马加鞭，直奔太原而去。

到了约定的日期，两人进入太原城，果然又同虬髯客重逢了。彼此都很高兴，便相偕去拜访刘文静。李靖欺骗刘文静说："这位先生善于相面，想见一见李二公子，有劳您把公子请来。"刘文静一向认为公子是非常之人，如今听说有客人善于看相，便连忙派人去迎请。派去的人刚回来，公子也随即到了。只见他穿着便衣便鞋，敞开着皮袍，举手投足间神采飞扬，样子跟平常人大不相同。虬髯客默不作声，坐在末席，见了公子，心如死灰。喝了几杯酒之后，他便起身招呼李靖到一边说："确是真命天子啊！"李靖把这番话告诉了刘文静。刘文静更加高兴，自以为有慧眼。从刘府辞别而出，虬髯客对李靖说："我已经有八九成的把握了，不过还得请我的道兄见一见，才能确定。李郎和大妹最好再到长安去一趟，在你们动身之前，某天午时，到马行街东面的酒楼来找我。只要看到酒楼下面拴着这头驴和另一头瘦驴，就说明我与道兄都在酒楼上。你们立即登楼便是。"说完，他再次告辞离去。

李靖与张氏又答应了他。到了约定的日期，李靖和张氏按时来到酒楼下，一眼就看到了两头瘦驴。李靖便撩起衣襟，大步登楼，只见虬髯客与一位道士正在对饮。虬髯客见李靖如约而至，甚是惊喜，连忙请他们入席。大家围坐在一起，轮番喝了十几杯酒，虬髯客才对李靖说："楼下柜台内放着十万文钱，你可找一处隐僻稳妥的地方，安顿好大

妹，某日再到汾阳桥来与我会面。"告辞后，李靖便设法安顿张氏，再按期赶往汾阳桥，道士和虬髯客早已在桥上等候了。他们一起拜访了刘文静。当时刘文静正在下棋，一见来客便起身作揖，宾主行礼毕，随即入座攀谈。刘文静得知客人来意，立即写信，火速派人去请公子前来观棋。然后，道士和刘文静对弈，虬髯客与李靖站在一旁观看。过了一会儿，公子到来。他神采照人，深深作了一揖便坐下，神气爽朗，满座风生，顾盼间双眼炯炯有光。道士一见，便神色惨淡，放下棋子说："这一局全输了！就在这儿丢掉了全局，无路可救了！唉，还有什么可说的！"于是，他中止棋局，告辞请行。出来之后，道士对虬髯客说："这天下不是您的，找旁的地方另谋发展吧！好好努力，不要把这里的事再挂在心上。"接着，他们又谈起去长安的事。虬髯客对李靖说："计算李郎的行程，某日可以到达京城，到达后的第二天，请你和大妹一同到某坊某巷的敝宅来找我。李郎陪伴着大妹，想必一点儿积蓄也没有。我想让内人拜见二位，顺便商议今后的安排，请千万不要推辞。"说完，他长叹而去。

李靖策马前行，先回到安顿张氏的地方，随即动身进京。刚一到京城，李靖便偕同张氏前往。到了约定的地方，只见一对小板门，李靖上前敲了几下，有人应声出来开门，见了他下拜道："奉三郎命，我等在此恭候李郎和大娘子多时了。"当下，被请入重重内门，越进去门户越壮丽，四十名婢女整齐地排列在庭前迎接，二十名奴仆引导二人进入东厅。厅里的陈设极其珍贵奇异，巾箱、妆奁、铜镜、首饰都华美，不是普通人家能有的东西。婢女上前请二人梳洗、妆饰，更换衣裳，衣裳也极其贵重。一切妥当，外面接连有人传报："三郎来了！"只见虬髯客头戴纱帽，敞着皮袍，龙行虎步地走来。大家相见，自是十分欢喜。虬髯客忙叫他的妻子出来拜见，他的妻子也美若天仙。随即，请二人到中堂入席，厅堂里陈设的华贵，宴席上菜肴的丰盛，王公之家也比不上。四人坐定，有二十名乐女排列于席前，演奏助兴。乐声宛转悠扬，余音袅袅，仿佛从天上飘降而来，不似人间的曲调。宴会完毕，又敬了一巡酒。

家丁从厅堂东首抬出两个货架，上面都用锦绣巾帕覆盖着。等摆放好，揭去巾帕，才看到上面都是账簿、钥匙一类的东西。虬髯客对李靖说："这些都是钱财的账目，我的家产如今全数赠予你。我本想在这里干一番大事，群雄逐鹿，金戈铁马，奋战二三十年或许能稍稍建立一些功业。如今天下既然有了明主，我留在这里还有什么意思呢？太原李公子，真是个英明的君主！三五年内，即可荡平宇内，使乱世得以太平。李郎凭卓越的才能，辅佐太平盛世的君主，尽心竭力，将来必定能位极人臣。大妹以天仙般的姿容，身怀世间罕有的才艺，一定会随着丈夫的青云直上，有享受不尽的荣华富贵。除了大妹，无人能赏识李郎。除了李郎，也无人能荣耀大妹。明主兴起，自有辅佐他的贤臣，正如云从龙、风从虎般聚集在一起，这本来就不是偶然的！你要用我的微薄赠礼，去辅佐真命天子，帮助他建功立业。希望你好好努力吧！十年之后，要是听到东南数千里外有不寻常的事发生，那就是我成就功业之时，大妹与李郎可向东南方洒酒庆贺。"然后，他命僮仆列队向李靖和张氏叩拜，并吩咐道："从现在开始，李郎和大娘子就是你们的主人了！"说完，他和妻子带着一名家奴，骑马离去，几步之后就不见了踪影。

李靖得到了虬髯客的产业，顿时成为豪门富户。他用这笔钱财资助太宗皇帝创建基业，终于平定了天下。贞观十年，李靖担任左仆射平章事摄理朝政。适逢南蛮派遣使臣入朝奏禀道："有海船千艘，甲兵十万，攻入扶余国，杀了国君而自立新王朝。目前局势已经安定了！"李靖听到这个消息，心知是虬髯客成事了。他回家将此事告知张氏，夫妻俩换了礼服，面向东南方下拜，沥酒于地，遥祝虬髯客。

由此可见，真命天子兴起，不是英雄所能企望得到的，更何况不是英雄之流呢？做臣子的要是不懂时势，妄想叛乱，不过是螳臂当车、不自量力罢了！大唐皇朝福泽万世，这难道是没有根据的吗？后来有人传言："李卫公的兵法，多半是虬髯客传授给他的。"

红线

袁郊

原文

红线，潞州节度使薛嵩青衣。善弹阮，又通经史，嵩遣掌笺表，号曰"内记室"。时军中大宴，红线谓嵩曰："羯鼓之音颇调悲，其击者必有事也。"嵩亦明晓音律，曰："如汝所言。"乃召而问之，云："某妻昨夜亡，不敢乞假。"嵩遽遣放归。

时至德之后，两河未宁，初置昭义军，以釜阳为镇，命嵩固守，控压山东。杀伤之余，军府草创，朝廷复遣嵩女嫁魏博节度使田承嗣男，男娶滑州节度使令狐彰女；三镇互为姻娅，人使日浃往来。时田承嗣常患热毒风，遇夏增剧。每曰："我若移镇山东，纳其凉冷，

《红线》出自传奇集《甘泽谣》，为唐末袁郊所撰，原书已佚，宋李昉录于《太平广记》卷一百九十五豪侠三，篇末注"出《甘泽谣》"。

可缓数年之命。"乃募军中武勇十倍者得三千人,号"外宅男",而厚恤养之。常令三百人夜直州宅。卜选良日,将迁潞州。

嵩闻之,日夜忧闷,咄咄自语,计无所出。时夜漏将传,辕门已闭,杖策庭除,唯红线从行。红线曰:"主自一月,不遑寝食,意有所属,岂非邻境乎?"嵩曰:"事系安危,非汝能料。"红线曰:"某虽贱品,亦有解主忧者。"嵩乃具告其事,曰:"我承祖父遗业,受国家重恩,一旦失其土疆,即数百年勋业尽矣。"红线曰:"易尔,不足劳主也。乞放某一到魏郡,看其形势,觇其有无。今一更首途,三更可以复命。请先定一走马,兼具寒暄书,其他即俟某却回也。"嵩大惊曰:"不知汝是异人,我之暗也。然事若不济,反速其祸,奈何?"红线曰:"某之行,无不济者。"乃入闺房,饰其行具。梳乌蛮髻,攒金凤钗,衣紫绣短袍,系青丝轻履。胸前佩龙文匕首,额上书太乙神名。再拜而行,倏忽不见。嵩乃返身闭户,背烛危坐。常时饮酒,不过数合,是夕举觞十余不醉。

忽闻晓角吟风,一叶坠露,惊而试问,即红线回矣。嵩喜而慰问曰:"事谐否?"曰:"不敢辱命。"又问曰:"无伤杀否?"曰:"不至是。但取床头金合为信耳。"红线曰:"某子夜前三刻,即到魏郡,凡历数门,遂及寝所。闻外宅男止于房廊,睡声雷动。见中军士卒,步于庭庑,传呼风生。某发其左扉,抵其寝帐。见田亲家翁止于帐内，鼓趺酣眠。头枕文犀，髻包黄縠，枕前露一七星剑。剑前仰开一金合，合内书生身甲子与北斗神名；复有名香美珍，散覆其上。扬威玉帐，但期心豁于生前；同梦兰堂，不觉命悬于手下。宁劳擒纵，只益伤嗟。时则蜡炬光凝，炉香烬煨，侍人四布，兵器森罗。或头触屏风，鼾而齁者，或手持巾拂，寝而伸者。某拔其簪珥，縻其襦裳，如病如昏，皆不能寤；遂持金合以归。既出魏城西门，将行二百里，见铜台高揭，而漳水东注；晨飙动野，斜月在林。忧往喜还，顿忘于行役；感知酬德，聊副于心期。所以夜漏三时，往返七百里，入危邦，经五六城；冀减主忧，敢言其苦。"

嵩乃发使遗承嗣书曰："昨夜有客从魏中来，云：自元帅头边获一合。不敢留驻，谨却封纳。"专使星驰，夜半方到，见搜捕金合，一军忧疑。使者以马挝扣门，非时请见。承嗣遽出，使者以金合授之。捧承之时，惊怛绝倒。遂驻使者止于宅中，狎以宴私，多其赐赍。明日遣使赍缯帛三万匹、名马二百匹，他物称是，以献于嵩曰："某之首领，系在恩私。便宜知过自新，不复更贻伊戚。专膺指使，敢议姻亲。役当奉毂后车，来则麾鞭前马。所置纪纲仆，号为外宅男者，本防他盗，亦非异图，今并脱其甲裳，放归田亩矣。"由是一两月内，河北河南，人使交至。

而红线辞去。嵩曰："汝生我家，而今欲安往？又方赖汝，岂可议行？"红线曰："某前世本男子，历江湖间，读神农药书，救世人灾患。时里有孕妇，忽患蛊症。某以芫花酒下之，妇人与腹中二子俱毙。是某一举杀三人。阴司见诛，降为女子，使身居贱隶，而气禀贼星。所幸生于公家，今十九年矣。身厌罗绮，口穷甘鲜，宠待有加，荣亦至矣。况国家建极，庆且无疆。此辈背违天理，当尽弭患。昨往魏都，以示报恩。两地保其城池，万人全其性命，使乱臣知惧，烈士安谋。某一妇人，功亦不小，固可赎其前罪，还其本身。便当遁迹尘中，栖心物外，澄清一气，生死长存。"嵩曰："不然，遗尔千金为居山之所给。"红线曰："事关来世，安可预谋。"嵩知不可驻，乃广为饯别；悉集宾客，夜宴中堂。嵩以歌送红线酒，请座客冷朝阳为词曰："采菱歌怨木兰舟，送客魂消百尺楼。还似洛妃乘雾去，碧天无际水长流。"歌毕，嵩不胜悲。红线且拜且泣，因伪醉离席，遂亡其所在。

译文

红线是潞州节度使薛嵩的婢女。她擅长弹奏阮咸，又通晓经史典籍。薛嵩命她掌管文牍、章奏，称她为"内记室"。一次，军中举行盛大的宴会，红线对薛嵩说："听这羯鼓的音调很是悲伤，击鼓之人必有伤心之事。"薛嵩素来通晓音律，道："真像你说的那样。"他召来击鼓人询问。那人答："小人的妻子昨晚死了，我不敢请假。"薛嵩立时打发他回去。

当时正是至德之后，黄河南、北岸的叛军尚未肃清。朝廷设置了昭义军，以釜阳为节度使驻地，命薛嵩镇守，牵制山东一带的局势。时当丧乱之余，帅府初设，尚未巩固。朝廷命薛嵩将女儿嫁予魏博节度使田承嗣之子，又命薛嵩的儿子迎娶滑州节度使令狐彰之女，三个藩镇互相结为姻亲，使者此来彼往，络绎不绝。田承嗣患有"热毒风"症，一到热天，病情便会加剧。他常说："我若能移镇山东，吐纳那儿的清凉之气，或许可以延长几年寿命。"他从军队中遴选了三千名骁勇善战的士兵，号称"外宅男"，给予丰厚的军饷，命三百名"外宅男"在其宅第整夜守护，并择定了吉日，要出兵吞并潞州。

薛嵩得知这个消息，日夜忧闷，不时唉声叹气，自言自语，不知如何是好。有一夜，更鼓将鸣，辕门已闭，薛嵩还在庭院里拄杖踱步，只有红线跟随。红线说："主公，这一个多月来，您寝食难安、心事重重，难道是在考虑邻境之事？"薛嵩答："此事关系本州存亡，不是你能管得了的。"红线道："我虽出身寒微，但说不定也能解除主公的忧虑。"薛嵩听了她的话，便把田承嗣欲出兵占领潞州一事详细地告诉了她，又说："我承袭祖父遗留下的基业，身受朝廷的厚恩，要是丢掉了所守的疆土，那数百年的功业，将就此毁于一旦。"红线说："这容易，不值得劳主公伤神。请让我到魏州城走一趟，查看一下那里的形势，窥探一下他有无发兵的举动。现在一更天动身，三更天可以回来复命。主公只需备好一匹良驹、一名信使、一封问候的信函即可，其余的等我回来再议。"薛嵩大惊道："恕我有眼无珠，不知你是一个非常之人，可事情要是没办成，反而加速祸患的到来，那可如何是好？"红线答："我这一去，没有不成功的。"她回到内室，打点行装。红线梳了一个婀娜及额的乌蛮髻，插上一支金凤钗，身穿紫色绣花短袄，脚蹬青丝便鞋，胸前佩带龙纹匕首，额上书写太乙神名，出来向薛嵩恭身再拜辞行，倏忽间就不见了踪影。薛嵩回身关上房门，背着烛光端坐，平常饮酒不过数杯，这天晚上他连饮十余杯，毫无醉意。

忽然听到黎明的号角声随风呜咽，仿佛有晨露从树叶上滴落下来的声音，薛嵩吃惊地站起身，只见眼前人影一晃，原来是红线回来了。薛嵩大喜，忙迎上前问道："事情办妥了吗？"红线答："不敢有辱主公的使命。"薛嵩又问："没伤人吧？"红线答："不至于如此，只是取来他床头的金盒作为信物罢了。"薛嵩问她事情经过。红线道："我在子时前三刻就到了魏州城田亲家翁的宅第，穿过数重门户，就到了卧房。听到'外宅男'在走廊上鼾声如雷，看到中军的士卒在庭院里巡逻，传呼口令，雷厉风行。我便撬开左边的门扇，蹑手蹑脚走到他睡觉的帐子前，只见田亲家翁正躺在帐内，曲着腿，跷脚酣睡，枕着犀皮

枕，发髻裹着黄绡纱，枕前露出一把七星剑。剑旁放着一只敞开盖子的金盒，盒内写着他的生辰年庚和北斗神名，又有名香和珍宝散放在上面。他这在玉帐里熟睡的主帅，没想到性命就在我的手上，杀他只在我举手之间，但那样会惹来麻烦。此时烛焰微细如豆，炉香燃尽成灰。侍卫、婢从散布四周，兵戈剑戟扔成一堆，有的人头贴着屏风，低垂着打鼾，有的人手拿着巾帕、拂尘酣睡。我有意戏弄他们，将他们的发簪、耳坠拔下，又将他们的短袄和裙摆扎在一起。他们都睡得昏昏沉沉，没有一人醒来。于是，我便拿了金盒回来了。出了魏州城西门，大约走了二百里，只见铜台巍然矗立，漳河水滚滚东逝，凌晨的劲风吹动四野，西斜的残月淡淡地映在林梢。担忧而往，欢喜而归，顿时忘掉了奔走的辛劳。感恩报德，总算稍微尽了我的心。半宿往返七百里，只身潜入危邦，途经五六座城池，但愿能减轻主公的忧虑，岂敢说自己辛苦？"

　　薛嵩派遣使者送信给田承嗣，信中说："昨夜，有位客人从魏州城中而来，说是从元帅枕边得到一只金盒。我不敢留放，故恭敬地封裹起来送还。"专使戴星驰行，半夜才到达魏州城，只见城中四处正在搜捕盗取金盒之人，全军都惊惧疑惑。使者用马鞭叩门求见，在这非常时期，田承嗣却立即出来接见。使者将金盒递给田承嗣，他接过金盒，惊愕得全身无力，几乎当场昏倒，便留使者住在宅里，设宴款待，还赏赐了许多礼物。第二天，田承嗣专门派遣使者，带了三万匹丝绸、二百匹名马以及其他奇珍，献给薛嵩，并回信说："我的项上人头，全仰仗您的恩德才得以保全。自应改过自新，不再自招灾祸，完全听从您的指令，怎敢倚恃姻亲关系而以平等的地位自居呢？如有行动，自当以您马首是瞻，您光顾敝郡时，我定当在前挥鞭策马开道。我所编制的号称'外宅男'的奴仆，本是用以防备别处的盗贼，并非有什么别的企图，现在都已命他们解甲归田了。"此后，一两个月内，河北、河南之间，使者往来不绝于途。

忽然有一天，红线向薛嵩请辞。薛嵩道："你生在我家，现在准备到哪里去呢？再说我正仰仗你的帮助，怎么能说要走呢？"红线答："我前世本是男子，研读过医书，行走江湖，解救世人的病患。当时，乡里有一孕妇，腹内忽然生了蛊虫，我以芫花渍酒作药，给她杀虫，妇人喝下后，她与腹内的两个胎儿都死了。我误害三条人命，阎王依罪处罚，让我今生投胎为女儿身，沦落为一名侍女，禀赋贼星之气。我有幸生在主公家中，至今十九年了。承蒙主公宠待，锦衣玉食享用不尽，真是荣幸至极。如今朝廷重新树立皇权，鼎祚绵长，藩镇各据一方，违背天理，理应彻底消灭以除祸患。我上次前往魏州城，原本只是为了报答主公的恩德，岂料使两镇保住了城池，万民保全了性命，叛乱的官吏心存惧怕，分封的主帅安分守己，对于我这样一个女子来说，功劳也就不小了。这样，就足以抵消上辈子所犯的罪过，恢复我本来的面目了。现在应当遁迹尘世，摒除杂念，一心养性炼气，以至长生之境。"薛嵩说："你要是不肯留下，我可以赠你千金，作为隐居的花费。"红线道："将来的事，将来再说，怎能预先谋划？"薛嵩心知留不住红线，便为她设宴饯行，邀请了所有的宾客、幕僚，于中堂夜宴。薛嵩亲自唱歌送别，请座中客人冷朝阳填词，唱道："采菱歌怨木兰舟，送客魂消百尺楼。还似洛妃乘雾去，碧天无际水长流。"歌唱完毕，薛嵩不胜悲伤。红线亦且拜且泣，佯醉离席。从此，无人再知她的行踪。

昆仑奴

裴铏

《昆仑奴》出自裴铏所撰《传奇》，宋李昉录于《太平广记》卷一百九十四豪侠二。

原文

大历中有崔生者，其父为显僚，与盖代之勋臣一品者熟。生是时为千牛，其父使往省一品疾。生少年容貌如玉，性禀孤介，举止安详，发言清雅。一品命妓轴帘，召生入室。生拜传父命。一品忻然爱慕，命坐与语。时三妓人，艳皆绝代，居前以金瓯贮含桃而擘之，沃以甘酪而进。一品遂命衣红绡妓者，擎一瓯与生食。生少年报妓辈，终不食。一品命红绡妓以匙而进之，生不得已而食。妓哂之，遂告辞而去。一品曰："郎君闲暇，必须一相访，无间老夫也。"命红绡送出院。时生回顾，妓立三指，又反掌者三，然后指胸前小镜子，云："记取。"余更无言。

生归达一品意，返学院，神迷意夺，语减容沮，怳然凝思，日不暇食。但吟诗曰："误到蓬山顶上游，明珰玉女动星眸。朱扉半掩深宫月，应照琼芝雪艳愁。"左右莫能究其意。时家中有昆仑奴磨勒，顾瞻郎君曰："心中有何事，如此抱恨不已？何不报老奴？"生曰："汝辈何知，而问我襟怀间事？"磨勒曰："但言，当为郎君解释。远近必能成之。"生骇其言异，遂具告知。磨勒曰："此小事耳，何不早言之，而自苦耶？"生又白其隐语。勒曰："有何难会。立三指者，一品宅中有十院歌姬，此乃第三院耳。返掌三者，数十五指，以应十五日之数。胸前小镜子，十五夜月圆如镜，令郎来耶？"生大喜，不自胜，谓磨勒曰："何计而能导达我郁结？"磨勒笑曰："后夜乃十五夜，请深青绢两匹，为郎君制束身之衣。一品宅有猛犬守歌妓院门外，常人不得辄入，入必噬杀之。其警如神，其猛如虎。即曹州孟海之犬也。世间非老奴不能毙此犬耳。今夕当为郎君扢杀之。"遂宴犒以酒肉。

至三更，携链椎而往，食顷而回曰："犬已毙讫，固无障塞耳。"是夜三更，与生衣青衣，遂负而逾十重垣，乃入歌妓院内，止第三门。绣户不扃，金缸微明，惟闻妓长叹而坐，若有所俟。翠环初坠，红脸才舒，玉恨无妍，珠愁转莹。但吟诗曰："深洞莺啼恨阮郎[①]，偷来花下解珠珰。碧云飘断音书绝，空倚玉箫愁凤凰[②]。"侍卫皆寝，邻近阒然。

生遂缓搴帘而入。良久，验是生。姬跃下榻执生手曰：
"知郎君颖悟，必能默识，所以手语耳。又不知郎君有
何神术，而能至此？"生具告磨勒之谋，负荷而至。姬
曰："磨勒何在？"曰："帘外耳。"遂召入，以金瓯
酌酒而饮之。姬白生曰："某家本富，居在朔方。主人
拥旄，逼为姬仆。不能自死，尚且偷生。脸虽铅华，心
颇郁结。纵玉箸举馔，金炉泛香，云屏而每进绮罗，绣
被而常眠珠翠，皆非所愿，如在桎梏。贤爪牙既有神
术，何妨为脱狴牢？所愿既申，虽死不悔。请为仆隶，
愿侍光容。又不知郎君高意如何？"生愀然不语。磨勒
曰："娘子既坚确如是，此亦小事耳。"姬甚喜。磨勒
请先为姬负其囊橐妆奁，如此三复焉。然后曰："恐迟
明。"遂负生与姬而飞出峻垣十余重。一品家之守御，
无有警者。遂归学院而匿之。及旦，一品家方觉。又见
犬已毙。一品大骇曰："我家门垣，从来邃密，扃锁甚
严，势似飞腾，寂无形迹，此必侠士而挈之。无更声
闻，徒为患祸耳。"

姬隐崔生家二载，因花时驾小车而游曲江，为一品
家人潜志认。遂白一品。一品异之。召崔生而诘之。事

① 阮郎：阮郎，本指阮肇，这
里借指崔生。传说东汉时，刘
晨和阮肇同入天台山采药，迷
路不得回家，后来遇见仙女被
留住半年。

② 空倚玉箫愁凤凰：言自己空
有玉箫，却不能像萧史和弄玉
那样吹箫而和，乘凤而去。

惧而不敢隐，遂细言端由：皆因奴磨勒负荷而去。一品曰："是姬大罪过。但郎君驱使逾年，即不能问是非。某须为天下人除害。"命甲士五十人，严持兵仗，围崔生院，使擒磨勒。磨勒遂持匕首飞出高垣，瞥若翅翎，疾同鹰隼。攒矢如雨，莫能中之。顷刻之间，不知所向。然崔家大惊愕。后一品悔惧，每夕多以家童持剑戟自卫。如此周岁方止。后十余年，崔家有人见磨勒卖药于洛阳市，容颜如旧耳。

译文

大历年间，有一人叫崔生，他父亲是一个显要的大官，与功勋盖世的一品大员有交情。崔生当时正挂名千牛卫之职，有一天，他父亲命他去探视一品大员的病。崔生年轻，面若冠玉，秉性孤高，举止端庄，谈吐清雅。一品大员命侍姬卷起帘子，召崔生入内室，崔生躬身下拜，转达了父亲的问候。一品大员面带微笑，十分喜欢崔生，让他坐下闲谈。当时，一品大员身旁有三名侍姬，个个都是绝代佳人，前面的一名手捧盛着樱桃的金盅，将樱桃掰开，淋上甜乳浆后呈献上来。一品大员就让一名红衣侍姬端一盅给崔生吃。崔生年纪小，在侍姬面前很是羞涩，始终不肯吃。一品大员又命那红衣侍姬用羹匙舀着喂崔生吃。他不得已，只好张口。那红衣侍姬见状，掩嘴笑他。崔生更是羞得坐立不安，便起身告辞。一品大员说："你闲暇时，一定过来坐坐，不要疏远老夫才是。"他命红衣侍姬送崔生出院。崔生出得院门，回头一看，只见红衣侍姬向他竖起三根手指，又将手掌翻覆了三次，然后指着胸前的小镜子道："记住，记住。"别的没有再说什么。

崔生回家后，向父亲转达了一品大员的致意，就回到了书房。他想起临别时的情景，不禁神魂颠倒，寡言少语，满脸懊丧地茫然痴想，乃至茶不思、饭不想。他只是吟诗道："误到蓬山顶上游，明珰玉女动星眸。朱扉半掩深宫月，应照琼芝雪艳愁。"崔生身边的人都不知道他的心事。当时，他家有一个昆仑奴叫磨勒，看到崔生这副样子，便问："您心中有什么事，竟如此郁郁不乐？何不告知老奴呢？"崔生反问："你们这帮人有什么见识，还来过问我的心事。"磨勒道："您尽管说出来吧，我一定尽力为您消解，不论远近都能效劳。"崔生惊诧于磨勒出语不凡，便把事情经过全告诉了他。磨勒道："这不过是小事一桩，何不早说，反而闷在心中独自苦恼呢？"崔生又将红衣侍姬的隐语告诉了磨勒。

磨勒说："这有什么难领会的？竖起三根手指，是说一品大员住宅里有十院侍姬，她是第三院的；翻覆手掌三次，正是十五之数，表示在十五那天；指着胸前的小镜子，莫不是说十五月圆如镜之夜，教公子前去相会。"崔生一听，不禁大喜，便问磨勒："有什么计策能

疏通郁积在我心中的苦闷呢？"磨勒笑道："后天晚上就是十五夜，请您给我两匹藏青色的绢布，我给公子做一套紧身夜行服。一品大员住宅里有猛犬看守侍姬的院门，不是一般人能进去的，一旦擅自闯入，肯定会被咬死。那畜生机警如神，凶猛似虎，是曹州孟海公的狗，世上除了老奴，没有人能收拾它。今晚我就替您将它击毙。"崔生便弄来了酒肉犒劳磨勒。

到了三更时分，磨勒带了一柄链锤出门了，不过一顿饭工夫就回来了，道："猛犬已被我击毙，这回进出就没有阻碍了。"十五夜三更时，磨勒和崔生换上了紧身夜行服，他背着崔生越过了十多重院墙，才进入侍姬的院里，停在第三院门前。只见院门轻掩，房内一灯如豆，透出微光。那侍姬长长地叹息，正坐在床沿顾盼，仿佛在等候什么。她刚刚卸下珠翠头饰，洗去脂粉妆容，素颜动人，连美玉都自恨不如她妍丽，双目含愁更是惹人怜爱。她吟诗道："深洞莺啼恨阮郎，偷来花下解珠珰。碧云飘断音书绝，空倚玉箫愁凤凰。"这时，守卫们都已睡着了，四周一片静寂。崔生徐徐掀起门帘走进房内。侍姬大惊，良久才认出是崔生，便急忙跳下床来，拉住他的手说："我知道郎君很聪明，一定能领会我的意思，所以才留下手语。但不知郎君有什么神通，竟能到此地来？"崔生便把磨勒的计策全盘说出，并告诉她磨勒如何背负他前来。她便问："磨勒现在在哪儿？"崔生答："就在帘外。"侍姬便请磨勒进房，用金杯盛酒给他喝。她告诉崔生："我家原本很富有，住在朔方，一品大员领兵前往我的家乡，逼迫我做他的侍姬。我在此苟且偷生，天天锦衣玉食，享受这看似风光的荣华富贵，内心却苦闷不堪，犹在樊笼。您的贤勇士既有神通，何不助我逃脱这樊笼，只要能如愿以偿，虽死无悔。贱妾愿为奴婢，常伴左右侍奉您。但不知郎君尊意如何？"崔生眉头紧锁，默默不语。

磨勒在一旁道："娘子既然如此坚决，这也不过是小事一桩而已。"侍姬一听，喜上眉梢，磨勒要求先将她的金银细软装袋背负出去，如此往返三次，最后说："再耽搁，恐怕天要亮了。"于是他背着崔生与侍姬，一同飞越十几重高墙，一品大员家的守卫无人觉察。他们回到崔生的书房，将侍姬藏匿了起来。等到天亮，一品大员家里方才发觉，又见到猛犬已被打死。一品大惊道："我家门墙向来幽深，门户甚严，来人似是飞腾而入，没留一丁点儿声响、踪迹，这必定是侠士所为，传令下去，此事千万不要声张，以免惹祸招灾。"

红衣侍姬在崔生家藏匿了两年，因逢着上巳节，她乘坐小车到曲江池去游玩、赏花，被一品大员的家人遇见。那家人暗暗查明她的行踪，并将此事报告给一品大员。一品大员很是诧异，便招崔生来盘问。崔生胆怯而不敢隐瞒，详细地讲述了此事始末，说都是家仆磨勒背出去的。一品大员道："这贱姬真是罪大恶极，但她既然供你驱使了两年，老夫就不再追究她的过错。但磨勒这个祸患，不得不除。"他命五十名士兵披甲戴盔，严持兵器，将崔生的院子围得水泄不通，捉拿磨勒。磨勒手持匕首，突然如飞鸟一般跃出高墙，疾如猛禽。尽管底下的箭矢如雨般集中向他射来，却没有一支能射中他。顷刻之间，磨勒已不知去向，引得崔家一片惊慌。事后，一品大员又懊悔又畏惧，每到晚上，就命许多家童持剑执戟保护自己，持续了一年多才作罢。十多年后，崔家有人看见磨勒在洛阳街市上卖药，容貌仍和当年一样。

聂隐娘

裴铏

原文

聂隐娘者，贞元中魏博大将聂锋之女也。年方十岁，有尼乞食于锋舍，见隐娘，悦之，云："问押衙乞取此女教。"锋大怒，叱尼。尼曰："任押衙铁柜中盛，亦须偷去矣。"及夜，果失隐娘所向。锋大惊骇，令人搜寻，曾无影响。父母每思之，相对涕泣而已。

后五年，尼送隐娘归，告锋曰："教已成矣，子却领取。"尼欻亦不见。一家悲喜，问其所学。曰："初但读经念咒，余无他也。"锋不信，恳诘。隐娘曰："真说又恐不信，如何？"锋曰："但真说之。"曰："隐娘初被尼挈，不知行几里。及明，至大石穴之嵌

《聂隐娘》出自裴铏所撰《传奇》，宋李昉录于《太平广记》卷一百九十四豪侠二。

空，数十步寂无居人。猿狄极多，松萝益邃。已有二女，亦各十岁。皆聪明婉丽，不食，能于峭壁上飞走，若捷猱登木，无有蹶失。尼与我药一粒，兼令长执宝剑一口，长二尺许，锋利吹毛，令剚二女攀缘，渐觉身轻如风。一年后，刺猿狄百无一失；后刺虎豹，皆决其首而归；三年后能飞，使刺鹰隼，无不中。剑之刃渐减五寸，飞禽遇之，不知其来也。至四年，留二女守穴，挈我于都市，不知何处也。指其人者，一一数其过，曰：'为我刺其首来，无使知觉。定其胆，若飞鸟之容易也。'受以羊角匕首，刃广三寸。遂白日刺其人于都市，人莫能见。以首入囊，返主人舍，以药化之为水。五年，又曰：'某大僚有罪，无故害人若干，夜可入其室，决其首来。'又携匕首入室，度其门隙无有障碍，伏之梁上。至暝，持得其首而归。尼大怒曰：'何太晚如是？'某云：'见前人戏弄一儿，可爱，未忍便下手。'尼叱曰：'已后遇此辈，先断其所爱，然后决之。'某拜谢。尼曰：'吾为汝开脑后，藏匕首而无所伤，用即抽之。'曰：'汝术已成，可归家。'遂送还，云：'后二十年，方可一见。'"锋闻语甚惧。后遇夜即失踪，及明而返。锋已不敢诘之。因兹亦不甚怜爱。

忽值磨镜少年及门，女曰："此人可与我为夫。"白父，父不敢不从，遂嫁之。其夫但能淬镜，余无他能。父乃给衣食甚丰，外室而居。数年后，父卒。魏帅稍知其异，遂以金帛署为左右吏。如此又数年。至元和间，魏帅与陈许节度使刘昌裔不协，使隐娘贼其首。隐娘辞帅之许。刘能神算，已知其来。召衙将，令来日早至城北候一丈夫、一女子各跨白黑卫。至门，遇有鹊前噪，丈夫以弓弹之不中，妻夺夫弹，一丸而毙鹊者，揖之云：“吾欲相见，故远相祇迎也。”衙将受约束，遇之。隐娘夫妇曰：“刘仆射果神人。不然者，何以洞吾也。愿见刘公。”刘劳之。隐娘夫妇拜曰：“合负仆射万死。”刘曰：“不然，各亲其主，人之常事。魏今与许何异。愿请留此，勿相疑也。”隐娘谢曰：“仆射左右无人，愿舍彼而就此，服公神明也。”知魏帅之不及刘。刘问其所须。曰：“每日只要钱二百文足矣。”乃依所请。忽不见二卫所之。刘使人寻之，不知所向。后潜收布囊中，见二纸卫，一黑一白。

后月余，白刘曰：“彼未知住，必使人继至。今宵请剪发，系之以红绡，送于魏帅枕前，以表不回。”刘听之。至四更，却返曰：“送其信矣。后夜必使精精儿来杀某及贼仆射之首。此时亦万计杀之，乞不忧耳。”刘豁达大度，亦无畏色。是夜明烛，半宵之后，果有二幡子，一红一白，飘飘然如相击于床四隅。良久，见一人自空而踣，身首异处。隐娘亦出曰：“精精儿已毙。”拽出于堂之下，以药化为水，毛发不存矣。隐娘曰：“后夜当使妙手空空儿继至。空空儿之神术，人莫能窥其用，鬼莫得踬其踪。能从空虚入冥，善无形而灭影。隐娘之艺，故不能造其境。此即系仆射之福耳。但以于阗玉周其颈，拥以衾，隐娘当化为蠛蠓，潜入仆射肠中听伺，其余无逃避处。"刘如言。至三更，瞑目未熟，果闻项上铿然，声甚厉。隐娘自刘口中跃出，贺曰："仆射无患矣。此人如俊鹘，一搏不中，即翻然远逝，耻其不中，才未逾一更，已千里矣。"后视其玉，果有匕首划处，痕逾数分。自此刘转厚礼之。

自元和八年，刘自许入觐，隐娘不愿从焉。云："自此寻山水访至人。"但乞一虚给与其夫。刘如约，后渐不知所之。及刘薨于统军，隐娘亦鞭驴而一至京师枢前，恸哭而去。开成年，昌裔子纵除陵州刺史。至蜀栈道，遇隐娘，貌若当时。甚喜相见，依前跨白卫如故。语纵曰："郎君大灾，不合适此。"出药一粒，令纵吞之。云："来年火急抛官归洛，方脱此祸。吾药力只保一年患耳。"纵亦不甚信。遗其缯彩，隐娘一无所受，但沉醉而去。后一年，纵不休官，果卒于陵州。自此无复有人见隐娘矣。

译文

聂隐娘是贞元年间魏博节度使部下大将聂锋的女儿。她十岁那年，有一尼姑到聂锋家化缘，见到了隐娘，甚是喜爱。她对聂锋说："我想问将军讨这个女娃儿做徒弟。"聂锋一听大怒，呵斥了尼姑。尼姑说：

"纵使将军将她锁在铁柜中，我也要偷去。"到了夜里，隐娘果然失踪了，不知去向。聂锋心中又惊又惧，忙令人四处搜寻，但连一点儿消息都没有。聂锋夫妻每当想念女儿，只能相对落泪。

五年以后，那尼姑送隐娘回来，并告诉聂锋说："我已经把她教成了，你领回去吧！"说完，尼姑立刻消失了。一家人悲喜交集，问女儿学了些什么。隐娘答："起初不过是读经念咒，也没学什么别的。"聂锋不相信，苦苦地追问。隐娘说："我说实话，又怕你们不信，那怎么办？"聂锋说："尽管把实话说出来便是。"隐娘道："孩儿刚被尼姑带走时，也不知走了多远。到了天亮时，走进一处悬空的石洞中，洞内方圆数十步，周围寂无人烟，只有许多猿猴，松萝层层遮盖了石洞，看上去十分森郁。洞穴里已有两个女孩儿，也都是十岁光景，都生得漂亮伶俐。她们不吃任何食物，都能在峭壁上行走如飞，如同轻捷的猿猴攀树一般，十分灵便。尼姑赐给我一粒药丸，命我吞下去，又让我拿一柄宝剑，长二尺多，锋利无比，吹毛立断。命我专门追随那两个女孩儿学攀爬峭壁，我渐渐感觉自己身轻如风。一年后，我执剑去刺猿猴，百发百中。两年后，我刺虎、豹等猛兽，能割掉它们的脑袋带回来。三年后，我便能飞了，刺空中的猛禽，没有刺不中的。剑的长度逐渐减到只剩五寸，用它来刺飞鸟，飞鸟竟不知剑从何而来。到了第四年，尼姑留下那两个女孩儿留守洞穴，领我到一座大都市，也不知是什么地方。

她指着一个人，一一数出他的罪行，命我：'替我把他的脑袋割下来，不要使他察觉。放大胆量，就像刺飞鸟般容易。'她递给我一把羊角匕首，刀身长约三寸。光天化日之下，我将那人刺杀在都市里，竟无一人察觉。然后，我把那人的脑袋装入布囊中，带回住所，用药将那脑袋化为脓水。第五年的某一天，尼姑又对我说：'某大官有罪，无故害死很多人，你晚间可潜入他房中，将他的脑袋割来。'于是，我又带着匕首到那大官房中，从门缝中悄悄潜入，伏在房梁上直到深夜，这才带了那人的脑袋回去。尼姑大怒道：'怎么这么晚才回来？'我说：'看那人在逗弄一小孩儿，那孩子怪讨人喜爱的，我没忍心立即动手。'尼姑听了，斥责我：'以后遇到这类人，先除去他心爱的人，然后再杀他本人。'我拜谢尼姑的教诲。尼姑说：'我把你的后脑勺打开，将匕首藏在里面，不会伤着你，要用时就抽出来。'她又说：'你的武艺已经学成，可以回家去了。'于是，她把我送回来，还说：'二十年后，才能再见一面。'"聂锋听了隐娘这番话，很是惧怕。以后每到夜里，隐娘就不见了踪影，到天亮才回来。聂锋也不敢盘问，因此也不是太疼爱隐娘。

忽然有一天，一个磨镜少年经过聂家门前。隐娘说："这个人可以做我的夫君。"她告诉了父亲，聂锋也不敢不应承，便把隐娘嫁给了那少年。隐娘的丈夫只会磨镜的手艺，没别的本领。聂锋供给他们丰厚的日常费用，另拨了一所房子让他们在外居住。几年后，聂锋去世，魏博节度使听说了隐娘身怀奇术，便用厚礼聘请她做贴身侍卫。就这样又过了数年。到了元和年间，魏博节度使和陈许节度使刘昌裔关系不睦，魏帅便派隐娘去暗杀刘昌裔。隐娘领命，辞别主帅，与丈夫一道往许州去。刘昌裔擅长占卜，预先知道隐娘要来，便招来一衙将，命他："某一天一早，你到城北等候一对夫妻，他们分别骑着一头白驴和一头黑驴。在城门口，碰到喜鹊在他们二人面前鸣噪，男的挽起弹弓发射弹丸，射不中。女的夺过弹弓来，只一弹丸便击毙喜鹊。你就上前对他们作揖说，我想见两位，所以命你在此地恭迎。"衙将奉命前往，果然遇到了隐娘夫妇。隐娘夫妇还礼道："刘仆射真是神人，不然怎能预知得这么详细？我们愿见刘公。"刘昌裔见了隐娘夫妇，一番抚慰。隐娘夫妇请罪道："实在对不起您，真是罪该万死。"刘昌裔摇头说："不能这样说，各为其主，人之常情，其实我和魏帅没什么不一样，我请你们留在这里，不要有什么疑虑。"隐娘谢道："仆射身边缺人，我们愿意留在许州，为的是钦佩您的神机妙算。"隐娘已知魏帅远不如刘昌裔。刘昌裔问他们需要什么，隐娘答："每天只要二百文钱就足够了。"刘昌裔答应了她的要求。一天，隐娘夫妇骑来的两头驴子忽然不见了，刘昌裔派人去找，还是不知去向。后来，他派人暗中搜查隐娘的布袋，发现了袋中有两只纸驴，一黑一白。

一个多月后，隐娘对刘昌裔说："魏帅没有得到我的回音，绝不肯善罢甘休，必定还要派人来，我就剪一绺头发，用红绸布系好，送到魏帅枕边，表示我们从此不回去了。"刘昌裔同意了。到了四更天，隐娘回来了，对刘昌裔说："信已经送去了，后天夜里魏帅必会派精精儿来杀我，并取仆射的首级。到时，我会设法除掉他，请您不必担忧。"刘昌裔平素豁达大度，听后丝毫没有畏惧之色。那天夜里，刘昌裔房内烛光通明，半夜之后，果然看见一红一白两面幡旗，在床的四角飘悠，好像互相追逐、击打的样子。过了许久，只见一个人从半空中跌落，身首异处。紧跟着，隐娘也出现了，道："精精儿现已被我打死。"她将精精儿的尸体拽到堂下，撒上药将他化成了脓水，连毛发都不剩。隐娘又道："后天夜里，魏帅还会派妙手空空儿前来，空空儿的神术神不知鬼不觉，能从空虚中升入玄冥，又擅长隐形匿影。我的能耐还达不到这般境界，这就全仰仗仆射的福分了。为今之计，唯有用于阗玉围住仆射的颈项，盖上被子，我变作一只小蟭蟟，匿在您肠子里伺机而动，此外也没有别的逃避之法。"刘昌裔依言而行。到三更时，刘昌裔正闭眼小寐，果然听到颈项上叮当的铿然一声，声音很尖厉。隐娘从刘昌裔口中一跃而出，向他祝贺道："仆射，您没有危险了。此人就好比矫健之鹘，要是一击不中，便翩然远遁，以没击中为耻，不到一个更次，他已远在千里之外了。"她查看了围在刘昌裔脖颈上的玉石，果然有一道剑痕，足有好几分深。从此，刘昌裔更加厚待隐娘夫妇。

到了元和八年，刘昌裔从许州进京朝见。隐娘不愿跟随，说："从此我要游历名山胜水，寻访得道高人。"希望能给她丈夫一份挂名的差使。刘昌裔点头照办。后来，隐娘的行踪渐渐不为人知。等刘昌裔死在统军任上，隐娘骑驴到京师祭吊，在灵前大声恸哭一番，随后就离开了。开成年间，刘昌裔的儿子刘纵出任陵州刺史，经过四川栈道时，遇见隐娘。她的容貌仍和当年一样，仍像从前那样骑着白驴。彼此都因重逢而十分高兴，隐娘对刘纵说："郎君，您大祸临头，不应该到陵州上任。"说着，她拿出一粒药丸，让刘纵咽服下去。她接着道："明年您赶紧辞官回到洛阳，才能逃脱此大祸。我的药效只能保您一年免灾。"刘纵也不太相信，送了隐娘一些绸缎。她没有收，只是喝得酩酊大醉，飘然而去。一年后，刘纵没有辞官，果然死于陵州。从此，再没有人见过隐娘。

飞烟传

皇甫枚

原文

临淮武公业，咸通中任河南府功曹参军。爱妾曰飞烟，姓步氏，容止纤丽，若不胜绮罗。善秦声，好文墨，尤工击瓯，其韵与丝竹合。公业甚嬖之。其比邻，天水赵氏第也，亦衣缨之族，不能斥言。其子曰象，端秀有文，才弱冠矣。时方居丧礼。忽一日，于南垣隙中窥见飞烟，神气俱丧，废食忘寐。乃厚赂公业之阍，以情告之。阍有难色，复为厚利所动，乃令其妻伺飞烟闲处，具以象意言焉。飞烟闻之，但含笑凝睇而不答。门媪尽以语象。象发狂心荡，不知所持，乃取薛涛笺，题绝句曰："一睹倾城貌，尘心只自猜。不随萧史去，拟

《飞烟传》，出自皇甫枚所作《三水小牍》，宋李昉录于《太平广记》卷四百九十一--杂传记八，文字小异。

学阿兰①来。"以所题密缄之，祈门媪达飞烟。烟读毕，吁嗟良久，谓媪曰："我亦曾窥见赵郎，大好才貌。此生薄福，不得当之。"盖鄙武生粗悍，非良配耳。乃复酬一篇，写于金凤笺，曰："绿惨双娥不自持，只缘幽恨在新诗。郎心应似琴心怨，脉脉春情更泥②谁。"封付门媪，令遗象。象启缄，吟讽数四，拊掌喜曰："吾事谐矣。"又以剡溪玉叶纸，赋诗以谢，曰："珍重佳人赠好音，彩笺芳翰两情深。薄于蝉翼难供恨，密似蝇头未写心。疑是落花迷碧洞，只思轻雨洒幽襟。百回消息千回梦，裁作长谣寄绿琴③。"

诗去旬日，门媪不复来。象忧懑，恐事泄；或飞烟追悔。春夕，于前庭独坐，赋诗曰："绿暗红藏起暝烟，独将幽限小庭前。沉沉良夜与谁语，星隔银河月半天。"明日，晨起吟际，而门媪来，传飞烟语曰："勿讶旬日无信，盖以微有不安。"因授象以连蝉锦香囊并碧苔笺，诗曰："无力严妆倚绣栊，暗题蝉锦思难穷。近来赢得伤春病，柳弱花敧怯晓风。"象结锦香囊于怀，细读小简。又恐飞烟幽思增疾，乃剪乌丝阑为回械，曰："春日迟迟，人心悄悄。自因窥觑，长役梦

① 阿兰：指仙女杜香兰，她曾因罪谪降人间。

② 泥：软求、软缠，引申作爱恋。

③ 绿琴：绿绮琴。司马相如的琴名，借指佳琴。

④ 青鸟：汉武帝见青鸟飞集殿前知道它是西王母的信使，果然一会儿西王母就来了，后来以"青鸟"借指传达信息的人。

魂。虽羽驾尘襟，难于会合，而丹诚皎日，誓以周旋。昨日瑶台青鸟④忽来，殷勤寄语。蝉锦香囊之赠，芬馥盈怀。佩服徒增，翘恋弥切。况又闻乘春多感，芳履乖和，耗冰雪之妍姿，郁蕙兰之佳气。忧抑之极，恨不翻飞。且望宽情，无至憔悴。莫孤短韵，宁爽后期。惝恍寸心，书岂能尽？兼持菲什，仰继华篇。伏惟试赐凝睇。"诗曰："见说伤情为九春，想封蝉锦绿蛾颦。叩头为报烟卿道，第一风流最损人。"门媪既得回报，径赍诣飞烟阁中。

武生为府掾属，公务繁夥，或数夜一直，或竟日不归。此时恰值入府曹。飞烟拆书，得以款曲寻绎。既而长太息曰："丈夫之志，女子之情，心契魂交，远如近也。"于是阖户垂幌，为书曰："下妾不幸，垂髫而孤。中间为媒妁所欺，遂匹合于琐类。每至清风明月，移玉柱以增怀；秋帐冬钉，泛金徽而寄恨。岂谓公子，忽贻好音。发华缄而思飞，讽丽句而目断。所恨洛川波隔，贾午墙高；连云不及于秦台，荐梦尚遥于楚岫。⑤犹望天从素恳，神假微机，一拜清光，九殒无恨。兼题短什，用寄幽怀，伏惟特赐吟讽也。"诗曰："画帘春

⑤ 洛川波隔，贾午墙高；连云不及于秦台，荐梦尚遥于楚岫：引用了曹子建邂逅洛水女神，韩寿翻墙私会贾午，楚襄王梦会巫山神女，萧史、弄玉相偕仙去四个典故，说明他们的恋爱困难重重，不似上述故事里的人可以如愿以偿。

燕须同宿，兰浦双鸳肯独飞？长恨桃源诸女伴，等闲花里送郎归⑥。"封讫，召门媪，令达于象。象览书及诗，以飞烟意切，喜不自持，但静室焚香，虔祷以候。

忽一日，将夕，门媪促步而至，笑且拜曰："赵郎愿见神仙否？"象惊，连问之，传飞烟语曰："值今夜功曹府直，可谓良时。妾家后庭，即君之前垣也。若不渝惠好，专望来仪。方寸万重，悉候晤语。"既曛黑，象乃乘梯而登，飞烟已令重榻于下。既下，见飞烟靓妆盛服，立于庭前。交拜讫，俱以喜极不能言。乃相携自后门入房中，遂背釭解幌，尽缱绻之意焉。及晓钟初动，复送象于垣下。飞烟执象手泣曰："今日相遇，乃前生姻缘耳。勿谓妾无玉洁松贞之志，放荡如斯。直以郎之风调，不能自固。愿深鉴之。"象曰："挹希世之貌，见出人之心。已誓幽庸，永奉欢洽。"言讫，象逾垣而归。

明日，托门媪赠飞烟诗曰："十洞三清⑦虽路阻，有心还得傍瑶台。瑞香风引思深夜，知是蕊宫⑧仙驭来。"飞烟览诗微笑，复赠象诗曰："相思只怕不相识，相见还愁却别君。愿得化为松上鹤，一双飞去入行

⑥ 等闲花里送郎归：这里引用了刘晨、阮肇入天台山的故事。刘晨、阮肇想回家，仙女就指示归途，让他们回家。

⑦ 十洞三清：道家所说的洞天福地。即十大洞天和玉清、上清、太清三清境界。

云。"付门媪，仍令语象曰："赖值儿家有小小篇咏，不然，君作几许大才面目。"兹不盈旬，常得一期于后庭，展幽微之思，罄宿昔之心，以为鬼神不知，天人相助。或景物寓目，歌咏寄情，来往便繁，不能悉载。如是者周岁。

无何，飞烟数以细过挞其女奴，奴阴衔之，乘间尽以告公业。公业曰："汝慎勿扬声！我当伺察之。"后至直日，乃伪陈状请假。迨夜，如常入直，遂潜于里门。街鼓既作，匍伏而归。循墙至后庭，见飞烟方倚户微吟，象则据垣斜睇。公业不胜其愤，挺前欲擒。象觉，跳去。公业搏之，得其半襦。乃入室，呼飞烟诘之。飞烟色动声颤，而不以实告。公业愈怒，缚之大柱，鞭楚血流。但云："生得相亲，死亦何恨。"深夜，公业怠而假寐，飞烟呼其所爱女仆曰："与我一杯水。"水至，饮尽而绝。公业起，将复笞之，已死矣。乃解缚，举置阁中，连呼之，声言飞烟暴疾致殒。数日，窆之北邙。而里巷间皆知其强死矣。象因变服，易名远，自窜于江、浙间。

洛中才士，有崔、李二生，尝与武掾游处。崔赋诗末句云："恰似传花⑨人饮散，空床抛下最繁枝。"其夕，梦飞烟谢曰："妾貌虽不迨桃李，而零落过之。捧君佳什，愧仰无已。"李生诗末句云："艳魄香魂如有在，还应羞见坠楼人⑩。"其夕，梦飞烟戟手而詈曰："士有百行，君得全乎？何至务矜片言，苦相诋斥？当屈君于地下面证之。"数

⑧ 蕊宫：蕊珠宫的简称，神仙居住的地方。

⑨ 传花：指酒宴中击鼓传花的游戏。

⑩ 坠楼人：指绿珠，晋代石崇的爱妾。孙秀向石崇讨绿珠，石崇不肯。孙秀便假传圣旨，派兵围捕石崇，绿珠跳楼自杀。这里指飞烟不及绿珠"坚贞"，应有愧色。

日，李生卒。时人异焉。

远后调授汝州鲁山县主簿，陇西李垣代之。咸通末，予复代垣，而与远少相狎，故洛中秘事，亦知之，而垣复为手记，故得以传焉。

三水人曰："噫，艳冶之貌，则代有之矣；洁朗之操，则人鲜闻乎。故士矜才则德薄，女衒色则情放。若能如执盈，如临深，则皆为端士淑女矣。飞烟之罪，虽不可逭，察其心，亦可悲矣！"

译文

临淮郡武公业，咸通年间担任河南府功曹参军。他有个爱妾姓步，名叫飞烟。容貌俏丽，体态窈窕，身体轻盈得仿佛承受不了罗衣的重量。她擅长演唱秦腔，喜欢写诗作文，尤其精通击瓯，击打出来的韵律与各种乐器都能配合默契。武公业十分宠爱她。武家的隔壁是天水郡的望族赵家，赵氏也是世代官宦之家，这里不便点明主人的姓名。他有一个儿子名叫象，清秀端庄而有文采，刚刚年满二十。当时他正在家中居丧守孝。偶然有一天，赵象从南墙的墙缝中偷看到了飞烟，马上变得失魂落魄，寝食无心。于是，他用重金贿赂武家的看门人，将自己的心事告诉了他，请他帮忙。看门人面露难色，但又被厚利打动，便叫他的妻子趁飞烟独自一人时，把赵象的心意转告她。飞烟听后，只是含笑凝视，默不作声。看门婆回来把情况如实地告诉了赵象。他听了，顿时欣喜若狂，心旌摇荡，无法自控，于是取出薛涛笺，题了一首绝句道："一睹倾城貌，尘心只自猜。不随萧史去，拟学阿兰来。"他把写的诗密封好，请求看门婆转交给飞烟。飞烟读完，叹息了许久，然后对看门婆说："我也曾私下看见过赵郎，长得一表人才，相貌出众，只恨我今生福薄，无缘接受他的爱慕。"原来飞烟早就嫌弃武公业粗俗凶悍，不是理想的配偶，于是酬答了一首诗，写在金凤笺上，诗道："绿惨双娥不自持，只缘幽恨在新诗。郎心应似琴心怨，脉脉春情更泥谁。"飞烟把诗封好交给看门婆，让她交给赵象。赵象拆开信封，反复吟诵，拍手笑道："我的事可以成了！"他又用剡溪玉叶纸，赋诗答谢道："珍重佳人赠好音，彩笺芳翰两情深。薄于蝉翼难供恨，密似蝇头未写心。疑是落花迷碧洞，只思轻雨洒幽襟。百回消息千回梦，裁作长谣寄绿琴。"

这首诗送去十来天，看门婆却一直没有再来。赵象心中忐忑不安，既害怕事情泄露，又担心飞烟反悔。时值春日傍晚，他独自坐在前庭纳凉，赋诗一首："绿暗红藏起暝烟，独将幽恨小庭前。沉沉良夜与谁

语，星隔银河月半天。"第二天早晨，赵象起身后，正在吟诵新作，看门婆忽然来了，转达飞烟的口信，说："请勿诧异我十多天没有给您回信，只因身抱微恙。"同时交给赵象一只连蝉锦香囊，囊内塞了一张碧苔笺，笺上有诗道："无力严妆倚绣栊，暗题蝉锦思难穷。近来赢得伤春病，柳弱花敧怯晓风。"赵象将连蝉锦香囊系在怀中，仔细吟读短诗。又担心飞烟哀怨相思加重病情，便剪下一幅乌丝阑，回信道："春光漫长，而我的内心却忧愁萦绕。自从一睹芳容，使我魂牵梦萦。虽如天上人间，难以相会，但我这赤诚之心，日月可鉴，誓必永远追随在你左右。昨天，瑶台青鸟忽然衔来惠函，殷勤传达你的消息，所赠的连蝉锦香囊，使我芳馥盈怀，佩戴在身上，使我对你的思恋更加迫切。何况又听说你因春日里多愁善感，以致玉体违和，只怕你冰清玉洁的身姿受到损伤，蕙兰般芳香的气息郁结不畅。我因此心情抑郁至极，恨不得插翅飞到你身旁。希望你放宽心怀，不要憔悴了容颜，切莫辜负我在短诗中表达的情意。后会岂能无期？忧虑惆怅之情，信中怎道万一？随信附上一首拙诗，以酬和你的华美诗篇，盼你垂青过目。"诗道："见说伤情为九春，想封蝉锦绿蛾颦。叩头为报烟卿道，第一风流最损人。"看门婆得到回信，径直送到飞烟住的内室中。

武公业担任衙里的府佐吏，公务繁多，有时隔几天值一次夜班，有时一整天不能回家。这时恰好赶上武公业到府衙去办公，飞烟趁此机会拆开书信，仔细地体会揣摩信中的含义。读完后，她不禁长叹道："大丈夫的心愿，小女子的情意，只要心灵契合，精神交融，即使相隔遥远，却如同近在身旁。"她关门放下帘帷，提笔写信道："贱妾不幸，幼年失怙，后来又受媒婆的花言巧语欺骗，下嫁给平庸之辈。每逢风清月朗之时，抚弄琴弦，更添内心的孤寂苦闷；每当秋冬之际，帷帐内只影孤灯，只能借琴音抒发幽恨。怎料公子忽然传来了佳音，启开您的信笺令人神思飞越；吟诵您的华章使人望眼欲穿。但遗憾的是洛水波涛险阻，贾府高墙难越，联云雨之欢而不及凤台，荐枕席之梦却远于巫山。但我仍希望上天能成全我的夙愿，神灵能给予我一线机缘，只要能拜见一下您清美的风采，虽万死而无所怨恨。同时题了一首短诗，借以寄托我的情意。敬请您吟咏一番。"诗道："画帘春燕须同宿，兰浦双鸳肯独飞？长恨桃源诸女伴，等闲花里送郎归。"飞烟封好了信笺，唤来看门婆，命她转递给赵象。赵象看了信和诗，认为飞烟的情意较之前更为殷切，喜不自胜，便在静室里焚香虔祷以等候好消息。

忽有一天傍晚，看门婆快步走来，边笑边向赵象行礼道："赵郎君愿会一会仙子吗？"赵象大吃一惊，连声追问详情。看门婆转达飞烟的话说："今夜，武功曹在府衙值班，正是个良机，妾家的后院紧接郎君家前面的墙垣，如果公子对我的情意没有改变，专诚等候您的惠临。心中有千言万语，全等见面时再诉说。"好不容易盼到天黑，赵象就攀着梯子登上墙头，飞烟已预先叫人将床榻叠架在墙根处。赵象下了墙，只见飞烟盛妆丽服地站在庭院前迎接。两人相对交拜完毕，欢喜得说不出话来，便手拉着手从后门进入卧房，于是遮掩起灯光，垂下了帷帐，极尽缠绵欢爱。天色微明，晨钟初动，飞烟又送赵象到墙下，攥着他的手哭道："今日相遇，乃前世姻缘所定，您不要认为我没有玉洁松贞的节操，放荡到如此地步，只因被公子的风度所打动，以致我无法克制自己的感情，愿您能细加体察。"赵象说："你不仅具有世间少有的美貌，还表现出高于常人的心性，我已向鬼神发过誓，愿和你永生欢爱。"说完，赵象便越墙而回。

第二天，赵象又托看门婆赠给飞烟一首诗，道："十洞三清虽路阻，有心还得傍瑶台。瑞香风引思深夜，知是蕊宫仙驭来。"飞烟看后，会心微笑，又回赠给赵象一首诗，道："相思只怕不相识，相见还愁却别君。愿得化为松上鹤，一双飞去入行云。"飞烟把诗封好交给看门婆，还叫她传话给赵象说："幸亏我还能勉强作几行小诗，不然，公子怎么能摆出那么大才学的样子？"从此，每隔不到十天，两人便在武家后院幽会一次，互相倾吐内心深切的思念，以满足往日的心愿。他们自认这事神鬼不知，天人共助，有时触景生情，便吟诗寄情。他们往来频繁，不能一一记载。这样持续了一年。

飞烟屡次因细微的过失而鞭打她的婢女，婢女衔恨在心，便找个机会将飞烟和赵象私通的事全部告诉了武公业。武公业说："你小心不要声张，我自会暗中侦察。"后来轮到武公业值班的日子，他编了借口，秘密向上司请了假。到了夜里，他仍像往常那样出门去值班，却暗中躲在里坊门口。等到街道上警夜鼓咚咚敲响，他便弯腰贴地，悄悄地潜回家中。他沿着院墙来到后院，见飞烟正倚着门低声吟诵，赵象则骑在墙头斜视着她。武公业见此情景，怒不可遏，跃上前去要捉拿赵象。赵象惊觉，慌忙纵身跳下墙头。武公业扑了个空，仅扯下了他的半幅衣襟，于是回到屋里，喊飞烟出来盘问。飞烟吓得朱颜变色，声音发颤，却始终不肯吐露实情。武公业愈加愤怒，把她绑在大柱子上，用皮鞭抽打，打得她遍体流血。飞烟只是说："活着时能够跟心上人相亲相爱，就是死了，又有什么怨恨？"到了深夜，武公业累得打起了盹儿。飞烟招呼自己的心腹婢女说："给我一杯水。"水端来后，飞烟大口喝完，便断了气。等武公业醒来，拿起鞭子要继续抽打，才发觉她已经死了。他解开绳索，把飞烟的尸体放到房中，假意连声呼唤她的名字，对外宣称飞烟患急病而身亡。几天后，他将她埋葬在北邙山。然而，街坊邻居都知道飞烟死于非命。赵象乔装改扮，易名赵远，潜逃到江浙一带去了。

洛中地区有崔、李两位书生，他们经常跟武公业交游往来。崔、李二人都曾为此事作诗，崔生诗篇的末尾两句道："恰似传花人饮散，空床抛下最繁枝。"当天夜里，崔生梦见飞烟前来道谢说："我的容貌虽不及桃李娇艳，可是遭受蹂躏的情形却甚于它们。捧读您的佳作，令人惭愧不已。"李生诗篇的末尾两句道："艳魄香魂如有在，还应羞见坠楼人。"当天夜里，李生梦见飞烟指着他，怒骂道："读书人应该有的种种德行，您都具备了吗？何至于用刻薄的话语，来极力污蔑我呢？只好委屈您到阴曹地府来跟我当面对质。"几天后，李生就死了。当时的人们对此都觉得很惊奇。

赵远后来调任汝州鲁山县主簿，陇西李垣是他的后任。咸通末年，我又接替了李垣，而有机会和赵远交往，所以知道他在洛中时的隐秘往事。后来李垣又亲自记录了飞烟的事迹，因此才得以流传开来。

三水人皇甫枚评论说："唉！美貌的女子，历朝历代都有，然而坚贞明净的节操，恐怕人们就鲜有听闻了。所以说，读书人如倚仗才学就会缺少德行，女子若卖弄姿色则会产生私情。这些人，若是能持盈守成，如临深渊般小心谨慎，那么就都可以成为品行端正的男女了。飞烟的罪过固然不可推脱，但体察她的心志，也是很值得同情的呀！"

崔护

孟棨

《崔护》出自孟棨所作《本事诗·情感第一》，宋李昉录于《太平广记》卷二百七十四情感。

原文

博陵崔护，姿质甚美，而孤洁寡合。举进士下第。清明日，独游都城南，得居人庄，一亩之宫，而花木丛萃，寂若无人。扣门久之。有女子自门隙窥之，问曰："谁耶？"护以姓字对，曰："寻春独行，酒渴求饮。"女入，以杯水至；开门，设床命坐；独倚小桃斜柯伫立，而意属殊厚，妖姿媚态，绰有余妍。崔以言挑之，不对。彼此目注者久之。崔辞去，送至门，如不胜情而入。崔亦眷盼而归。尔后绝不复至。

及来岁清明日，忽思之，情不可抑，径往寻之。门院如故，而已锁扃之。崔因题诗于左扉曰："去年今日此门中，人面桃花相映红。人面不知何处去，桃花依旧笑春风。"

　　后数日，偶至都城南，复往寻之。闻其中有哭声，扣门问之。有老父出曰："君非崔护耶？"曰："是也。"又哭曰："君杀吾女。"崔惊怛，莫知所答。老父曰："吾女笄年知书，未适人。自去年以来，常恍惚若有所失。比日与之出，及归，见左扉有字，读之，入门而病，遂绝食数日而死。吾老矣，惟此一女，所以不嫁者，将求君子，以托吾身。今不幸而殒，得非君杀之耶！"又持崔大哭。崔亦感恸，请入哭之。尚俨然在床。崔举其首，枕其股，哭而祝曰："某在斯，某在斯。"须臾开目，半日复活矣。父大喜，遂以女归之。

译文

　　博陵郡的崔护，长得十分俊秀，但秉性孤高，落落寡合。他进京参加进士考试，结果未中。清明节那天，崔护独自去京城南郊游玩，漫步来到一处村落，见到一处占地一亩左右的宅院，院内花木掩映，寂无人声。崔护上前叩门，过了好一会儿，才见一女子自门缝向外窥视，问道："谁呀？"崔护先报了自己的姓名，又说："我独自一人出城游春，酒后口渴，特来讨一杯水喝。"女子听后，转身进屋，端出一杯水来，打开院门，摆下座凳，请他坐下。然后，她独自倚着小桃树的斜

枝，静静地伫立，流露出脉脉的情意。女子娇艳的容貌、妩媚的身姿，极有风韵。崔护有意以话语挑逗她，她也不答话。他们彼此互相凝目许久。崔护喝完了水，起身告辞，女子一直送到大门口，然后仿佛抑制不住满怀深情，转身默默躲回了屋里。崔护也恋恋不舍，不住地回首，怅然而归。从此，崔护再也没到过那里。

转眼又是第二年清明节，崔护忽然思念起那位女子，便直奔城南寻访她。到那里一看，门庭院落依然如故，只是大门上了锁。崔护不得已，在左边门扇上题了一首诗："去年今日此门中，人面桃花相映红。人面不知何处去，桃花依旧笑春风。"

又过了几天，崔护偶然来到京城南郊，不觉又前往旧地探访。他听到院里传来哭声，便上前叩门，想询问原因。一位老汉走了出来，问道："你是崔护吗？"崔护答道："正是。"老汉一听，哭着说："你害死了我的女儿啊！"崔护听闻此言，非常惊恐，一时竟不知该如何答话。老汉接着说："小女年方及笄，知书达礼，尚未婚配。自去年与你相见，经常神情恍惚、魂不守舍。近日我陪她出门散心，等到回家时，她见左边门扇上有题字，读完后，进门就病倒了，一连数日不进饮食，没多久便死了。我已经老了，只有这么一个女儿。她一直没有出嫁，就是打算找一个品行可靠的男子，让我老有所依。如今她不幸去世，不就是你害死了她吗？"说完，他拉着崔护失声痛哭。崔护也十分哀痛，请求老汉准许他进屋吊唁。女子正安然躺在床上，崔护轻轻地扶起她的头，让她枕在自己的大腿上，一边恸哭，一边祝祷道："我就在这里，我就在这里……"不一会儿，女子微微睁开了眼睛，又过了半天，居然死而复生。老汉大为惊喜，将女儿许配给了崔护。

任氏传

沈既济

原文

任氏，女妖也。有韦使君者，名崟，第九，信安王
祎之外孙。少落拓，好饮酒。其从父①妹婿曰郑六，不
记其名。早习武艺，亦好酒色。贫无家，托身于妻族，
与崟相得，游处不间。

天宝九年夏六月，崟与郑子偕行于长安陌中，将会
饮于新昌里。至宣平之南，郑子辞有故，请间去，继至
饮所。崟乘白马而东。郑子乘驴而南，入升平之北门。
偶值三妇人行于道中，中有白衣者，容色姝丽。郑子见
之惊悦，策其驴，忽先之，忽后之，将挑而未敢。白
衣时时盼睐，意有所受。郑子戏之曰："美艳若此，

《任氏传》，宋李昉录于《太
平广记》卷第四百五十二狐六。

① 从父：伯父、叔父。

而徒行，何也？"白衣笑曰："有乘不解相假，不徒行何为？"郑子曰："劣乘不足以代佳人之步，今辄以相奉。某得步从，足矣。"相视大笑。同行者更相眩诱，稍已狎昵。郑子随之东，至乐游园^②，已昏黑矣。见一宅，土垣车门，室宇甚严。白衣将入，顾曰："愿少踟蹰。"而入。女奴从者一人，留于门屏间，问其姓第。郑子既告，亦问之。对曰："姓任氏，第二十。"少顷，延入。郑子絷驴于门，置帽于鞍。始见妇人年三十余，与之承迎，即任氏姊也。列烛置膳，举酒数觞。任氏更妆而出，酣饮极欢。夜久而寝，其妍姿美质，歌笑态度，举措皆艳，殆非人世所有。将晓，任氏曰："可去矣。某兄弟名系教坊，职属南衙，晨兴将出，不可淹留。"乃约后期而去。

　　既行，及里门，门扃未发。门旁有胡人鬻饼之舍，方张灯炽炉。郑子憩其帘下，坐以候鼓，因与主人言。郑子指宿所以问之曰："自此东转，有门者，谁氏之宅？"主人曰："此隤墉弃地，无第宅也。"郑子曰："适过之，曷以云无？"与之固争。主人适悟，乃曰："吁！我知之矣。此中有一狐，多诱男子偶宿，尝三见

② 乐游园：即"乐游原"，也称"乐游庙"，在长安风景区曲江的北面，秦宜春苑旧址，是唐代统治者在农历每月月底或上巳、重九等节令时登临游赏的地方。

矣。今子亦遇乎？"郑子赧而隐曰："无。"质明，复视其所，见土垣车门如故。窥其中，皆蓁荒及废圃耳。既归，见崟。崟责以失期。郑子不泄，以他事对。然想其艳冶，愿复一见之，心尝存之不忘。

经十许日，郑子游，入西市衣肆，瞥然见之，曩女奴从。郑子遽呼之，任氏侧身周旋于稠人中以避焉。郑子连呼前迫，方背立，以扇障其后，曰："公知之，何相近焉？"郑子曰："虽知之，何患？"对曰："事可愧耻，难施面目。"郑子曰："勤想如是，忍相弃乎？"对曰："安敢弃也，惧公之见恶耳。"郑子发誓，词旨益切。任氏乃回眸去扇，光彩艳丽如初。谓郑子曰："人间如某之比者非一，公自不识耳，无独怪也。"郑子请之与叙欢。对曰："凡某之流，为人恶忌者，非他，为其伤人耳。某则不然。若公未见恶，愿终己以奉巾栉。"郑子许与谋栖止。任氏曰："今旧居僻陋，不可复往。从此而东，安邑坊之内曲，有小宅，宅中有小楼，楼前有大树出于栋间者，门巷幽静，可税以居。前时自宣平之南，乘白马而东者，非君妻之昆弟乎？其家多什器，可以假用。"

是时崟伯叔从役于四方，三院什器，皆贮藏之。郑子如言访其舍，而诣崟假什器。问其所用。郑子曰："新获一丽人，已税得其舍，假具以备用。"崟笑曰："观子之貌，必获诡陋，何丽之绝也！"崟乃悉假帷帐榻席之具，使家僮之惠黠者，随以觇之。俄而奔走返命，气吁汗洽。崟迎问之："有乎？"曰："有。"又问："容若何？"曰："奇怪也！天下未尝见之矣！"崟姻族广茂，且夙从逸游，多识美丽。乃问曰："孰若某美？"僮曰："非其伦也！"崟遍比其佳者四五人，皆曰："非其伦。"是时吴王之女有第六者，则崟之内妹③，秾艳如神仙，中表素推第一。崟问曰："孰与吴王家第六女美？"又曰："非其伦也。"崟抚手大骇曰："天下岂有斯人乎？"遽命汲水澡颈，巾首膏唇而往。

　　既至，郑子适出。崟入门，见小僮拥篲方扫，有一女奴在其门，他无所见。征于小僮。小僮笑曰："无之。"崟周视室内，见红裳出于户下。迫而察焉，见任氏戢身匿于扇间。崟引出就明而观之，殆过于所传矣。崟爱之发狂，乃拥而凌之，不服。崟以力制之，方急，则曰："服矣。请少回旋。"既从，则捍御如初。如是者数四。崟乃悉力急持之。任氏力竭，汗若濡雨。自度不免，乃纵体不复拒抗，而神色惨变。崟问曰："何色之不悦？"任氏长叹息曰："郑六之可哀也！"崟曰："何谓？"对曰："郑生有六尺之躯，而不能庇一妇人，岂丈夫哉！且公少豪侈，多获佳丽，遇某之比者众矣。而郑生，穷贱耳，所称惬者，唯某而已。忍以有余

③ 内妹：妻妹。

之心，而夺人之不足乎？哀其穷馁，不能自立，衣公之衣，食公之食，故为公所褻耳。若糠糗可给，不当至是。"锋豪俊有义烈，闻其言，遽置之。敛衽而谢曰："不敢。"俄而郑子至，与锋相视哈乐。

自是，凡任氏之薪粒牲饩，皆锋给焉。任氏时有经过，出入或车马举步，不常所止。锋日与之游，甚欢。每相狎昵，无所不至，唯不及乱而已。是以锋爱之重之，无所吝惜，一食一饮，未尝忘焉。任氏知其爱己，因言以谢曰："愧公之见爱甚矣。顾以陋质，不足以答厚意；且不能负郑生，故不得遂公欢。某，秦人也，生长秦城。家本伶伦，中表姻族，多为人宠媵，以是长安狭斜，悉与之通。或有姝丽，悦而不得者，为公致之可矣。愿持此以报德。"锋曰："幸甚！"鄜中有鬻衣之妇曰张十五娘者，肌体凝洁，锋常悦之。因问任氏识之乎。对曰："是某表娣妹，致之易耳。"旬余，果致之。数月厌罢。任氏曰："市人易致，不足以展效。或有幽绝之难谋者，试言之，愿得尽智力焉。"锋曰："昨者寒食，与二三子游于千福寺，见刁将军缅张乐于殿堂。有善吹笙者，年二八，双鬟垂耳，娇姿艳艳。当识之乎？"任氏曰："此宠奴也。其母，即妾之内姊也。求之可也。"锋拜于席下。任氏许之。乃出入刁家。月余，锋促问其计。任氏愿得双缣以为赂。锋依给焉。后二日，任氏与锋方食，而缅使苍头控青骊，以迓任氏。任氏闻召，笑谓锋曰："谐矣。"初，任氏加宠奴以病，针饵莫减。其母与缅忧之方甚，将征诸巫。任氏密赂巫者，指其所居，使言徙就为吉。及视疾，巫曰："不利在家，宜出居东南某所，以取生气。"缅与其母详其地，则任氏之第在焉。缅遂请居，任氏谬辞以逼狭，勤请而后许。乃辇服玩，并其母偕送于任氏。至，则疾愈。未数日，任氏密引鋆以通之，经月乃孕。其母惧，遽归以就缅，由是遂绝。

他日，任氏谓郑子曰："公能致钱五六千乎？将为谋利。"郑子曰："可。"遂假求于人，获钱六千。任氏曰："有人鬻马于市者，马之股有疵，可买入居之。"郑子如市，果见一人牵马求售者，眚在左股。郑子买以归。其妻昆弟皆嗤之，曰："是弃物也。买将何为？"无何，任氏曰："马可鬻矣。当获三万。"郑子乃卖之。有酬二万，郑子不与。一市尽曰："彼何苦而贵买，此何爱而不鬻？"郑子乘之以归；买者随至其门，累增其估，至二万五千也。不与，曰："非三万不鬻。"其妻昆弟聚而诟之。郑子不获已，遂卖，卒不登三万。既而密伺买者，征其由，乃昭应县之御马疵股者，死三岁矣，斯吏不时除籍。官征其估，计钱六万。设其以半买之，所获尚多矣；若有马以备数，则三年刍粟之估，皆吏得之，且所偿盖寡，是以买耳。

任氏又以衣服故弊，乞衣于鋆。鋆将买全彩与之。任氏不欲，曰："愿得成制者。"鋆召市人张大为买之，使见任氏，问所欲。张大见之，惊谓鋆曰："此必天人贵戚，为郎所窃；且非人间所宜有者。愿速归之，无及于祸。"其容色之动人也如此。竟买衣之成者而不自纫缝也，不晓其意。

后岁余，郑子武调，授槐里府果毅尉，在金城县。时郑子方有妻室，虽昼游于外，而夜寝于内，多恨不得专其夕。将之官，邀与任氏俱去。任氏不欲往，曰："旬月同行，不足以为欢。请计给粮饩，端居以迟归。"郑子恳请，任氏愈不可。郑子乃求崟资助。崟与更劝勉，且诘其故。任氏良久曰："有巫者言某是岁不利西行，故不欲耳。"郑子甚惑也，不思其他，与崟大笑曰："明智若此，而为妖惑，何哉！"固请之。任氏曰："傥巫者言可征，徒为公死，何益？"二子曰："岂有斯理乎？"恳请如初。任氏不得已，遂行。崟以马借之，出祖于临皋，挥袂别去。

信宿，至马嵬。任氏乘马居其前，郑子乘驴居其后；女奴别乘，又在其后。是时西门圉人教猎狗于洛川，已旬日矣。适值于道，苍犬腾出于草间。郑子见任氏欻然坠于地，复本形而南驰。苍犬逐之。郑子随走叫呼，不能止。里余，为犬所获。郑子衔涕出囊中钱，赎以瘗之，削木为记。回睹其马，啮草于路隅，衣服悉委于鞍上，履袜犹悬于镫间，若蝉蜕然。唯首饰坠地，余无所见。女奴亦逝矣。

旬余，郑子还城。崟见之喜，迎问曰："任子无恙乎？"郑子泫然对曰："殁矣！"崟闻之亦恸，相持于室，尽哀。徐问疾故。答曰："为犬所害。"崟曰："犬虽猛，安能害人？"答曰："非人。"崟骇曰："非人，何者？"郑子方述本末。鉴惊讶叹息不能已。明日，命驾，与郑子俱适马嵬，发瘗视之，长恸而归。追思前事，唯衣不自制，与人颇异焉。

其后郑子为总监使，家甚富，有枥马十余匹。年六十五，卒。大历中，既济居钟陵，尝与鉴游，屡言其事，故最详悉。后鉴为殿中侍御史，兼陇州刺史，遂殁而不返。

嗟乎！异物之情也有人道焉！遇暴不失节，徇人以至死，虽今妇人，有不如者矣。惜郑生非精人，徒悦其色而不征其情性；向使渊识之士，必能揉变化之理，察神人之际，著文章之美，传要妙之情，不止于赏玩风态而已。惜哉！建中二年，既济自左拾遗与金吾将军裴冀、京兆少尹孙成、户部郎中崔需、右拾遗陆淳，皆谪居东南，自秦徂吴，水陆同道。时前拾遗朱放因旅游而随焉。浮颍涉淮，方舟沿流，昼醼夜话，各征其异说。众君子闻任氏之事，共深叹骇，因请既济传之，以志异云。

译文

任氏，本是一个女妖。有一个姓韦的刺史，名字为鉴，家中兄弟排行第九，是信安王李祎的外孙。韦鉴年少，放荡不羁，喜好饮酒。他的堂妹夫叫郑六，名字不详，早年习武，也是喜好酒色之徒。郑六家贫无房，托身在妻子家，与韦崟相处得非常好，二人交游玩乐从不分开。

天宝九年六月，韦崟和郑六一起在长安街市中游荡，想要在新昌里饮酒作乐。可是到了宣平里以南的时候，郑六突然借故推辞离去，说是以后到酒肆去找他们。于是，韦崟骑着白马向东而去，郑六则骑驴向南而去，进入了升平里的北门。郑六遇上三位女子在道中行走，其中一位身穿白衣的女子容貌姿色最为姝丽。郑六又惊又喜，骑着驴，忽而来到她们的前面，忽而又落到她们的后面，想要挑逗那白衣女子，却又不敢。那白衣女子不时地用眼睛斜瞟着他，意思似乎是接受郑六的爱慕之意。郑六嬉笑着说："你们如此美丽，不乘车，而徒步行走，这是为什么呢？"白衣女子笑着说："你有驴骑，却不舍得借给我们，我们不徒步行走，又能怎样？"郑六回答说："这本是头蠢驴，不足以配佳人，现在姑娘既如此说，就把这头驴送给你们，我能够步行跟从，就足够了。"说完，二人相视而笑。郑六与三位女子一路同行，彼此眉目传情，一会儿就亲近起来。郑六跟随她们向东而行，到了乐游园时，天色已黑。只见前面有一宅子，四周土墙环绕，一道大门矗立中间，院内的房屋高大整齐。白衣女子要走进去，回头对郑六说："请稍微等待一下。"她们就走进屋内，跟随的婢女留在了门屏间，问了郑六的姓名和兄弟间的排行。郑六全部告诉了那婢女，然后又问了那位白衣女子的姓名及排行。婢女回答道："姓任，排行第二十。"过了一会儿，屋内就有人请郑六进去。郑六将驴拴在门外，又把帽子放在马鞍上，就走进屋内。一位年约三十的妇人，出来迎接他，后来得知这是任氏的姐姐。她命人点上了蜡烛，摆好了饭菜，举起酒杯与郑六一同喝了几杯。之后，任氏化好了妆，走出来与他们一同欢饮。夜深安寝，任氏以美艳之姿、歌笑之态，举手投足之间，百媚皆生，非人世间所有。天将亮时，任氏对郑六说："你快走吧，我的兄弟都归教坊管辖，又职属南衙，天亮就要出门，你不能久留。"二人约好后会之期，郑六便离开了。

等郑六走到里门之时，城门还没有开，门旁边有一家胡人的饼铺，才开始点上烛火，烤上炉子，准备烙饼。郑六就在其帘下休息，等待敲响晨鼓，便趁此机会与主人聊了起来。郑六指着晚上留宿的地方问道："从这里往东走，有一户高门大院，那是谁家的宅子？"饼铺的老板回答说："那残垣破壁是一块弃地，并无住宅。"郑六却说："我刚从那里出来，为何说没有宅第呢？"他与那饼铺的老板争执起来。老板后来醒悟过来，说："唉，我知道是怎么回事了。此地有一只狐妖，多诱惑男子与之同宿，我见过多次，难道公子今日也遇到了？"郑六因为难为情而隐瞒说："没有遇到。"天大亮的时候，郑六再次来到所宿之所，只见土墙高门如故。郑六又向里面窥视，却都是长满了野草的荒地及废弃的园子。回到家后，郑六见到韦崟。韦崟责备他失约。郑六也没有说出真正的原因，而是随便找了个理由糊弄过去。但是，想起那白衣女子

妖冶艳丽，他又希望再见一面，心里对此念念不忘。

　　过了十多天，郑六在街上闲逛，进入了西市一家卖衣服的店铺，一眼便看见了多日前见到的那位女子，还是之前的婢女跟随。郑六马上大喊那女子。任氏侧身于密集的人群中，左躲右闪，躲避郑六。郑六连呼带喊地追上了她，任氏背对着他，并用扇子遮挡其后，说："公子知道了我是狐妖，为何还接近我？"郑六回答："虽然我已经知道，但这又有什么可担心的呢？"任氏回答："这事让人感到羞愧可耻，我已经没有面目见您了。"郑六说："我像这样天天都想着您，您忍心将我抛弃吗？"任氏回答说："我怎么敢抛弃您，只是害怕公子您会厌弃我罢了。"郑六听后，发起誓来，言辞恳切。这时，任氏才回过头来，撤掉扇子，光彩照人，艳丽如初。她对郑六说："人间能比得上我的美貌的，不只一个，公子您只是不认识罢了，不要对此感到惊奇。"郑六请任氏与之再续前缘。任氏回答："凡是我这类的，都是被人厌恶忌恨的，没有别的原因，只是因为伤害人命。而我不会这样，若公子不厌弃，我愿意终身服侍您，做您的妻子。如果您对我有所厌倦，我会立刻离开您，不会死缠着您的。"郑六答应了，要为她找住的地方。任氏说："我的旧居破烂不堪，不能再住。从这里往东，安邑坊里的小路旁有一处小宅子，宅子里面有一座小楼，楼前的大树高于房梁，门巷又幽静，可以租下来住。之前公子在宣平里之南，有个骑着白马向东而去的人，不是你妻子的兄弟吗？他家里有很多日常器具，可以借来用用。"

此时韦崟的伯父叔父都在四方做官，几个院子的日常用品都贮藏在韦崟家中。郑六按照任氏所说，先去租好了那处房舍，又到韦崟家来借日常用品。韦崟问有何用，郑六回答说："我新得到一个美人，已经租好了房子，差了些日常用品，向你借一下。"韦崟听后，笑着说道："看你的样子，所得的女子一定丑陋无比，哪里会有什么绝色的美人！"虽说如此，韦崟倒也把帷帐榻席一类的日常器具借给了郑六，还派了一个聪明的僮仆跟了去，趁机看看那女子的模样。不一会儿，那僮仆便跑来复命，气喘吁吁，汗流浃背。韦崟迎过去问道："有女子吗？""有。"他又问："容貌如何？"那僮仆回答说："真是奇怪啊！天下都没见过这么美的女子！"韦崟亲戚众多，他又素来喜欢四处交游，认识很多美丽的女子，就问："有某某人美吗？"僮仆说："某某人根本比不上！"韦崟又比较了其他四五个美人，僮仆都回答说："根本比不上！"当时吴王的六女儿，即韦崟的妻妹，如仙女般美丽，在亲戚中属第一。韦崟又问："那女子与吴王的六女儿相比，谁美？"僮仆还是回答："吴王的六女儿根本比不上。"韦崟拍手大惊道："天下怎么会有这样的美人！"他马上命人打水洗了洗脖子，戴上头巾，涂好唇膏，往那女子的住处而去。

　　韦崟到了那里，刚好赶上郑六外出。韦崟走进门内，见一小童正在打扫庭院，有一婢女在房门边守候，其他什么也没看到，便询问那个小童，家中是否有一女子。小童笑着答道："没有。"韦崟仔细地查看了整个房间，突然在门脚下发现了一角红裳，走近去看，只见任氏就藏在门扇和门板的后面。韦崟把她拉了出来，到明亮的地方仔细观看，发现她比听闻的还要漂亮。韦崟疯狂地爱上了她，就要拥着侵犯她。任氏没有就犯。韦崟随之施以强力，正急不可耐，就听任氏说："我服了，请稍微松开一下。"韦崟刚松开手，任氏又开始抵抗，如此反复多次。韦崟全力抓住任氏。任氏力竭，汗如雨下，揣度不能避免遭受凌辱，就不再抵抗，但神色惨淡。韦崟问道："你为何不高兴？"任氏长叹一口气，说道："唉，郑六真是可怜啊！"韦崟问道："这话怎么说？"任氏回答："郑生六尺之躯，却不能保护一个女人，难道还是一个大丈夫吗？况且公子您年少，家境豪华奢侈，会得到很多美人，会遇到很多像我这样的。但是郑生，他一个穷书生，能让他感到畅快满足的，只有我而已。您忍心用您的绰绰有余来夺取他仅有的吗？我可怜他贫困，不能自立，穿着您家的衣服，吃着您家的饭食，所以被您摆布。如果他自己能够维持最起码的生活，不致如此。"韦崟是豪俊之士，又是重义之人，听了任氏的这番话，马上就放开了她。他把衣襟拉扯整齐，向任氏道歉说："不敢如此。"过了一会儿，郑六外出回来，二人相见而笑。

从此，凡是任氏的柴米和肉食，都是韦崟所送。任氏有时会去拜访，来来往往，有时乘车，有时骑马，有时步行，没有一定的方式。韦崟则日日与之游玩，非常开心。每次亲昵起来，无所不至，只是没有达到淫乱的地步。韦崟爱慕并且敬重任氏，从不吝惜，一食一饮，从来没有忘记过她。任氏也知道韦崟爱慕自己，为了感谢他的情意，对他说："公子这样怜爱我，让我感到非常惭愧。以我的鄙陋之质，难以报答您的深情厚谊；而且我又不能辜负郑生，所以不能如您所愿，和您欢好。我是秦地之人，生长在秦城。家中本是优伶一流的人物，表亲姻族中，有很多是人家的宠妾，所以长安的烟花柳巷，我都与之有来往。如果公子有看上的美丽佳人，喜欢而又不得的，我愿为您想办法得到她。希望以此来报答您对我的恩德。"韦崟听后，说道："太好了！"当时市场中有一个卖衣服的女子叫张十五娘，肌肤水润洁白，韦崟很喜欢她，就问任氏认不认识。任氏回答说："她是我的表妹妹，得到她很容易。"十多天后，任氏果然帮韦崟得到了她。但几个月后，韦崟便厌弃了。任氏说："市井之人容易得到，还不算是让我发挥自己的本领来帮忙效劳，如果有深藏在闺阁中难以得到的美人，说一说，我愿意穷尽我的智谋为您得到她。"韦崟说："昨日寒食节，我和两三个朋友到千福寺游玩，看见刁缅将军在殿堂之内摆开了一个盛大的乐队。其中有一个善于吹笙的女子，年约十六，双鬟垂耳，娇美艳绝。你认识吗？"任氏回答："她叫宠奴，她的母亲就是我的表姐。得到她当然可以。"韦崟便在席下对任氏下拜，请求她帮助自己。任氏答应了他。此后，任氏经常出入刁家。一个多月之后，韦崟问任氏计划进行得如何，任氏希望要两匹细绢作为贿赂。韦崟按任氏所说给了她。两日之后，任氏与韦崟正在吃饭，刁缅叫仆人驾着两匹青马拉的车子，来迎接任氏。任氏听说刁缅将军召见，便笑着对韦崟说："事情成功了。"原来刚开始之时，任氏用法力让宠奴生了病，针灸、服药都没有使病情减轻。她的母亲与刁缅非常担忧，要找一些巫师来看看。任氏偷偷地贿赂了巫师，指着任氏所居住的地方，让巫师说宠奴住在那里，病就会好。等到巫师给宠奴看病之时，巫师说："在家是不利于身体康复的，应该居住在东南某所，以吸取那里的生气。"刁缅和宠奴的母亲审查研究了那个地方，正是任氏所居。刁缅于是请求任氏让宠奴住在此地。开始任氏还假意推辞，说房间狭小，后来刁缅再三请求，任氏才答应。刁缅用车子装运服饰、器物，和她的母亲一起把宠奴送到了任氏宅第。宠奴一至任氏宅第，病就好了。不到数日，任氏便引来韦崟与之私通。过了一个月，宠奴便怀了孕。宠奴的母亲害怕被刁缅知道，马上带着宠奴回到了刁缅家，从此断绝了来往。

有一天，任氏对郑六说："公子能弄到五六千钱吗？用这些钱可以赚更多的钱。"郑六说："可以。"郑六向别人借了六千钱。任氏说："有一个人在集市中卖马，他的马大腿上有瑕疵，可以把它买来留着卖大价钱。"听了任氏的话，郑六来到集市中，果然看见有一个人牵着马求售，那匹马的左大腿处果然有瑕疵，郑六买回了家中。他妻子的兄弟都讥笑他，说："这匹马是个废物，你买它回来做什么？"不久，任氏说："你可以把那匹马卖了，能获得三万钱。"郑六又去卖那匹马。有人出价二万钱要买，郑六不卖。整个集市的人都说："那人何苦花那么多钱去买，而郑六是多喜欢这匹马，才不卖的？"郑六不耐烦，骑马回了家。买马之人却跟着他到了家门口，一次又一次地加价要买这匹马，加到了二万五千钱。郑六仍然不卖，并且说："非三万不卖。"郑六妻子的兄弟聚在一起怒骂他。最后，郑六迫不得已，把这匹马卖了，最后到底也没有卖上三万。后来，有人秘密调查那买马之人，打听他买马的原因。原来，昭应县有一匹左腿有瑕疵的御马，死了三年，养马的这个小吏没等到任期满就要解职，官府向他征收赔偿马匹的折价，总计六万钱。假设他以半价买下，所得尚且很多，如果有一匹相似的马来代替，那么三年来用于喂马的粮草的价钱，就都被这小吏所得，赔偿得少，所以那小吏买下了那匹左腿有瑕疵的马。

后来有一次，任氏因为衣服破旧，向韦崟要新衣。韦崟将整匹丝绸送给她。任氏不想要，说："我想要做好的成衣。"韦崟招来商人张大见任氏，问她想要什么样的衣服。张大见了任氏，惊讶地对韦崟说："这一定是天仙贵戚，被你偷来了，这种绝色美女不是人间所有，你快还回去，不要招致祸端。"任氏的美丽动人就如张大所说，但她竟然买成衣，而不找人去定制缝纫，却不知是何意。

一年多以后，郑六被调任武官，授槐里府果毅尉，在金城县。当时郑六刚刚有妻室，虽然白天游荡于外，但夜里要回家去住，常常遗憾不能每晚都与任氏欢会。将要去金城县上任之时，郑六便邀请任氏和他一起去。任氏不想去，说："十天半个月同行，不足以为欢。请准备好粮食，我安安稳稳地住在这儿等你回来。"郑六再三请求，任氏更不同意。郑六向韦崟求助。韦崟也劝说任氏与郑六同去，并且责问她为何不能同去。过了很长时间，任氏才说："有个巫师说我今年不利西行，所以我不愿

同去。"郑六很是迷惑，但也没想其他的，与韦崟大笑道："你如此聪明智慧，却为妖言所惑，这又是为什么呢？"他还是请任氏同去。任氏说："倘若巫师的话证明是真的，我白白地为了公子而死，又有什么好处呢？"那二人听后，说："哪有这样的道理？"他们还是恳求任氏同去。任氏迫不得已，只好同郑六同赴任上。韦崟把马借给任氏，在临皋为他们二人饯行。二人挥手而去。

到了第二夜，二人来到马嵬。任氏在前骑马，郑六骑驴在后，婢女另乘别车跟在最后。这时，养马的西使在洛川训练猎狗，已经十多日了。刚好任氏骑马于道路中间，猎狗突然越出草丛。这时，郑六看见任氏忽然坠落于马下，恢复了她狐狸的本形，向南跑去。猎狗在后追赶，郑六边跑边叫，也不能阻止那猎狗。跑到一里多的时候，任氏被猎狗咬死了。郑六含着眼泪，拿出囊中的钱，把任氏的尸体赎回埋葬，砍下一根木头，插在坟前，作为标志。他回头看看任氏所骑的那匹马，正在路边吃草，而任氏的衣服全部堆在了马鞍上，鞋袜还悬于马镫间，就像蝉蜕壳一般，只有首饰掉到地上，其他并无所见，连任氏的婢女也消失了。

十多天之后，郑六返回城里。韦崟看见他，非常高兴，迎上来问："任氏没出什么事吧？"郑六流着眼泪，回答说："任氏去世了！"韦崟听后也非常悲痛，二人相扶着来到室内，哀伤起来。韦崟问起任氏去世的原因。郑六回答说："为猎犬所害。"韦崟怀疑地问道："猎犬虽然凶猛，怎么能害死人呢？"郑六这才说："任氏她本来就不是人。"韦崟惊骇地说："不是人？那是什么？"郑六这才把事情本末述说出来。韦崟听后，惊讶不已，一直叹息。第二日，韦崟便命人驾车和郑六一起来到马嵬，挖开坟墓，看着任氏的尸体，大哭一场而归。想了想前尘往事，只是她的衣服不是自己做的，与凡人很不一样。

后来郑六担任了总监使，家境更加富裕，拥有十余匹马，六十五岁而卒。大历年间，我居住在钟陵，曾经与韦崟交游，他多次说起这件事，所以记录得最为详细。后来韦崟担任殿中侍御史，兼陇州刺史，后来死在外地，没有返乡。

唉！异物的感情也是有人道的吗？遇到被强暴也不会失节，为了所爱之人而牺牲自己的性命，即使是现在的女人，也有不如她的。可惜郑生并非精明之人，只是喜欢任氏的美色，却没有了解她的性情；如果是很有见识的人，就一定能研究任氏变化的道理，观察它和人有什么不同，写出很好的文章来，传颂精微美好的感情，而不仅仅是赏玩其美色罢了。可惜啊！建中二年，我以左拾遗之职与金吾将军裴冀、京兆少尹孙成、户部郎中崔需、右拾遗陆淳，都谪居到东南，从秦地到吴地，水陆同行。这时前拾遗朱放因为旅游也一同跟随。乘船经过颍水和淮水，两只船沿江并行，白天宴饮，夜晚聊天，每个人都说一说奇闻逸事。其他人听了任氏的故事，都深感叹惋，请我为她写传，来记录她的异事。

谢小娥传

李公佐

《谢小娥传》，宋李昉录于《太平广记》第四百九十一杂传记八。

原文

小娥，姓谢氏，豫章人，估客女也。生八岁，丧母；嫁历阳侠士段居贞。居贞负气重义，交游豪俊。小娥父畜巨产，隐名商贾间，常与段婿同舟货，往来江湖。时小娥年十四，始及笄。父与夫俱为盗所杀，尽掠金帛。段之弟兄，谢之生侄，与童仆辈数十，悉沉于江。小娥亦伤胸折足，漂流水中，为他船所获，经夕而活。因流转乞食至上元县，依妙果寺尼净悟之室。初，父之死也，小娥梦父谓曰："杀我者，车中猴，门东草。"又数日，复梦其夫谓曰："杀我者，禾中走，一日夫。"小娥不自解悟，常书此语，广求智者辨之，历年不能得。

至元和八年春，余罢江西从事，扁舟东下，淹泊建业，登瓦官寺阁。有僧齐物者，重贤好学，与余善。因告余曰："有孀妇名小娥者，每来寺中，示我十二字谜语，某不能辨。"余遂请齐公书于纸，乃凭槛书空，凝思默虑。坐客未倦，了悟其文。令寺童疾召小娥前至，询访其由。小娥呜咽良久，乃曰："我父及夫，皆为贼所杀。迩后尝梦父告曰：'杀我者，车中猴，门东草。'又梦夫告曰：'杀我者，禾中走，一日夫。'岁久无人悟之。"余曰："若然者，吾审详矣。杀汝父是申兰，杀汝夫是申春。且'车中猴'，'车（車）'字去上下各一画，是'申'字；又申属猴，故曰'车中猴'。草下有门（門），门（門）中有东（東），乃'兰（蘭）'字也。又，'禾中走'是穿田过，亦是'申'字也。'一日夫'者，'夫'上更一画，下有日，是'春'字也。杀汝父是申兰，杀汝夫是申春，足可明矣。"小娥恸哭再拜。书"申兰、申春"四字于衣中，誓将访杀二贼，以复其冤。娥因问余姓氏、官族，垂涕而去。

尔后小娥便为男子服，佣保于江湖间。岁余，至浔阳郡，见竹户上有纸牓子，云"召佣者"。小娥乃应召诣门，问其主，乃申兰也。兰引归。娥心愤貌顺，在兰左右，甚见亲爱。金帛出入之数，无不委娥。已二岁余，竟不知娥之女人也。先是，谢氏之金宝、锦绣、衣物、器具，悉掠在兰家，小娥每执旧物，未尝不暗泣移时。兰与春，宗昆弟也。时春一家住大江北独树浦，与兰往来密洽。兰与春同去经月，多获财帛而归。每留娥与兰妻兰氏同守家室，酒肉衣服，给娥甚丰。或一日，春携文鲤兼酒诣兰。娥私叹曰："李君[1]精悟玄鉴，皆符梦言。此乃天启其心，志将就矣。"是夕，兰与春会，群贼毕至，酣饮。暨诸凶既去，春沉醉，卧于内室，兰亦露寝于庭。小娥潜锁春于内，抽佩刀先断兰首，呼号邻人并至，春擒于内，兰死于外，获赃收货，数至千万。初，兰、春有党数十，暗记其名，悉擒就戮。时浔阳太守张公，善其志行，为具其事上旌表，乃得免死。时元和十二年夏岁也。复父夫之仇毕，归本里，见亲属。里中豪族争求聘，娥誓心不嫁。遂剪发披褐，访道于牛头山，师事大士尼将律师。娥志坚行苦，霜舂雨薪，不倦筋力。十三年四月，始受具戒于泗州开元寺，竟以小娥为法号，不忘本也。

其年夏月，余始归长安，途经泗滨，过善义寺谒大德尼令。操戒新见者数十，净发鲜帔，威仪雍容，列侍

[1] 李君：指本文作者李公佐。

师之左右。中有一尼问师曰："此官岂非洪州李判官二十三郎者乎？"师曰："然。"曰："使我获报家仇，得雪冤耻，是判官恩德也。"顾余悲泣。余不之识，询访其由。娥对曰："某名小娥，顷乞食孀妇也。判官时为辨申兰、申春二贼名字，岂不忆念乎？"余曰："初不相记，今即悟也。"娥因泣，具写记申兰、申春，复父夫之仇，志愿粗毕，经营终始艰苦之状。小娥又谓余曰："报判官恩，当有日矣。"岂徒然哉！

嗟乎！余能辨二盗之姓名，小娥又能竟复父夫之仇冤，神道不昧，昭然可知。小娥厚貌深辞，聪敏端特，炼指跛足，誓求真如。爰自入道，衣无絮帛，斋无盐酪，非律仪禅理，口无所言。后数日，告我归牛头山，扁舟泛淮，云游南国，不复再遇。

君子曰："誓志不舍，复父夫之仇，节也；佣保杂处，不知女人，贞也；女子之行，唯贞与节能终始全之而已。如小娥，足以儆天下逆道乱常之心，足以劝天下贞夫孝妇之节。"余备详前事，发明隐文，暗与冥会，符于人心。知善不录，非《春秋》之义也。故作传以旌美之。

译文

　　谢小娥是豫章人，贩运商人的女儿。谢小娥八岁时，其母去世。长大之后，谢小娥嫁给了历阳侠士段居贞。段居贞有气节，重义气，喜欢结交豪杰义士。谢小娥的父亲积攒了巨额财富，在商人之间隐藏真实姓名，常常和女婿段居贞一起乘船做生意，来往于江湖之间。谢小娥十四岁及笄之时，盗贼杀害了她的父亲与丈夫，抢走了全部的金银玉帛。段居贞的弟兄、谢家的徒弟和侄子以及数十个仆役，都被沉于江中。谢小娥胸口受伤，双脚骨折，漂于江面之上，为人所救，熬过当晚才活了下来。此后，她开始四处流浪乞讨。她来到上元县，托身妙果寺尼姑净悟的门下。谢小娥父亲刚死之时，她就梦见父亲对她说："杀我的人是'车中猴，门东草'。"过了几日，她又梦见丈夫对她说："杀我的人是'禾中走，一日夫'。"谢小娥不明白这些话的意思，便常把这些话书写下来，广求智慧之人帮她分析，但多年也得不到结果。

　　元和八年春，我被免去了江西从事之职，乘舟东下，滞留停泊于建业，登上了瓦官寺的阁楼。有一个叫齐物的和尚，重贤好学，与我交好。他告诉我说："有个叫谢小娥的寡妇，每次来到寺中，都给我看十二个字的谜语，我猜不出来。"我听了，便请齐物和尚把那谜语写在纸上。我倚着栏杆，用手指在空中比画着那几个字，凝思苦想。坐客还未疲倦，我便已明白其中含义。于是，齐物连忙命令寺中小童去招谢小

娥前来，询访其缘由。谢小娥来到寺中，悲伤哭泣了很长时间，才说："我的父亲和丈夫，都为贼人所杀，后来我梦见父亲告诉我说：'杀我的人是，车中猴，门东草。'又梦见我的丈夫告诉我说：'杀我的人是，禾中走，一日夫。'很长时间，我问了很多人，也没有人能明白。"我说："如果是这样，我就明白了。杀你父亲的是申兰，而杀你丈夫的是申春。'车中猴'，'车（車）'字上、下各去一画，便是'申'字；加上'申'属猴，所以说叫'车中猴'。草下有门，门中有东，这是'兰（蘭）'字。禾中走，是穿田而过，这也是'申'字；一日夫，'夫'字上加一画，下有日，这便是'春'字。所以，杀你父亲的是申兰，杀你丈夫的是申春，这已经很清楚了。"谢小娥听了我的话，痛哭流涕，向我拜了两拜，在衣服上写下"申兰""申春"四个字，发誓一定要找到并杀了二贼，为父亲与丈夫报仇。之后，谢小娥又问了我的姓氏、官族，流泪而去。

从此，谢小娥便装扮成男子，在江湖间做佣工。一年多后，她来到浔阳郡，见一竹门上贴有招贴，说是招佣工。谢小娥去应征，问招工的主人是谁，原来是申兰。申兰带着她回家。谢小娥心里很愤怒，但面上显得很顺从。谢小娥跟在申兰左右，深得他的欢心。其金银财帛的出入，无不委托给谢小娥管理。这样过了两年多，申兰竟不知道谢小娥是女子。早一些时候，谢小娥家的金银宝玉、锦帛绸缎、衣物、器具等都被抢到了申兰家。谢小娥每每拿起旧物，都会暗自哭泣一会儿。申兰与申春是同宗的兄弟。

当时申春一家住在长江以北的独树浦，与申兰来往密切。申兰与申春经常一同出去几个月，然后带回很多金银财帛。每次出去之时，他们都会留下谢小娥与申兰的妻子兰氏同守家室，同时给了谢小娥很多的酒肉和衣服。一日，申春又带着鲤鱼和酒水去找申兰。谢小娥私下里叹道："李公子的体悟和判断真是神妙，他说的话都符合我梦中之言。这是上天开启了他的智慧，我报仇雪恨的愿望就快实现了。"这天晚上，申兰与申春大会群贼，群贼毕至，大饮至醉。等到其他贼人走了，只剩申春大醉不醒，在内室躺着，申兰则在露天庭院睡着。谢小娥偷偷把申春锁在内室，抽出佩刀，首先斩下申兰的首级，然后呼喊邻居过来，在内室抓住了申春。申兰死在了庭院里，获得的赃物有数千万之多。

当初，申兰、申春的同党有数十人，小娥都偷偷记下了他们的名字，这回将他们一举擒获并杀死。当时的浔阳太守张公，赞许谢小娥的志气和行为，替她上书详细叙述了事情的经过，请求朝廷表彰，谢小娥得以免去死刑。这件事发生在元和十二年夏天。为父亲和丈夫报完仇，谢小娥回到家乡，和亲戚们见了面。豪门望族争相求娶她，但谢小娥发誓终身不嫁。她剪了头发，穿上粗布衣裳，去了牛头山访道，拜年高有道、能严守戒律的和尚、尼姑为师。谢小娥意志坚定，很能吃苦，顶着风霜春米，冒着雨雪砍柴，非常辛苦，却不知疲倦。元和十三年四月，谢小娥具足圆满的戒律，于泗州开元寺正式出家，竟然用本名"小娥"为法号，表示不忘本。

同年五月，我回到长安，途经泗水之滨，路过善义寺去拜访大德，在那儿看见有数十张新面孔，剃去头发，穿着新衣，举止庄严而有威仪，排列在师傅的两侧。其中一个尼姑问师傅道："此人不是洪州李判官二十三郎吗？"师傅回答说："正是。"那尼姑又说："我报得家仇，一雪前耻，这都是李判官的恩德啊！"说完，她便看着我悲伤哭泣。我并不认识她，便问其中缘由。那尼姑后来才回答说："我名叫小娥，从前是个乞食的寡妇。判官当时为我解谜，猜出申春、申兰二贼的名字，难道您不记得了吗？"我这才想起从前的事情，说道："刚开始我没想起来，现在明白了。"谢小娥又哭起来，然后详细述说事情的始末——牢记申兰、申春的名字，报父亲与丈夫之仇，心愿了结——以及计划这些事情时的艰难之状。谢小娥又对我说："终有一天，我会报答判官您的恩德。怎么能让您白白地帮助我呢？"

唉！我能猜出二贼的姓名，而谢小娥竟能为父亲和丈夫报仇，上天是不糊涂的，真相总会昭然若揭。谢小娥容貌忠厚，说起话来却很深刻，聪明敏捷，真正具有杰出的才能，舍身去做艰苦的修行，誓求真理。她自从入道以来，衣着简朴，无絮无帛，吃食清淡，无盐无酪，只谈律仪禅理，其他并不谈论。几日之后，她向我告别，回到牛头山，泛舟于淮水之上，在南方云游。从此，我们再不相见。

君子有言："发誓立志，不改其衷，报父亲与丈夫之仇，这是气节；谢小娥女扮男装，与佣保杂处，却没有人知道她是女人，这是贞洁。女子的品行，只有气节与贞洁能够始终保全罢了。像谢小娥一样，足以让天下那些背叛道德、违反伦常之人警醒，也足以看出天下贞夫孝妇的节操。"我详细地记录了事情发生的经过，分析出了谜语，暗中和鬼神托梦时所说的话相符，符合人们的愿望。知道好的事情却不记录，这不是《春秋》所体现的大义，因此，我写下此传记来表彰谢小娥。

图书在版编目（CIP）数据

唐传奇 /（唐）裴铏等著；曾雪梅编选；周日智译注 . ——
北京：现代出版社，2022.7

ISBN 978-7-5143-9899-1

Ⅰ.①唐… Ⅱ.①裴… ②曾… ③周… Ⅲ.①传奇小
说 – 小说集 – 中国 – 唐代 Ⅳ.①I242.1

中国版本图书馆CIP数据核字(2022)第063358号

唐传奇

作　　者：[唐] 裴铏等著；曾雪梅编选；周日智译注
责任编辑：姚冬霞
出版发行：现代出版社
地　　址：北京市安定门外安华里504号
邮政编码：100011
电　　话：010-64267325 64245264（兼传真）
网　　址：www.1980xd.com
印　　刷：北京瑞禾彩色印刷有限公司
开　　本：710mm×1000mm 1/16
印　　张：19.25
字　　数：180千字
版　　次：2022年7月第1版 2022年7月第1次印刷
书　　号：ISBN 978-7-5143-9899-1
定　　价：65.00元